Paperback

Über das Buch:
Der Roman erzählt die Geschichte von Anna Giro, einer jungen Sängerin, die durch ihr außergewöhnliches Talent und ihre Natürlichkeit nicht nur das verwöhnte Publikum Venedigs, sondern vor allem auch ihren großen Lehrer Antonio Vivaldi bezauberte.
Sie ist ihm Muse und Inspirationsquelle, und Annina erlebt mit ihm und seiner Musik einen kometenhaften Aufstieg an Venedigs Opern- und Konzerthimmel.
Da bleibt es nicht aus, dass auch andere sich für die bezaubernde junge Frau interessieren, wie zum Beispiel der schöngeistige und literarisch gebildete Graf Landi.
Während Anna gegen die Intrigen der venezianischen Theaterwelt gefeit zu sein scheint, gerät ihr Gefühlsleben jedoch immer mehr in Bedrängnis. Verbindet sie mit Vivaldi nicht am Ende sehr viel mehr als nur die Musik? Was bedeutet ihr Landi? Und wie steht sie zu dem jungen Musiker Luigi, der ihr so beständig den Hof macht?
Durch einen sommerlichen Aufenthalt in der idyllischen Landschaft des Veneto erhofft sie sich eine Klärung ihrer schwierigen Situation. Doch es kommt alles ganz anders …

Über den Autor:
Hans-Ulrich Mielsch, geboren 1935 in Essen. Nach Jura- und Musikstudium Karriere als Opern- und Konzertsänger. Daran anschließend Professur am Conservatoire de Musique de Genève. Seit 1990 als freier Schriftsteller tätig. Veröffentlichung verschiedener musik- und literaturgeschichtlicher Bücher und zweier Romane.

Weitere Titel bei K & W:
»Das Lächeln der Athene« (KiWi 572), »Wiedersehen in Luxor« (KiWi 594).

Hans-Ulrich Mielsch

Vivaldis Annina

Ein Roman aus Venedig

Kiepenheuer & Witsch

Originalausgabe
1. Auflage 2001

Umschlaggestaltung: Barbara Thoben, Köln
Umschlagmotiv: Canaletto, Rialto-Brücke,
Archiv für Kunst und Geschichte, Berlin
Gesetzt aus der Stempel Garamond
Satz: Kalle Giese, Overath
Druck und Bindearbeiten: Clausen & Bosse, Leck
ISBN 3-462-03047-7

1

In heftiger Erregung, als sei er vor etwas auf der Flucht, trat er aus dem Ospedale della Pietà, wo er mit seinen Mädchen geprobt hatte. Keuchend atmete er die feuchtkalte Winterluft ein, während er mit beiden Händen die schwere Eisentür des Kirchenraumes hinter sich schloss. Dies getan, lehnte er die Stirn gegen das Metall, als versuche er damit den Aufruhr in seinem Kopf zu löschen.

So verharrte er lange Zeit.

Nun erst drehte er sich langsam um – ihm gegenüber schwamm, oder schwebte sie nicht eher? die Isola San Giorgio Maggiore über der Lagune wie ein Phantom, dem Blick durch einen leichten, treibenden Nebel fast entzogen. Er stand da mit hängenden Armen und ließ es an sich herunterregnen, jeden einzelnen Tropfen dankbar genießend, bis sich seine krausen, roten Haare und seine Soutane an dem kalten Nass vollgesogen hatten.

Endlich ließ die Anspannung nach, deren fatale Wirkung auf sein Gemüt er zwar fürchtete, die er aber trotzdem stets von neuem suchte, weshalb er auch heute wieder sein Violinkonzert, das nicht umsonst den Titel *l'Inquietudine* trug, wie eine Schraube bohrend in die Herzen der jungen Mädchen getrieben hatte, deren Lehrer er war.

Ohne sein Zutun war dabei die süße Schärfe seines Geigentons höher und immer höher gestiegen, bis sich die

Lippen der hingegeben fiedelnden Musikerinnen auf eine sinnliche Weise geteilt hatten, wie die der singenden Engel auf dem Bild Botticellis, denen er ihre Unschuld, trotz der Lilien, die ihre Hände hielten, nie so recht hatte glauben können.

Während er die Augen schloss, sah er im Geist die Kirche San Giorgio Maggiore mitsamt ihrem Campanile und ihrem Kloster langsam, aber unaufhaltsam in der Lagune versinken, und mit ihr die ganze Häuserzeile der Giudecca. Bis eine letzte, aufschäumende Flutwelle auch noch die Riva degli Schiavoni ergriff und ihn dabei endlich von der quälenden Musik in seinem Kopf erlöste, die ihn hinaus ins Freie getrieben hatte.

Alles versank, versank immer tiefer. Nur noch gläsern leuchtende Fische schwammen durch die Lautlosigkeit der versunkenen Stadt. War Venedig am Ende Atlantis, in Wirklichkeit gar nicht existierend, und er selbst längst gestorben, heimgeholt und erlöst durch den winterlichen Nebel, der den Brand in seiner Seele gelöscht hatte?

Als er die Augen nach einer langen und wollüstig genossenen Weile wieder öffnete, war die ihm vertraute Kulisse von San Giorgio Maggiore jedoch keineswegs versunken, sondern durch den immer noch niederprasselnden Regen fast gänzlich von den sie verhüllenden Schleiern befreit.

Sein Gesicht entspannte sich. Aufatmend legte er sich beide Arme kreuzweise um die Schultern – auf diese Weise hatte er den Eindruck, sich in einen schweren, vor Nässe triefenden Mantel zu wickeln, einen Mantel aus Regen, durch den er endlich sicher war vor sich selbst.

Einer der Vorübergehenden, der ihn besorgt beobachtet hatte, schlug ihm begütigend auf die Schulter – *va bene*?

Jetzt erst merkte er, dass er nicht allein war auf der Riva degli Schiavoni. Er nickte und ließ erstaunt die Arme sinken – ja, jetzt fühlte er sich tatsächlich besser.

Es war ein Wintertag kurz nach Neujahr, der Karneval lag also noch in weiter Ferne. Auf der Riva gingen die Menschen vermummt und frierend auf und ab. Einige standen trotz der Kälte diskutierend beieinander, während sie die Füße, um sie zu wärmen, aneinander schlugen. Am Quai direkt vor ihm wurde ein Boot entladen, es roch nach Fisch. Wie ein Orchester aus Harfen hoben sich die Schnäbel der Gondeln gegen das Grau des Himmels ab.
Warum die anderen nur so auf die Sonne versessen waren? Ihm dagegen kam Venedig nie schöner vor, als wenn es über den Kanälen nebelte und das allzu Bunte, allzu Nervöse, das über und über Verzierte dieser Stadt um einige Grade dämpfte.
Da fiel ihm ein – die da drinnen warteten ja auf ihn, die Mädchen mit ihren Botticelli-Mündern. Aber sollten sie doch ruhig warten, die Schraube würde sich schon bald genug wieder von neuem drehen. Zuerst musste er auf einen Sprung nach Hause, um sich umzuziehen und den Kopf trockenzureiben. Man musste ein Narr sein, um sich in den Regen zu stellen, so wie er, noch dazu mitten im Winter.
Sie nannten ihn *prete rosso*, den roten Priester – seiner Haare wegen, so sagten sie jedenfalls. Er aber glaubte daraus eher Spott herauszuhören, weil er die Dinge so leicht auf die Spitze trieb. Dabei hatte er einen solch schönen Namen – *Antonio Vivaldi*. Sprach man ihn aus, so berührten sich die Lippen ganz zart, fast wie zu einer

Liebkosung. An nervösen Tagen dagegen empfand er seinen Namen als einen Hinweis auf den Grundcharakter seiner Musik. *Vivaldi – vivace*, war das nicht geradezu synonym?

Er hatte bisweilen den Eindruck, als schriebe nicht er diese viele von Vitalität berstende Musik, sondern seine Hand werfe sie wie unter Diktat auf das Notenpapier. Dann empfand er das eigene Komponieren als einen Zwang, unter dessen Peitsche er nicht zur Ruhe kam.

Man warf ihm vor, dass er bereits seit Jahren nicht mehr die Messe gelesen habe und damit sein Priesteramt vernachlässige. Er hatte sich dagegen mit einem Hinweis auf sein Brustleiden verteidigt – dieses hindere ihn, längere Zeit in der Kirche zu stehen. Als er das dem Kardinal Tommaso Ruffo nach Ferrara geschrieben hatte, dem sein vehementes Musizieren und Komponieren verdächtig vorkam, war er selbst überzeugt gewesen, die Wahrheit zu sagen.

Aber inzwischen war er sich gegenüber ehrlich genug, um zu wissen, dass er sein Asthma nur als Vorwand benutzte, weil er überzeugt war, Gott wirkungsvoller und mit leidenschaftlicherem Einsatz dienen zu können, indem er musizierte. Er hüstelte im Gehen etwas vor sich hin – das hatte er sich so angewöhnt, um sein Leiden glaubwürdiger zu machen. Du bist ein ganz gemeiner Lügner, *prete rosso*, sagte er zu sich. Was ihn aber nicht hinderte, dabei gleichzeitig vor sich hinzulachen, denn die anderen brauchten die Wahrheit ja nicht unbedingt zu wissen. Auch nicht, dass er sich manchmal, der Abkühlung wegen, in den Regen stellte. Und der Herrgott wusste es ja ohnehin.

Wenn man musizierte und erst recht, wenn man komponierte, dachte man nicht weiter über Gott nach, weil er dann ohnehin gegenwärtig war. Er war die Musik, die man schrieb, oder doch zumindest die Energie, die sie freisetzte. Also war Gott wohl auch dann noch ihr Ursprung, wenn man ein komponierender Lügner war. Aber solche Gedanken behielt er für sich, obwohl man in Venedig den Belangen der Religion gegenüber gewöhnlich sehr großzügig war.

Ganz und gar ohne zu keuchen stieg er über die kleine Brücke, die ihn von seinem Haus trennte. Trat ein, wechselte die Kleider, rief seinem Vater, der bei ihm wohnte, hinauf, er müsse anschließend noch einmal hinüber zur Pietà, trocknete sich ungeduldig die roten, krausen Haare und ging daraufhin erfrischt wieder zurück zum Ospedale. Dabei stand sein Atem vor ihm in der feuchtkalten Luft, er hatte geradezu das Gefühl zu dampfen.

Ihm war wohl.

Er hatte sich verboten, an Anna zu denken, und während der letzten Stunde war ihm das auch gelungen. Nun, als er erneut die Türe der Pietà öffnete, meldeten sich die Gedanken an sie sofort wieder.

Gott hatte ein Einsehen gehabt und ihm genau die Schülerin geschickt, die er sich immer gewünscht hatte. Damit schob er ganz einfach Gott die Schuld zu an der leichten Erregung, in der er sich seit Annas Erscheinen befand. Wenn er allerdings länger über sie nachdachte – und das tat er nur allzu oft –, merkte er, dass dies für seine Seelenruhe äußerst gefährlich war. Zwar versuchte er, sich dabei ausschließlich auf ihre Stimme zu konzentrieren, aber trotz ihrer fünfzehn Jahre war Anna bereits durchaus eine Frau und kein Mädchen mehr, und so war es ihm unmöglich, ihren Gesang von ihrer Person zu trennen.

2

Viele Augenpaare blickten ihn an, als er den Probenraum der Pietà betrat. Manche leuchteten, andere wieder schienen eher ängstlich auf ihn gerichtet zu sein. Hatten die Mädchen zunächst noch geschwatzt, so saßen sie nun bereits wieder an ihren Plätzen, ihre Instrumente in den Händen oder zwischen den Knien. Sie waren das beste Orchester in der Stadt, und sie wussten es. Die Musik war für sie keine Pflicht – ihr Lehrer mit den roten Haaren hatte daraus eine Leidenschaft gemacht.

Dafür beteten sie ihn an.

In der Regel war Vivaldi das gleichgültig, auch nahm er es, bei der Intensität, mit der er musizierte, eigentlich kaum wahr. In einem Fall hätte er sich allerdings gewünscht, dass es so gewesen wäre. Und dieser eine Fall war Anna.

Doch im Gegensatz zu den anderen Elevinnen schien Anna nicht für ihn zu schwärmen, allenfalls ließ sie ihn auf ihre ruhige, vernünftige und selbstbewusste Art spüren, dass sie ihn bewunderte. Was er nicht wusste, war, dass sie insgeheim die Stunden zählte, bis sie wieder mit ihm musizieren durfte. Sie besaß eine volle, besonders schön timbrierte Altstimme, nicht allzu groß, auch nicht von ungewöhnlichem Umfang, dafür aber von der gleichen selbstverständlichen Harmonie, die ihr ganzes Wesen auszeichnete.

Bis auf weiteres sang sie noch in dem kleinen Extrachor, war also eine *privileggiata di choro*. Doch lange – dessen war sie sich sicher – würde sie das nicht bleiben. Denn obwohl ihr Lehrer nichts überstürzte, hatte er ihr versprochen, sie im nächsten Konzert der Pietà die Soli singen zu lassen. Auch privat fiel sie ein wenig aus dem Rahmen, denn sie war nicht, wie die anderen Mädchen im Ospedale, eine Waise, sondern lebte bei ihrer Mutter und ihrer Schwester im obersten Stock eines schmalen Hauses am Canal Grande und kam nur zum Unterricht und den Proben von dort herüber.
An die Zeit vor ihrem Eintritt in die Pietà erinnerte sie sich nur sehr vage, denn begonnen hatte ihr Leben, so wollte es ihr jedenfalls scheinen, mit dem Tag, als man sie ihrer schönen Stimme wegen zum *prete rosso* geschickt hatte.
Sie hatte keine Angst gehabt, warum auch, das Singen war für sie die natürlichste Sache von der Welt. Als der berühmte Mann sie gefragt hatte, was sie ihm vorsingen wolle, hatte sie gesagt: am liebsten etwas von Marcello. Das, erfuhr sie später, war ein gewaltiger Fehler gewesen, denn sie waren sich nicht gerade grün, Vivaldi und sein Widersacher in Sachen Musik. Trotzdem hatte der *prete rosso* nur gelacht, als sie Marcellos Namen genannt hatte – einschmeicheln wollte sie sich also nicht, und das gefiel ihm.
Sie konnte damals nicht verstehen, warum er lachte, aber gefallen hatte er ihr sofort, weil er keine Komplimente machte, wie die anderen, sobald sie nur den Mund aufmachte. Denn dass sie mit einer ganz besonderen Stimme begabt war, wusste sie selbst.
Anna war nicht allein gekommen, sondern in Begleitung ihrer Mutter. Die Alte erzählte dem Maestro, Annas Vater

habe sein Geld als Perückenmacher verdient. Zufälle gab es – denn auch Vivaldis Vater war Perückenmacher gewesen, *parrucchiere e violinista* allerdings, Geiger im Orchester von San Marco. Von ihm hatte er wohl auch seine Musikbesessenheit geerbt. Während des Vorsingens hatte der Vater im Zimmer unter ihnen gesessen, denn stolz und kritisch verfolgte er alles, was sein merkwürdiger Sohn tat, der inzwischen so berühmt war, dass er mit sieben verschiedenen Hoheiten in Europa korrespondierte und seine Kompositionen bis an den Hof von Dresden lieferte.

Als Anna zu singen anfing, hatte Vivaldi vor Überraschung fast zu spielen vergessen. Ja, genau darauf hatte er immer gewartet – dass so eine kommen würde, mit der er dort würde anfangen können, wo die anderen erst nach Jahren der Mühe hinkamen. Sie atmete nicht einmal vor den längsten Phrasen, gelassen und voll strömte ihre Stimme, fast zu üppig für das kleine Zimmer, und der Klang seines Cembalos kam ihm daneben armselig dünn und zirpend vor. Eine Harfe müsste man haben, um sie zu begleiten, ging es ihm durch den Kopf.

Während sie sang, lag ihr Gesicht im Schatten, denn durch das schmale Fenster fiel nur wenig Licht ins Zimmer, so dass ihre Stimme gewissermaßen allein im Raum gestanden hatte, losgelöst von ihrer Person. Sie schien nicht aus ihrer Kehle zu kommen, sondern von überall her und nirgends. Annas Brust – sie war üppig wie der Klang, der ihr entströmte – zitterte ein wenig, als sie geendet hatte, es war, als vibriere sie noch im Nachhinein.

Er saß da, die Hände auf den Tasten, und staunte dem kupferfarbenen Wunder nach – es hatte ihm ganz einfach

die Sprache verschlagen. Aber da er etwas sagen musste, fragte er sie schließlich:
»Was hat Sie eigentlich auf den Gedanken gebracht, singen zu wollen?« Und ohne überhaupt nachzudenken, hatte sie geantwortet:
»Weil ich finde, dass ich es eigentlich ganz gut kann.«
Nun, dem war kaum zu widersprechen, und lakonisch wie es war, hatte es ihm Eindruck gemacht. Offenbar war sie sich über sich selbst und ihre Fähigkeiten genau im Klaren.
Und was für Augen sie hatte – dunkel, ernst und geheimnisvoll wie ihre Stimme. Sie erschien ihm erstaunlich reif zu sein für ihr Alter, reif und selbstsicher, denn ihre Mutter hatte gesagt, sie sei gerade erst fünfzehn Jahre alt geworden. Nun ja, mit fünfzehn heiratete man ja bereits in Venedig, warum sollte man da nicht auch singen lernen.
Neben ihr kam er sich jung vor, eigentlich sogar jünger als sie, was merkwürdig war, da er doch beinahe ihr Vater hätte sein können. Schuld daran war die Ruhe, die von ihr ausging – eine Ruhe, wie wenn es windstill war im Herbst und die Blätter ihrem Fallen entgegenlauschten. Gänzlich ungewöhnlich bei einem so jungen Geschöpf. Ja, es war ihm vorgekommen, als bestimme sie und nicht er den Charakter ihrer Beziehung.
»Natürlich werde ich sie nehmen«, sagte er zu ihrer Mutter, worauf sich die Alte unterwürfig bedankte. Dass er »natürlich« gesagt hatte, fiel ihm erst auf, während die beiden die Treppe wieder hinunterstiegen und er allein am Fenster stand und ihnen nachsah. Es war eine Vokabel, die sich ihm geradezu aufdrängte, wenn dieses Mädchen in der Nähe war, obgleich er diesem Ausdruck eigentlich

zutiefst misstraute. Irgendetwas sagte ihm, dass die Begegnung für ihn von Wichtigkeit sein würde. Noch immer glaubte er die Ruhe in ihrer Stimme zu spüren – es war wie eine erlösende Umarmung gewesen.

»Also am nächsten Montag um neun«, hatte er schließlich gesagt und damit ihre erste Stunde mit Absicht besonders früh am Morgen angesetzt, denn sie sollte nicht denken, dass sie hier so ohne weiteres die Führung übernehmen konnte. Aber sie hatte nur genickt und ihm damit den Trumpf aus der Hand genommen. »Können Sie denn schon so früh in der Pietà sein, noch dazu im Winter?« fragte er dann noch, um wenigstens das letzte Wort zu haben.

»Warum nicht.« Damit war sie plötzlich die Treppe hinuntergestürmt, wie ein Kind. Unten auf dem *campo* hatte sie vor lauter Freude einen Veitstanz aufgeführt, sodass sie um ein Haar in den Kanal gefallen wäre, hatte ihre Noten in die Luft geworfen und ihre Mutter umarmt, die erschrocken versuchte, die Blätter wieder aufzusammeln.

Er konnte diese erste Begegnung mit Anna nicht vergessen, daran zu denken stimmte ihn froh, denn die Sache war ebenso glücklich weitergegangen. Oder sollte er nicht eher »natürlich« sagen? Aber konnte das gänzlich Außergewöhnliche denn überhaupt natürlich sein?

Nach einer anfänglichen Befangenheit auf beiden Seiten waren die Stunden mit Anna für ihn zu einer Quelle ungetrübter Freude geworden. Dass sie auf dem Gebiet der Musik eine blutige Anfängerin war, störte ihn ebenso wenig, als wenn ein junger Baum noch unbeschnitten in den Himmel wuchs. Es gab ihm das Gefühl, ein längst bekanntes Gebiet an Annas Seite noch einmal neu zu ent-

decken. Ihre gänzliche Unverwöhntheit machte jede Routine, jedes selbstverständliche Hinnehmen, unmöglich.
In Gedanken versah er die Tage, an denen Anna zur Stunde kam, mit einem Kreuz, und dieses Kreuz hieß Überraschung, hieß Freude. Da sie im Aufnehmen ebenso begabt war wie er im subtilen Analysieren, fand ein Austausch statt, ein Geben und Nehmen, wodurch das eine vom anderen bald nicht mehr zu unterscheiden war. Mit jeder Stunde verloren ihre Rollen mehr von ihrer Eindeutigkeit, und es entstand ein Gefühl der Intimität zwischen ihnen, eine Art erotische Verzauberung, die sie beide staunend erlebten.
Zum ersten Mal in seinem Leben hatte Vivaldi das Empfinden, auch außerhalb seines hektischen Komponierens zu existieren. Endlich war ihm ein Mensch genauso wichtig wie die Kunst, ja die Beschäftigung mit Anna barg noch weit größere Überraschungen für ihn als selbst das eigene Komponieren, da ja nicht er, sondern ein ungleich Größerer dieses erstaunliche Geschöpf geschaffen hatte.
Aber neben ihrer Musikalität verfügte Anna auch über einen gesunden Realitätssinn, und so erschien sie eines Morgens im Unterricht mit einem Korb über dem Arm und der Bemerkung, sie habe den Eindruck, er ernähre sich nicht richtig. Von da an kümmerte sie sich auch um sein leibliches Wohl, brachte Obst, Käse, frisches Brot mit in dic Stunden, auch einmal eine Flasche Wein vom Gütchen ihres Onkels an der Brenta. Und er ließ es sich gern gefallen.
Dass ihre Beziehung auf diese Weise immer enger wurde, war ihm durchaus bewusst, aber er sah keinen Grund, diesem heftigen Gefühl zu wehren, das über ihn gekommen

war wie ein Wunder. Das Wunder Anna, unausweichlich, wie es Wunder nun einmal sind.
Und Anna? Er war sich nicht im Klaren, wie weit ihre Zuneigung eigentlich ging, ob sie in erster Linie dem Lehrer galt oder tatsächlich seiner Person. Doch was ihn selbst betraf, so war er sicher, noch nie im Leben so viel Zärtlichkeit für eine Frau empfunden zu haben. Dass das »Natürliche« derart gefährlich sein konnte, dass es von Verführung nicht zu unterscheiden war, hatte er bislang nicht gewusst.
Auch jetzt, als der kleine Chor das *Dixit Dominus* intonierte, suchten seine Augen zuerst die Annas, und sie blickte zurück, aufmerksam und selbstbewusst, sie nickte sogar ein wenig dazu, als sei sie seine Verbündete. Sie wird es schaffen, ja sie muss es einfach schaffen, dachte er. Ich werde dafür sorgen, dass eine erstklassige Sängerin aus ihr wird, dies allein ist meine Aufgabe in ihrem Leben und alles andere nichts als unverzeihlicher Egoismus. Aber zum ersten Mal kam ihm so viel Verzicht unsinnig und unmenschlich vor.
Da er sich, seiner ausschweifenden Gedanken wegen, nur mit Mühe konzentrieren konnte, dirigierte er mit doppelter Präzision, gab sogar Einsätze, auf die er sonst verzichtete, irrte sich vor lauter Eifer an der gleichen Stelle bereits zum zweiten Mal, worüber er sich nicht wenig ärgerte. Bei diesen musizierenden Mädchen musste man sich doppelt auf die Finger sehen, schwach und töricht, wie Gott einen geschaffen hatte, denn hier hatte der Apfel des Paradieses die verführerische Gestalt eines Klanges angenommen.
Was Anna anbelangte, so war dieser Klang ein üppiger Alt. Seit sie zu den Sängerinnen der Pietà gehörte, versicherte

er sich des himmlischen Beistandes sehr viel öfter als sonst, damit die Sache sich nicht doch eines unbedachten Tages verselbständigte – eines Tages, den er ebenso sehr fürchtete, wie er ihn herbeisehnte.

Anna sammelte die Noten ein, ganz ohne Aufhebens, ganz seine Assistentin. Sie hatte die Aufgabe übernommen, Ordnung in sein Leben zu bringen, und nahm ihm Dinge ab, die ihn durch ihre ständige Wiederholung ermüdeten. Dafür – oder weil es ein Vergnügen war? gab er ihr Stunden, bei denen er nicht auf die Uhr sah, beliebig lange, dehnbare Stunden, wodurch er bei einer Sache bleiben konnte, bis diese nicht nur erklärt, sondern von Anna erlebt und damit begriffen war.

Und sie lohnte es ihm durch den Wohllaut, den sie so mühelos verströmte, durch ihre rasche Auffassungsgabe, besonders aber durch die Intensität ihrer Freude und die ungesuchte Originalität ihrer Antworten. Durch ihre Fähigkeit also, sich immer wieder von neuem über die tiefen Geheimnisse der Musik zu wundern.

Sie war ihm inzwischen so vertraut, dass er sich bisweilen erlaubte, mitten in einer Stunde im Nebenzimmer zu verschwinden, um sich dort einen musikalischen Einfall aufzunotieren. Zunächst war Anna, das hatte er wohl gemerkt, dann jedes Mal bitter gekränkt gewesen, wohl weil sie fürchtete, ihn gelangweilt zu haben. Dies war jedoch keineswegs der Fall, nur ging sein erfinderisches Gehirn auch während des Unterrichts mit ihr seine eigenen Wege. Seitdem er ihr das erklärt hatte, schien sie geradezu stolz zu sein, wenn er sich während ihrer Stunden etwas aufschrieb.

Dass Annas Mitschülerinnen auf so viel Bevorzugung mit

Eifersucht reagierten, war kaum überraschend. Es kam zu dummen Sticheleien, die Anna jedoch mit einem Achselzucken abtat. Sie hatten den Eindruck, die heilige Cäcilie in Person sei unter sie getreten. Wunder sind in der Regel von flüchtigem Charakter, dieses aber war von Dauer, und das wirkte aufreizend, denn trotz aller Anstrengung fühlten sich dadurch die anderen Mädchen ständig auf den zweiten Platz verwiesen.

Sie mussten zusehen, wie Anna, durch ihre Begabung von ihnen getrennt, mit Vivaldi sozusagen in höheren Regionen schwebte. Gar nicht so sehr verschieden von der Darstellung auf einem Deckengemälde der Pietà, wo das Mythologische mit dem Christlichen in wolkenumrauschter Herrlichkeit Hochzeit feierte, als deren schöpferisches Zentrum, in gegenseitiger, grenzenloser Sympathie.

Und so war es kein Wunder, dass Missgunst und Bewunderung sich unter den Elevinnen der Pietà einen erbitterten Kampf lieferten. Für die anderen sind Ausnahmen nun einmal ein Ärgernis, und so rächten sich die Mädchen, indem sie Anna und Vivaldi ein Verhältnis andichteten. Und im Grunde genommen hatten sie damit gar nicht so Unrecht, nur war es eben ein Verhältnis ganz besonderer Art.

3

Hatte sich Anna so die Liebe vorgestellt? Nein, derartig kompliziert doch wohl nicht, mit zur Vorsicht mahnenden Warnschildern an allen Ecken und Enden. Dem Klang ihrer Stimme entsprechend hätte sie lieber auch hier aus der Fülle gelebt. Aber man sucht sich die Liebe eben nicht aus, und genau unterscheiden zwischen dem *prete rosso* und der Musik, in deren Geheimnisse er sie einweihte, konnte sie schon längst nicht mehr.

Wenn sie bei Vivaldi Unterricht hatte, verließ sie in der Regel ihr Haus früher als nötig, um mit Muße durch die Stadt wandern zu können. Wobei *wandern* angesichts eines Ortes, der gewissermaßen im Wasser schwamm, nur sehr bedingt das richtige Wort war.

Sie wohnte zwischen dem Palazzo Corner-Spinelli und dem Teatro Sant' Angelo, hatte es also gar nicht sonderlich weit bis zum Ospedale della Pietà, ja sie brauchte dazu nicht einmal das ihr vertraute Viertel zwischen dem Rialto und San Marco zu verlassen.

Als ihre um vieles ältere Schwester sie, der Schicklichkeit halber, zu ihrer ersten Unterrichtsstunde begleiten wollte, hatte sie heftig und bestimmt abgelehnt. Nein, wenn sie zum Singen gehe, wolle sie allein sein, um sich in Ruhe vorzubereiten. Abgesehen davon könne einem ja frühmorgens in Venedig nichts passieren.

Noch immer versetzte sie diese Stadt in Erstaunen, denn

sie war nicht hier geboren, sondern erst kurz bevor sie zu Vivaldi in die Pietà kam, mit ihrer Mutter und Schwester aus Mantua nach Venedig übergesiedelt. Keine andere Stadt war der Serenissima zu vergleichen, denn bei ihrem Bau hatten die Elemente ihre Plätze getauscht – das Flüssige trug das Feste, und nicht umgekehrt. Selbst noch mächtig ausladende Kirchen wie Santa Maria della Salute oder San Giorgio Maggiore schienen im Morgendunst über dem Wasser zu schweben, als sei die Schwerkraft aufgehoben. Ein Gedanke, der Anna gefiel, denn beim Singen empfand sie ganz ähnlich.

In Venedig war alles grundsätzlich anders als anderswo. Unzählige Brücken und Kanäle verwandelten die Stadt in ein Labyrinth, sodass man sich immer wieder zu Umwegen gezwungen sah, da es geradeaus nicht weiterging. Plötzlich befand man sich dann auf einem unbekannten *campo* oder vor einer weiteren der zahllosen Kirchen, wodurch selbst noch ein simpler Gang zum Markt zu einem Abenteuer werden konnte.

Auch auf ihren Wegen durch das morgendliche Venedig blieb Anna immer wieder staunend stehen – vor einer der treppenartigen Brücken oder der Fassade eines Palazzo, der selbstverliebt sein Spiegelbild im Wasser eines Kanals zu betrachten schien. Von jedem Standpunkt aus ergaben sich neue, überraschende Durchblicke, und alle waren sie komponiert wie von Meisterhand.

Und doch war Venedig kein Museum, denn schon am frühen Morgen vibrierte es nur so vor lauter Leben. Die Venezianer litt es nicht in ihren dunklen, hochgebauten Häusern, kaum dass es Tag wurde, strömten sie bereits nach draußen auf die Straßen und Plätze. Schon waren die

ersten fliegenden Händler unterwegs, man feilschte, kaufte oder unterhielt sich auch nur aus bloßem Vergnügen am Reden.
Auf der nächsten Brücke kamen Anna zwei diskutierende Advokaten entgegen. Ihr Beruf war an ihren würdigen Allongeperücken und ihren roten Mänteln zu erkennen, die sie, üppigen Theatervorhängen gleich, über die rechte Schulter gerafft trugen. Anna grüßte sie höflich, aber sie nahmen keinerlei Notiz von ihr, denn sie erörterten lebhaft einen Prozess, bei der es der Gegenseite das Handwerk zu legen galt.
Vom Balkon eines etwas schäbigen Palazzo rief ihr dagegen eine junge Frau, die dort ihre Betten lüftete, ein *buon giorno* zu, und Anna winkte ihr lebhaft zurück. Sie genoss es, wenn man sie auf ihrem Weg in die Pietà grüßte, denn so hatte sie das Gefühl, in Venedig doch schon ein wenig zu Hause zu sein.
Und trotzdem fehlte ihr etwas. Sie war erst nach einiger Überlegung dahinter gekommen, was es war, denn zunächst hatte sie, wie betäubt von der fremdartigen Schönheit dieser Stadt, angenommen, dass dieser überhaupt nichts fehlen könne.
Was ihr fehlte, waren die Bäume, die Gärten, das Grün der Wiesen.
Gärten gab es zwar auch hier hin und wieder, aber wie kostbare Geheimnisse waren sie hinter hohen Mauern verborgen. Und wenn einmal ein Baum, oder auch nur ein Ast, die schmalen, oft tunnelartigen Straßen überhing, so bekam Anna jedesmal Sehnsucht nach einer weniger exzentrischen, einer offenen, grünen Landschaft.
Dann fuhren die drei Damen Giro hinüber aufs Festland

oder am Wochenende auch einmal an die Brenta, wo ein Onkel der Familie ein kleines Gütchen besaß, auf dem sie, als sie noch in Mantua wohnten, bisweilen ihre Ferien verbracht hatten. Nichts Aufwendiges, Freskengeschmücktes von Palladio, nein, nur ein schlichtes, kleines Haus mit einem allerdings weitläufigen Garten voller Apfelbäume, was den Damen Giro aber durchaus genügte, denn sie wussten sehr genau, wohin sie gehörten. Auch wenn sie in einem Haus mit Blick auf den Canal Grande wohnten, so zählten sie sich doch keineswegs zur großen Gesellschaft der Stadt.

An einem Morgen wie diesem, an dem sie zum Unterricht mit Vivaldi in die Pietà wanderte, fehlten Anna die Bäume hingegen nicht. Denn wenn man eine Stimme besaß wie sie, konnte man die Bäume ja gegebenenfalls auch singen. *Care selve, ombrose piante* zum Beispiel, Caldaras Schatten spendende Wälder, hatte sie neulich so geheimnisvoll und dunkel gesungen, dass sie der *prete rosso*, den sie bei sich zärtlich *Antonio* nannte, ganz sonderbar angeschaut hatte.

Sie hatte dabei gemerkt, dass sie ihn zumindest mit ihrer Stimme erreichen und – wenn sie es darauf anlegte – sogar ganz schön durcheinander bringen konnte.

Das war eine aufregende Entdeckung für sie gewesen. Eine schöne Stimme verlieh einem also Macht über die Menschen – auf eine unschuldige Weise allerdings, vielleicht so, wie Orpheus einst die Tiere verzaubert hatte. Der Gedanke gefiel ihr, und um ihm weiter nachzuhängen, setzte sie sich auf das Geländer der nächsten Brücke und schaute zu, wie unter ihr ein Kahn mit Stroh beladen wurde. Und auf das Stroh legten zwei junge, kräftige Män-

ner vorsichtig, als handle es sich dabei um rohe Eier, frisch gebrannte Tonkrüge, rotbraun und makellos matt.
Auch die beiden kannten sie und riefen zu ihr herauf, ob sie nicht Lust habe, ihnen an der Ecke einen Cappuccino zu besorgen. Nein, dafür habe sie jetzt keine Zeit, gab Anna zurück, denn im Wasser des Kanals hatte sie etwas entdeckt, das sie faszinierte.
Von dem Boot der hantierenden Männer in leicht zitternde Bewegung versetzt, spiegelte sich darin das Blassblau des Himmels im Verein mit dem Ziegelrot der Backsteinfassaden und dem hellen Grau des Marmors. Dadurch flossen die reinen Farbtöne ineinander, was eine ganze Palette neuer, unerwarteter Schattierungen ergab.
Sie fühlte sich von ihrer Entdeckung wunderbar bestätigt. Hatte sie nicht auf ganz ähnliche Weise versucht, den Frieden von Caldaras schattigen Wäldern auszudrücken, womit sie dem *prete rosso* so sehr zu schaffen gemacht hatte? Es kam also beim Singen einzig und allein auf die Vielfalt der Farben an, auf diese Weise konnte man gewissermaßen zaubern.
Vielleicht war die Macht, über die sie dank ihrer Stimme verfügte, am Ende gar nicht so unschuldig, sondern ein Mittel der Verführung? Wagte man sich in dieser Richtung noch etwas weiter vor, gerieten einem die Gedanken leicht auf merkwürdige, tief beunruhigende Abwege. Deshalb rief sie sie jetzt wohl besser zurück, für den Augenblick jedenfalls, und bummelte stattdessen weiter den kleinen Kanal entlang, der ihr besonders gefiel, weil er gleich von zwei dieser kleinen, treppenartigen Brücken überspannt wurde. Zeit genug hatte sie ja, denn es schlug gerade erst halb neun.

Wie immer war sie auf ihre Stunde gut vorbereitet. *Se tu m'ami* von Scarlatti und den zweiten Teil von Vivaldis *Nisi Dominus*, dessen Largo sie, da sie einen langen Atem hatte, tatsächlich so extrem ruhig nehmen konnte, wie Vivaldi es sich vorgestellt hatte. Es gab da eine Stelle, die es ihr besonders angetan hatte, weil die Harmonien sich schmerzlich aneinander rieben, während sich die Stimme darüber halbtonweise höher schraubte.
Auch Vivaldi schien diese Stelle besonders zu lieben, denn er probte sie immer wieder mit ihr. Erlaubte das nicht den Schluss, dass sie beide ganz ähnlich empfanden? Vielleicht würde er sie das Stück sogar singen lassen, wenn dieser deutsche Graf das Ospedale besuchte, der sich bei Vivaldi gleich eine ganze Reihe von Konzerten bestellt hatte, um mit ihnen seine regnerische Heimat aufzuhellen.
Seit Wochen arbeitete Anna nun schon an dem anspruchsvollen Werk, und das mit solchem Eifer, dass ihre Mutter immer wieder an die Wand klopfte – wann sie wohl endlich Ruhe gebe?! Und selbst der gute Luigi vom Teatro Sant' Angelo, der sie sonst unermüdlich auf seiner Theorbe begleitete, hatte neulich erschöpft gestreikt. Aber Luigi war verliebt in sie, daher durfte man ihn schon ein wenig ausbeuten, um auf Vivaldi Eindruck zu machen. Denn einen Lehrer zu haben wie ihn war eine Auszeichnung.
Ständig machte er Türen für sie auf, und Neues, Wunderbares strömte herein, von dessen Existenz sie bislang keine Ahnung gehabt hatte. Sobald er anfing, ihr etwas zu erklären, glaubte sie alles sehr viel deutlicher wahrnehmen zu können, als habe er ihr eine Brille aufgesetzt, eine Brille, die ihr all ihre Sinne schärfte.
Gewiss, eine Stimme hatte sie auch vorher schon gehabt,

aber erst durch ihn war ihr aufgegangen, was Musizieren wirklich hieß. Dass sich beispielsweise die Schönheit einer Phrase in einer einzigen, winzigen Verzögerung verbergen konnte, wodurch die Möglichkeiten des Ausdrucks quasi ins Unbegrenzte wuchsen.

Anna hatte nicht die geringste Ahnung von ihrer Zukunft, aber dass sie vom Singen nicht mehr lassen konnte, das stand für sie fest.

Da sie noch etwas Zeit hatte, gestattete sie sich einen Umweg über die Piazza, um sich dort den Uhrenturm anzusehen. Sie konnte sich nie entscheiden, was sie am meisten an dem phantastischen Bauwerk liebte – sein Zifferblatt aus blauem Email mit den goldenen Zeigern oder seinen astronomischen Mechanismus, der den Schiffern anzeigte, wann die Höhe der Flut besonders günstig war, um aus dem Hafen auszulaufen.

Nein, diesmal entschied sie sich für etwas anderes, für die beiden Mohren nämlich, die hoch oben auf dem Dach an eine riesige Glocke schlugen, um die volle Stunde anzuzeigen. Leider konnte sie diesen spannenden Augenblick nicht abwarten, denn inzwischen war es bereits kurz vor neun. Sicher wartete Vivaldi bereits auf sie.

4

Als sie die Riva degli Schiavoni entlang in der Pietà anlangte, wartete Vivaldi tatsächlich bereits auf sie. Wie immer, wenn er sie unterrichtete, trug er keine Perücke. Sie mochte ihn lieber so, denn mit seinem Schopf unordentlicher, roter Haare sah er wesentlich jünger aus. Auch schien er auf diese Weise kein Priester mehr zu sein, jedem weiblichen Zugriff entzogen, sondern ein Mann in den besten Jahren, wenn auch ein recht merkwürdiger, hoch nervöser.

Er hatte gewissermaßen zwei Gesichter. Durch seine Hakennase wirkte er von der Seite her eher gefährlich, während sein Gesicht von vorn einen sanften und durch die erhobenen Augenbrauen einen leicht erstaunten Ausdruck besaß. Als Anna eintrat, nahm er seine Violine vom Kinn, um sie zu begrüßen, worauf er das Instrument vorsichtig in ein Tuch wickelte und zurück in den Geigenkasten legte.

»Sie wird froh sein, dass sie eine Weile Ruhe vor mir hat«, sagte er. Anna nahm die Partitur des *Nisi Dominus* aus ihrer Tasche und trat an Vivaldi vorbei ans Cembalo, auf dessen Pult sie die Notenblätter mit besonderer Sorgfalt ordnete, denn es handelte sich dabei um Vivaldis Manuskript.

Es hatte sie einige Mühe gekostet, seine Notenschrift zu entziffern, seltsam schräg stehende Krähenfüße, denen man die Hast, mit der er sie aufs Papier geworfen hatte, ansah. Aber seitdem sie verstand, diese mit ihrer Stimme zum Klingen zu bringen, fühlte sie sich ihm, dem Erfinder dieser Musik, noch enger verbunden. Fast so, als sei sie die Mitwisserin eines Geheimnisses.

»Glaubst du, du wirst es schaffen?« fragte er, worauf Anna nickte.

»Aber fangen wir vielleicht mit dem Largo an«, schlug sie vor.

»Weil du dich dann bequem und träge ausbreiten kannst, so wie du es am liebsten tust«, spottete er, aber an seine Sticheleien gewöhnt, lächelte sie nur. Vivaldi war nicht nur als Komponist ein Genie, er war es auch im Umgang mit seinen Schülerinnen. Er unterrichtete leidenschaftlich. Vielleicht war es ihm ein Ersatz dafür, dass er keine Kinder hatte, dachte Anna zuweilen, denn eigentlich konnte sie nicht verstehen, dass der berühmte Mann sich solche Mühe mit ihr gab.

Stets ließ er Anna den Ablauf der Stunde bestimmen, wodurch sie den Eindruck hatte, dass sie selbst die geheimnisvollen Türen öffnete. Und doch war er es, der alle Fäden in der Hand hielt.

Als er, nachdem sie bereits über zwei Stunden daran gearbeitet hatten, das ganze Stück noch einmal im Zusammenhang haben wollte, war sie selbstbewusst genug zu sagen – für heute sei es genug. Warum sie stattdessen nicht eine Weile nach draußen an den Kanal gingen? Aber ja, das tat er fast noch lieber, als sie zu unterrichten. Doch sich dort neben sie auf die Treppenstufen zu setzen wagte er nicht, denn er glaubte die Augen der anderen Mädchen im Nacken zu spüren, die ihnen aus den Fenstern der Pietà zusahen.

Man müsste zusammen einen Ausflug machen, um diese eifersüchtigen Augen endlich einmal los zu sein, dachte er, aber wie war das zu bewerkstelligen? Offenbar konnte Anna Gedanken lesen, denn sie meinte:

»Am kommenden Sonntag fahren wir an die Brenta – meine Mutter, meine Schwester und ich. Hätten Sie nicht Lust mitzufahren? Wir könnten dort im Garten sitzen. Wissen Sie, manchmal gibt es mir hier in Venedig einfach zu viele Steine.«

»Natürlich«, sagte er. Er war grundsätzlich mit allem einverstanden, solange sie nur dabei war, er, der sonst stets den Ton angab, der so leicht nervös und mäkelig wurde, der immer Angst hatte, dass etwas zu lange dauern könnte – Konzerte, Gesellschaften, was immer. Sogar seine eigenen Kompositionen, die daher wie im Fluge vorüberzogen.

Etwas ging von diesem Mädchen aus, das sich zu ihm verhielt wie Plus zu Minus – sie verströmte Ruhe und lächelnde Harmonie, wo er nervös und zappelig war. *Natürlich* wäre er am Sonntag liebend gern mit ihr an die Brenta gefahren. Die Morgensonne spielte auf ihrem Haar, dessen Farbe durch den Einfall des Lichts ständig wechselte. Dies, nahm er sich vor, würde er nächstens einmal zu komponieren versuchen, durch eine überraschende Rückung der Harmonie, oder noch besser vielleicht, indem er verschiedene Blasinstrumente gleichzeitig einsetzte, um die Klangfarben beliebig abschattieren zu können.

Inzwischen leuchtete Annas Haar wie sonniges Kupfer, an den Schläfen ringelte es sich außerdem in reizvoller Unordnung. Warum musste sie zu allem Überfluss auch noch solche Haare haben, dachte er, wo sie schon eine

Stimme aus Samt besaß? Da hatte sich der Schöpfer wahrhaftig vergessen und allzu großzügig in seinen kreativen Topf gelangt!

Fürs Erste war es da vielleicht besser, er sah woanders hin. Er dachte an das bevorstehende Konzert – nein, es war noch längst nicht genügend vorbereitet. Zum Teufel mit ihm, warum schrieb er auch immer solch kompliziertes Zeug! Das hieß also, dass sie von jetzt an doppelt so viel arbeiten mussten, und die Brenta war leider für ein anderes Mal. Nicht in der Erfüllung, sondern im Warten darauf lag der Genuss. Aber plötzlich erschien ihm die sonst von ihm so geliebte Maxime abgedroschen und schal.

»Ich glaube, es wird Zeit«, sagte er bedauernd, und Anna erhob sich. Schweigend gingen sie zurück in die Bibliothek der Pietà, wo es dämmrig war, ohne dieses verräterische Changieren in Annas Haaren durch vagabundierende Sonnenstrahlen, und wo man daher arbeiten konnte, ohne abgelenkt zu werden.

Er bestrafte sich für seine ausschweifenden Gedanken, indem er Anna für den Rest der Stunde in ganz besonderer Weise forderte. Aber bei aller Intensität blieb er locker, gleichsam improvisierend, denn er hatte gemerkt, dass ihr so gut wie alles gelang, wenn er ihr genügend Freiheit ließ. Nur die Koloraturen im Schlussallegro klebten noch immer, dabei waren sie nicht einmal sonderlich schwierig. Annas Gesicht war anzusehen, dass sie sie ungern sang, wie alles, was lediglich aufs Virtuose abzielte. Ein *Amen* als Demonstration der Kehlfertigkeit? Das ging ihr entschieden gegen den Strich.

Doch als sie dies äußerte, wurde er ärgerlich – Koloraturen seien nicht nur eine Demonstration technischer Mittel, sondern ein Zustand – nämlich Aufschwung, Erregung, und darum gehe es beim Religiösen schließlich auch. Er könne nicht einsehen, warum man, wenn man an Gott denke, immer gleich in mystisch anbetende Trauer versinken müsse, wie gewisse Komponisten nördlich der Alpen. Schließlich habe Er auch Italien erschaffen und anderes Erfreuliche die Menge, wobei er aber strikt an ihr vorbei sah, als berge das Erfreuliche aber gleichzeitig auch Gefahren in sich.

Vivaldi sagte immer Dinge, wie sie die anderen nicht sagten – auch dafür liebte ihn Anna. Verglichen mit ihm war der brave Luigi ganz einfach monoton. Seine treuen Augen erzählten ihr immer nur das Gleiche, wenn sie miteinander arbeiten, nämlich – dass er sie liebte. Und da sie seine Gefühle nur sehr bedingt erwiderte, waren ihr diese wortlosen Bekenntnisse lästig.

Sie versuchte die Koloratur noch einmal, und weil sie dabei daran dachte, was Vivaldi gerade erklärt hatte, ging sie bereits entschieden besser.

Am Ende der Stunde kam es dann:

»Wenn du so weitermachst, lasse ich dich das Stück bei nächster Gelegenheit öffentlich singen, denn wir bekommen hohen Besuch – *le Président de Brosses* höchstpersönlich, ein Gelehrter und Musikkenner aus Dijon. – Also mach mir keine Schande.«

Nein, das würde sie bestimmt nicht. Aber plötzlich wurde ihr doch ein wenig bange – war sie nun glücklich, oder hatte sie nicht eher Angst? Wahrscheinlich beides auf einmal, entschied sie, aber kneifen kam nicht in Frage.

»Traust du dir die Sache auch wirklich zu?« meinte er. »Wenn nicht, so sag es lieber gleich und nicht erst am Tag vor der Aufführung.« Aber seine Augen hatten dabei gelacht, und so war sie sicher, dass es ihm mit seiner Frage nicht ernst gewesen war. Daher nickte sie nur ganz beiläufig:

»Allerdings unter der Bedingung, dass wir daran noch viel zusammen arbeiten...« Denn auf diese Weise würde sie Vivaldi öfter sehen als sonst und hätte alles hübsch beieinander – die Arbeit, die Musik und die Liebe.

Hochbefriedigt von diesem Vormittag, packte sie ihre Noten zusammen, es war einer von denen gewesen, die sie nicht vergessen würde. Dass es noch dazu ihr Geburtstagsmorgen war, verriet sie Vivaldi nicht. Denn damit, dass er sie das *Nisi Dominus* öffentlich singen ließ, hatte er ihr bereits das größte aller Geschenke gemacht. Ein Geschenk allerdings, das gleichzeitig auch ein leiser Schrecken war, wenn man an die Verpflichtung dachte, die es beinhaltete.

Als sie die kleinen Kanäle entlang nach Hause ging, brach sie plötzlich in Tränen aus. War es nun, weil sie Vivaldi liebte, oder lediglich aus Erschöpfung, weil er sie mit seinen Ansprüchen einmal mehr über ihre Grenzen hinaus gefordert hatte? Sie begriff es selber nicht.

5

Annas Vater, der *parrucchiere*, hatte den Seinen bei seinem Tod nicht eben viel hinterlassen. Daher bemalten die Damen Giro, um sich etwas dazuzuverdienen, Porzellan. Da sie dies zu Hause, in ihrer Wohnung, tun konnten, hatten sie nicht das Gefühl, sich damit etwas zu vergeben. Weder die ältere Schwester noch die Mutter waren dafür sonderlich begabt, Anna aber bewies auch hierin bald erstaunliches Talent, sodass sich der Besitzer der kleinen Manufaktur, für den sie malte, äußerst bestürzt gezeigt hatte, als sie aus Mantua weg nach Venedig gezogen war.

Seitdem kam er alle zwei Monate mit seinem zerbrechlichen Rohmaterial von dorther angereist, um die jungfräulichen Tassen gegen eine gleiche Anzahl bemalter auszutauschen. Zunächst hatte Anna nach Vorlagen gearbeitet, sorgfältig, aber rein mechanisch, lediglich auf die Exaktheit der Kopien bedacht. Aber als sie sah, dass sie diese Technik beherrschte, fing sie an, neben den bestellten Dutzend Tassen, die sich alle zu gleichen hatten wie ein Ei dem anderen, auch Neues, Eigenes zu erfinden. Der Mann aus Mantua war begeistert und ließ sich diese Unikate, die er zusätzlich noch innen vergoldete, von verschiedenen reichen Sammlern teuer bezahlen, ohne dass er der erfinderischen Künstlerin dafür auch nur einen Dukaten mehr bezahlt hätte.

Anna liebte den zerbrechlichen Untergrund, auf dem sie malte. Auch verdross es sie nicht, dass dies große Geduld erforderte. Sie hatte bemerkt, dass sie, wenn sie die Tassen und Untertassen mit kleinen Genreszenen oder stilisierten Landschaftsszenen bemalte, ähnlich wie beim Singen den Atem »hielt« – vielleicht weil die Substanz, mit der sie umging, ebenso empfindlich war wie die Stimme. Auf diese Weise dachte sie, während sie arbeitete, ganz zwangsläufig über ihre Stimme nach. Ja, bisweilen legte sie sich ihre Noten dabei sogar neben sich und malte und sang abwechselnd.

Der von Vivaldi angekündigte französische Musikliebhaber, *le Président de Brosses*, ließ immer noch auf sich warten, deshalb war der Termin des Konzertes im Palazzo Dolfin bereits zum zweiten Mal verschoben worden. Anna, die den Eindruck gehabt hatte, dass ihr die ganze Angelegenheit allmählich über den Kopf wuchs, fühlte sich erleichtert. Mit der *ganzen Angelegenheit* meinte sie nicht nur die anspruchsvolle Kantate, sondern auch ihre Gefühle Vivaldi gegenüber, den sie, wegen der Proben für das bevorstehende Konzert, fast täglich gesehen hatte.

Ständige Nähe, stellte sie fest, war zwar süß, brachte einen aber auch in Bedrängnis. Und in immer größere Bedrängnis geriet offenbar auch Vivaldi. Anna glaubte zu spüren, dass seine Erregung nicht allein von der Musik ausgelöst wurde, sondern auch von ihr, dem Medium, das diese zum Klingen brachte. Gewiss, das machte sie stolz und glücklich, aber wenn sie sich nicht ganz entschieden dagegen wehrte, wurde sie von seinem Fieber angesteckt, was wiederum ihrer Stimme abträglich war, die dadurch ihr natürliches Gleichgewicht verlor.

Daher brach sie, wenn Vivaldi vor lauter Intensität in Flammen aufzugehen drohte, aus Selbstschutz kurzerhand ab, worauf er sich gehorsam zurücknahm. Ja, bisweilen entschuldigte er sich sogar auf eine sie rührende, linkische Weise für seine Hektik.

Sie waren sich während dieser intensiven Probenzeit in einer Weise nahe gekommen, dass es ihr unnatürlich vorkam, weiterhin *Sie* zu ihm zu sagen, während er sie duzte. Und da er keine Anstrengung machte, ihr das Du anzubieten, nahm sie die Sache selbst in die Hand, indem sie ihn, als sie das nächste Mal miteinander arbeiteten, gleichsam versuchsweise Antonio nannte. Daraufhin hatte er sie entsetzt angesehen, wie erschrocken über die unerwartete Zärtlichkeit in ihrer Stimme. Sie aber ging darüber hinweg, indem sie, um der Sache alles Verfängliche zu nehmen, nur so ganz obenhin sagte:

»Es geht mir eben natürlicher von der Zunge.« *Natürlich, natürlich* – da war es wieder, dieses gefährliche Wort, und schwemmte die Barriere hinweg, die er sorgfältig zwischen ihnen errichtet hatte, damit die Situation nicht außer Kontrolle geriet. Und dennoch sehnte er sich von nun an nach diesem dunkel getönten »Antonio« aus ihrem Munde, das man ihm seines Spitznamens wegen bisher vorenthalten hatte. Aber sie nannte ihn nur, wenn sie allein waren, bei seinem Vornamen, und brachte es tatsächlich fertig, ihn vor den anderen Mädchen nie anders als *maestro Vivaldi* zu nennen.

Seitdem war ihr Zusammensein für Anna von einer süßen Heimlichkeit, geprägt vom Reiz des Verbotenen, den sie genoss.

Nach vielen Stunden gemeinsamer Arbeit an dem anspruchsvollen *Nisi Dominus* hatte Vivaldi plötzlich abgebrochen und gesagt – nein, das sei einfach nicht das richtige Stück für eine solche Gelegenheit. Das hieße Perlen vor die Säue werfen, denn das elegante Publikum, das von nichts etwas verstehe, würde sich dabei mit Sicherheit langweilen.

Er werde ihr stattdessen etwas anderes komponieren, eine Schäferkantate beispielsweise, mit den üblichen, wohlfeilen Banalitäten über die Liebe. Dergleichen werde man ihr nur so aus der Hand fressen, denn sie müsse nicht nur Erfolg, sondern *großen* Erfolg haben, denn nur der mache unabhängig. Und er hatte dabei einen verächtlichen Zug um den Mund gehabt.

Antonio Vivaldi würde eigens für sie, Anna Giro, eine Kantate schreiben – war denn das die Möglichkeit! Während sie eine bauchige Kakaotasse, den Wünschen des Mannes aus Mantua gemäß, mit einem geometrischen Muster überzog, dachte sie weiter über Vivaldi nach. Zog exakt Linie neben Linie und legte darauf wiederum andere quer darüber, sodass ein feines Netz aus Linien entstand, was außerordentliche Konzentration erforderte.

Während einer der Proben hatte er ihr einmal von der Wirkung der Farben auf sein Gemüt erzählt, und seiner ganz speziellen Vorliebe für die Farbe Grau. Das Grau habe etwas Beruhigendes, hatte er gesagt, ob sie das nicht auch finde. Und nach einigem Nachdenken hatte sie ihm Recht gegeben. Er sagte immer merkwürdige Dinge, um die Meinung der anderen schien er sich dabei nicht zu kümmern.

Nein, das stimmte nicht ganz – wenn er sich über ihren Erfolg Gedanken machte, passte er sich da nicht der

Erwartungshaltung derer an, für die sie musizierten? Denn sie selbst hätte viel lieber das *Nisi dominus* gesungen. Nun ja, er kannte die große Welt und ihre Spielregeln besser als sie, da mochte er schon Recht haben. Und letzten Endes hatte er das Programm des Konzertes ja ihretwegen geändert.
Trotzdem wurde ihr bange zumute, wenn sie daran dachte, auf was sie sich damit eingelassen hatte. Nervös machte sie einen Strich zu viel auf der Kakaotasse, der nur schwer zu korrigieren war, worauf sie sie, ärgerlich über sich selbst, zunächst einmal weglegte.
Stattdessen nahm sie, mit ihren Gedanken noch immer bei Vivaldi, einen Unterteller in die Hand und fing an, ihn gleichmäßig mit einem ganz hellen, zart blau getönten Grau zu überziehen, einem Grau ähnlich dem Winternebel über der Lagune. Denn sie erinnerte sich, dass Vivaldi ihr einmal gesagt hatte – er liebe dieses transparente Grau, weil es allen Dingen einen Dämpfer aufsetze. Dies getan, griff sie auch nach der dazugehörigen Tasse.
Sorgfältig entwarf sie zunächst das Dekor – eine Phantasielandschaft mit Bäumen und Sträuchern, in die man, wie an der Brenta, hineinwandern konnte. Darauf fing sie an, die Vorzeichnung mit Farbe auszufüllen, und zwar ausschließlich in dem zuvor verwendeten Grauton, wenn auch verschieden abschattiert. Ruhe und abstrahierte Natur – die Bäume, nach denen sie Sehnsucht hatte, und der Frieden, den dieser unruhige Geist so dringend brauchte.
Ihrer beider Tasse also.
Vielleicht würde er merken, was sie damit sagen wollte, wenn er zur Nacht seinen Tee daraus trank, und an sie

denken. Womit die beruhigende Absicht allerdings wieder durchkreuzt wäre. Danach schweiften ihre Gedanken Dingen zu, die leichter überschaubar waren als die Belange der Liebe.

In einem der vornehmen Häuser Mantuas hatte sie einmal das Porträt einer jungen Sängerin gesehen, und das Kleid, das diese trug, hatte sie seither nicht mehr vergessen. Für den bewussten Anlass würde sie sich genau dieses Kleid nachschneidern lassen, und zwar mit allen Accessoires, wie der roten Samtschleife, die die Sängerin um den Hals trug. Auch ihre Frisur mit den kleinen, eingeflochtenen blauen Blumen würde sie kopieren.

Bei ihrer Ankunft im Palazzo Dolfin müssten Kleid, Schleife und Frisur natürlich unter einem Mantel mit Kapuze verborgen bleiben – der Überraschung wegen. Am liebsten hätte sie auch noch eine Maske getragen, aber ein Konzert war schließlich nicht der Karneval, also ging das leider nicht.

Was er wohl sagen würde, wenn sie in dieser Verkleidung erschiene? Bei seinen schlechten Nerven musste man vorsichtig sein, dass er vor lauter Schrecken nicht den Taktstock fallen ließe. Hin und wieder rächte sie sich für das grenzenlose Gefühl, das er in ihr auslöste, indem sie sich ein wenig über ihn lustig machte.

Sie hatte es nicht gern, wenn man ihn den *prete rosso* nannte, denn es stempelte ihn eindeutig zu einem Mann der Kirche. Aber konnte man denn, wenn man seit zwanzig Jahren nicht mehr die Messe gelesen hatte, überhaupt ein richtiger Priester sein? Die Antwort war eindeutig *Nein*. Vivaldi war Musiker, war Komponist, und das mit jeder Faser seines Herzens. Und sie beschloss, sich von jetzt an keine Gewissensbisse mehr zu machen wegen der Gefühle, die sie für ihn empfand.

Am Abend des Konzerts würde er bestimmt wieder nur auf ihre Stimme achten, und ihre ganze Bemühung, darüber hinaus seine Aufmerksamkeit zu erregen, wäre umsonst. Wenn dies das Schicksal einer Sängerin war, so bedankte sie sich schön.

Plötzlich hatte sie keine Lust mehr, an der grauen Tasse weiterzumalen. Doch da sie eine sorgfältige Natur war, führte sie ihre Arbeit trotzdem zu Ende. Ja, sie signierte sie sogar – und das tat sie sonst nie – rechts unten neben dem Henkel, mit einem kleinen »a«.

6

Es war das erste Mal, dass sie mit dem Bewusstsein aufwachte, am Abend singen zu müssen, und sie stellte fest, dass es ein sehr wenig angenehmes Gefühl war. Auch der anschließende Morgen, der Mittag und Nachmittag erwiesen sich als quälend, denn auf einmal schienen sie doppelt so viele Stunden zu haben wie sonst.
Immer wieder summte oder sang sie die eine oder andere Phrase vor sich hin, um sich ihrer Stimme zu versichern, dabei hatte sie ein Gefühl leichter Panik. Wo war die Selbstverständlichkeit, mit der sie sonst das Singen anging?
Daher war sie dankbar, als sie am frühen Abend endlich in ihre Verkleidung schlüpfen konnte, denn die Beschäftigung mit ihrem Äußeren lenkte sie von ihrer Stimme ab. Als sie mit Schminken und Umziehen fertig war, lächelte ihr aus dem Spiegel eine gänzlich andere Anna entgegen, ein Double jener Sängerin mit der aufreizenden roten Samtschleife am Hals, deren Porträt sie geschickt kopiert hatte.
Trotzdem war sie, als sie sich auf den Weg zu ihrem Konzert machte, froh, dass ihre Schwester Paolina sie begleitete, deren nüchterne Gegenwart sie sonst eher als störend empfand. Obwohl es bis zum Palazzo Dolfin kaum mehr als fünfhundert Meter waren, hatte sie eine Gondel genommen, denn der Nachbarn wegen traute sie sich in ihrem eleganten Aufzug nicht zu Fuß über die Gasse.

Die Palazzi auf beiden Seiten des Canal Grande waren festlich erleuchtet, und der Schein unzähliger Kerzen und Fackeln spiegelte sich zitternd im Wasser wider. Aber unter den gegebenen Umständen kam Anna das nächtliche Venedig nicht geheimnisvoll und romantisch vor wie sonst, vielmehr beunruhigte sie das Plätschern des Wassers, und unter dem Rudern des Gondoliere schien ihr das schwarze, sargartige Gefährt ebenso gefährlich zu schwanken wie ihr Selbstvertrauen, das zum ersten Mal drohte, sie im Stich zu lassen.
Daher war sie ordentlich erleichtert, als sie am Quai des Palazzo Dolfin anlegten. Diener mit Fackeln halfen der eleganten Dame im hellblauen Cape und ihrer Duenna beim Aussteigen. Das Herz schlug Anna bis zum Hals, aber wie weiland Maria im Tempel ging sie furchtlos durch die dicht gedrängte Menge – wenigstens mochte es den anderen so scheinen.
Der *prete rosso* sei im ersten Stock, hieß es auf ihre Frage. Eine gewaltige Treppe, eine ebenso gewaltige Vorhalle – oder war es bereits der Festsaal, in dem sie singen würde? Die Fresken an den Wänden wagte sie in ihrer Nervosität nicht zu betrachten, sondern folgte dem Diener, der eine Tapetentüre vor ihr öffnete. Als sie eintrat, blieb der Diener mit seinem Leuchter zurück.
Da war es, das kleine Orchester der Pietà, das für diese und ähnliche Gelegenheiten ausgeliehen wurde, und da war auch er, Vivaldi. Plötzlich hätte sie alles darum gegeben, wenn sie das gewagte Kleid nicht angezogen hätte, dann aber schlug sie mutig die Kapuze zurück, und das Staunen in den Augen der anderen Mädchen über ihre stark veränderte Frisur zeigte ihr, dass diese ein Erfolg war.

Betont gelassen legte sie daraufhin auch ihr Cape ab, und diesmal schienen nicht nur die anderen Mädchen, sondern auch die Porträts an den Wänden den Atem anzuhalten. Nun galt es nur noch zu singen.
Und er? Was dachte, was empfand er? Aber sie traute sich nicht, ihn anzusehen, sondern griff mit gespielter Nonchalance nach ihren Noten.
»Vielleicht gehen wir noch einmal das erste Rezitativ durch«, schlug sie vor und merkte dabei, dass sie vor Aufregung einen vollkommen trockenen Hals hatte. Ob ihr vielleicht jemand ein Glas Wasser bringen könne? Aber sicher. Eines der Mädchen lief nach draußen. War sie wahnsinnig gewesen, sich diesem Auftritt auszusetzen? Aber manchmal war es gut, dass man nicht wusste, auf was man sich einließ, denn sonst würde man es nämlich gleich gar nicht tun.
Damit war das Schlimmste vorüber, und nun wagte sie auch Vivaldi anzusehen – ja, diesmal schien er tatsächlich etwas gemerkt zu haben, stellte sie mit Befriedigung fest. Er hatte sie angestarrt und sich dann, wie in einem Impuls der Abwehr, von ihr abgewandt. Nun zupfte er nervös an seiner Geige. So weit hatte sie also gehen müssen, damit er merkte, dass sie eine Frau war und keine Nachtigall.
Doch von jetzt an ging es nur noch um die Musik. Die Herrschaften ließen sich allerdings Zeit, sehr viel Zeit, und so hieß es wiederum warten. Aber zu ihrer Überraschung stellte Anna fest, dass sie gar nicht mehr nervös war. Auch hatten die missgünstigen Mädchen offenbar eingesehen, dass es klüger war, klein beizugeben, denn zwei von ihnen gratulierten ihr sogar zu ihrem Kleid. Nur die rote Samtschleife fanden sie etwas zu viel, auch liege sie derartig eng

am Halse an, ob sie denn damit überhaupt singen könne? fragten sie scheinheilig. Anna nahm ihre Komplimente ebenso gleichgültig entgegen wie ihre Kritik.

Erst nach einer weiteren Stunde wurden sie schließlich vom Haushofmeister geholt. Le Président de Brosses hatte geruht, Platz zu nehmen, nachdem er mit dem Hausherrn *coram publico* intensiv und ausdauernd politisiert hatte. Anna fand das empörend – und da behauptete dieser Mensch, ein Verehrer von Vivaldis Musik zu sein! Der Maestro dagegen zuckte nur die Achseln, er schien an Derartiges gewöhnt. Anna wäre es lieber gewesen, wenn auch er sich empört hätte.

Beim Betreten des Saals überflog sie die Schar der Gäste – es mussten mehr als hundert sein. Der ganze Erb- und Geldadel Venedigs war versammelt, aber voller Genugtuung stellte sie fest, dass sie sich in ihrem extravaganten Kleid neben der Eleganz der Damen nicht zu verstecken brauchte.

Vivaldi führte sie aufs Podium, und nachdem sie mit ihm zusammen den Applaus entgegengenommen hatte, nahm sie Platz. Als das allgemeine Gemurmel verebbt war, hörte sie ihr eigenes Herz schlagen, und es schlug so laut, dass sie überzeugt war, jedermann im Saal müsse es hören.

Als Auftakt spielte Vivaldi sein neustes Violinkonzert *Il Favorito*, und wie fast alle seine Kompositionen zog es wie im Flug vorüber. Anna wusste nicht, dass er das brillante, hochvirtuose Stück in der Absicht gewählt hatte, die Stimmung für ihren Auftritt anzuheizen. Und wie er zauberte, der rote Priester, der keiner war, denn er brachte es fertig, den ganzen Raum mit seinem Spiel in Schwingung zu versetzen. Selbst noch die Lüster aus Muranoglas beb-

ten leise. In dieser Atmosphäre gesteigerter Erwartung würde sie es leicht haben, dachte Anna bei sich, aber gleichzeitig auch schwer, da man ihre Leistung an der Vivaldis messen würde.
Während sie ihm zuhörte, ließ sie ihre Augen über die Fresken an den Wänden des Ballsaals schweifen. Auch hier hatte die Mythologie die Themen geliefert, im Verein allerdings mit einer Huldigung an den Hausherrn – die wahren Götter verneigten sich vor den irdischen. Man musste zu diesen Auserwählten gehören oder aber Sängerin sein, um dergleichen sehen zu dürfen, dachte Anna mit einigem Stolz.
Applaus, langer, heftiger Applaus – Vivaldi hatte sich selbst überboten. In der Öffentlichkeit schien er ein anderer zu sein als während der Proben in der Pietà – ein Mann von Welt. Zwar waren seine roten Haare unter einer würdigen grauen Allongeperücke verborgen, doch sein Geigenspiel hatte wie immer Funken geschlagen.
Noch während geklatscht wurde, forderte Vivaldi Anna mit einer Verbeugung auf, sich zu erheben. Man tuschelte, warf sich erstaunte Blicke zu. Was hatte der *prete rosso* denn da aus dem Ärmel gezogen? Und dieses bezaubernde, taufrische Geschöpf sollte auch noch singen können? Sollte sie tatsächlich nur seine Schülerin sein, war sie nicht eher seine Geliebte? Diesem Heuchler in der Soutane war alles zuzutrauen!
Anna empfand nicht das Begehrliche der auf sie gerichteten Blicke, sondern verstand sie als Neugier auf ihren Gesang. Die bukolische Kantate, die Vivaldi für sie komponiert hatte, saß ihrer Stimme wie maßgeschneidert, daher fühlte sie sich ihrer Sache ganz sicher. Sie blickte den

Maestro an und blendete die anderen aus – von nun an würde es nur noch sie beide geben. Ohne alle Nervosität fing sie zu singen an.

Vivaldi hörte ihr mit einer Bewegung zu, die ihn selbst überraschte. Nein, er hatte sich nicht getäuscht, sie war tatsächlich die ganz große Ausnahme. Sie nahm den reichlich beliebigen Text vollkommen ernst und verlieh ihm dadurch eine Authentizität, die er gar nicht besaß.

Amor hai vinto, sang sie – »Liebe, Du hast gesiegt, sieh meine Brust, durchbohrt von Deinen Pfeilen«. Und alle im Saal glaubten ihr aufs Wort, wurden noch einmal jung, erinnerten sich ihrer ersten Liebe und der einst geleisteten, hochheiligen Treueschwüre, die sie längst durch unzählige Wiederholungen verraten hatten.

Non teme più periglio – »ich fürchte mich vor keiner Gefahr« war eine Stelle, die Anna besonders liebte, sie hatte dabei das Gefühl, als wüchsen ihrer Stimme Flügel. Endlich konnte sie Vivaldi vor allen anderen singend sagen, was sie für ihn empfand. Dies löste ein Glücksgefühl in ihr aus, wie sie es noch nie erlebt hatte.

Grazie, che delizio – rief der Hausherr, noch ehe der Beifall losbrach, sodass es jeder im Saal hören musste. Man umringte sie, gratulierte ihr von allen Seiten, bis sie nicht mehr wusste, welche der vielen Hände, die sich ihr entgegenstreckten, sie zuerst ergreifen sollte. Auch Vivaldi gratulierte man und machte ihm Komplimente, aber er gab sie lächelnd an Anna weiter.

Sie müsse in jedem Fall zur Oper, hieß es von berufener und weniger berufener Seite – dafür sei sie geradezu geboren. Schon allein ihres Aussehens wegen. Ja, eine Person von so großer Ausstrahlung wie sie brauche eigentlich gar nicht zu singen, um Erfolg zu haben! Anna schüttelte darüber nur den Kopf – was diese Leute für Unsinn redeten.

Auch darauf, dass vollkommen Unbekannte sie *piccolina* und *carina* nannten und ihr schallende Küsse gaben, hätte sie gern verzichtet. Zwei affektierte junge Damen, die sich offenbar für ganz besonders vornehm hielten, steckten ihr ihre Karten zu und versprachen, von jetzt an ihre Freundinnen sein zu wollen.

Zu ihrer Enttäuschung war der bärtige Herr, der in der ersten Reihe gegessen hatte und entgegen der herrschenden Mode keine Perücke trug, nicht unter den Gratulanten. Mit seinem ernsten Gesicht erinnerte er sie an einen musizierenden Mönch auf einem Bild Giorgiones.

Er hatte, als sie sich verbeugte, nicht geklatscht, sondern sie nur angestarrt wie eine Erscheinung. Auf ihre Frage nach seinem Namen sagte man ihr – es sei der Conte Antonio Maria Zanardi Landi, der vor einem Jahr seine Frau im Kindbett verloren habe und seitdem schwermütig sei. Auch dies machte ihr Eindruck, denn es weckte ihr Mitgefühl. Aber im Taumel ihres ersten Erfolges vergaß sie den grau melierten Fremden wieder.

Auch Vivaldi war, während er Anna zuhörte, mehr denn je davon überzeugt gewesen, dass ihr Weg sie eines Tages zum Theater führen werde. Obgleich sie im Leben vollkommen aufrichtig war, schien sie ihm die geborene Schauspielerin zu sein, denn sie verstand es, in den anderen Menschen Gefühle zu wecken, indem sie die ihren ohne Affektation mit ihnen teilte.

Wenn er wollte, konnte er sie leicht ans Teatro Sant' Angelo bringen, um das er sich als Impresario kümmerte.

Aber erst, wenn sie so weit war. Auch ein Talent wie Anna brauchte Zeit, nur würde das Ergebnis bei ihr, der Hochbegabten, letzten Endes anders ausfallen als bei denen, für die bei aller Bemühung kein Publikum der Welt auch nur einen blanken Dukaten bezahlen würde.
Es wurde ihm angst, als er sah, wie sie alle auf sie einredeten, verderbt, wie sie waren. Ein deutscher Graf hätte sie offenbar am liebsten sofort in seine neblige Heimat entführt, und dass seine Absichten, wie auch die der anderen Herren, keineswegs nur musikalischer Art waren, lag auf der Hand.
War er eifersüchtig? Ja, das wohl auch, aber vor allem wollte er nicht, dass Anna unter die Räder der großen Gesellschaft geriet und am Ende die Sängerin mit der Mätresse verwechselte. Dafür war sie ihm zu schade.
Wie würde Anna, *seine Annina* – wie er sie plötzlich mit einer besitzergreifenden Zärtlichkeit nannte – dem allem standhalten? Gewiss, jeder Künstler brauchte Erfolg, da der Einsatz ein so großer war, aber den auf die Leistung bezogenen Applaus von Schmeicheleien zu unterscheiden, mit denen nur allzu häufig gewisse Absichten getarnt wurden, würde dafür ihr sechzehnjähriger Scharfblick ausreichen?
Er beobachtete, wie sich der Hausherr erbot, ihr seine Gemäldegalerie zu zeigen. Bei ihm wenigstens konnte er sicher sein, dass er Anna nicht zu nahe trat, denn er hatte eher ein *faible* für die jungen Männer. Außerdem war er ein wirklicher Liebhaber der Künste und wusste diese von den gemeinen Vergnügungen der Sinne durchaus zu trennen.
Trotzdem sah Vivaldi die beiden mit einer gewissen Wehmut in dem mit Bildern geschmückten Korridor ver-

schwinden, ja – von jetzt an würde er Anna mit den anderen teilen müssen. Er hatte nicht gewusst, dass er so sehr an ihr hing. Und wie sicher sie sich bereits in dieser Welt bewegte, als habe sie nie in einer anderen gelebt! Wie sie uns überlegen waren, die Frauen. Sie hatten eine gänzlich erstaunliche Fähigheit, auf eine fremde Atmosphäre zu reagieren, sich dieser anzupassen, sie sich zu Eigen zu machen, ohne sich dabei selbst zu verlieren.
Ganz zweifellos hatte der Herrgott sie zuerst erschaffen, und all das Gerede von der Rippe Adams war nichts als eine Erfindung der Männer. Gerade umgekehrt war es gewesen. Und Gottes Wille hatte, erst im Verein mit dem lieblichen Geschöpf, das bereits seinem Gedanken entsprungen war, dessen roheren Begleiter erschaffen.
Während er weiter seinen Gedanken nachhing und das Ketzerische an ihnen genoss, versuchte er gleichzeitig, dem Gerede einer stark geschminkten Dame standzuhalten, die ihn bereits seit geraumer Zeit mit Beschlag belegte. Sie glaubte ihm Vorschläge machen zu müssen, wie dieses Juwel von einem Mädchen am vorteilhaftesten dramatisch einzusetzen wäre – wofür sie ihm nichts weniger als Racines *Phaedra* als Opernlibretto empfahl.
Er fand es schwer erträglich, wenn Dilettanten über Musik redeten. Aber da die Dame eine entfernte Verwandte des Hausherrn war, blieb er höflich und nickte immerhin bestätigend. In Wahrheit aber bat er seinen Schöpfer um Geduld, und es war gewiss nicht das erste Mal an diesem Abend, dass er dies tat.
Wo sie nur blieben? Am Ende schaute der Sohn des Hausherrn ebenfalls die Bilder an? Und dem war nicht zu trauen. Aber da kamen sie bereits zurück.

»Mein Gott«, sagte Anna mit leuchtendem Gesicht, »ich habe nicht gewusst, dass es so etwas wie diese Bilder überhaupt gibt.« Es waren nicht nur die vielen hundert Kerzen, die überall an den Wänden brannten, überwacht von einer Schar von Dienern, sodass ihr war, als hätten all ihre Sinne eine Erweiterung erfahren. Sie fühlte sich aus der so viel bescheideneren Welt, aus der sie kam, herausgehoben und in eine andere versetzt, in der einzig und allein die Kunst das Maß aller Dinge war, wodurch sich ihr Lebensgefühl ins Rauschhafte steigerte. Und in der Tat, sie glühte – Vivaldi beobachtete sie besorgt.

»Was hast du, Antonio«, sagte sie, »warst du denn nicht zufrieden mit mir?« Die Zärtlichkeit, mit der sie seinen Namen aussprach, ließ für einen Augenblick alles andere um sie her verschwinden, und sie waren wieder allein, wie wenn sie im Halbdunkel der Pietà miteinander arbeiteten.

»Ich habe ein wenig Angst um dich«, sagte er leise. »Ehrlich gesagt – so viel Erfolg wollte ich gar nicht beim ersten Mal«, dabei blickte er auf die flammend rote Schleife an ihrem Hals. Verlegen bedeckte sie sie mit der Hand.

»Verdirb mir nicht die Freude, lass uns erst morgen über alles nachdenken«, sagte sie. Und plötzlich stand der Sohn des Hausherrn neben ihr, und der deutsche Graf sprach von der anderen Seite auf sie ein. Was für einen feinen Unsinn sie redeten, dabei sprach keiner über die Musik, die sie gerade gehört hatten. Da neigte sich der ältere der beiden zu ihr herüber und flüsterte ihr eine Unanständigkeit ins Ohr. Über und über rot geworden, machte sie sich mit Heftigkeit von den beiden Herren los,

die sich bei ihr eingehängt hatten, und verpasste dem Lüstling eine schallende Ohrfeige.
Alles fuhr erstaunt herum, Vivaldi erstarrte, während sich der deutsche Graf grimassierend die Backe hielt. Vivaldi, der Anna entsetzt nicht mehr aus den Augen ließ, war überzeugt, von allen Seiten werde nun ein Unwetter auf sie herniedergehen. Aber nein – auch dies wurde zu einem Erfolg. Ja, man applaudierte ihr sogar, es ertönte schadenfrohes Gekicher, offenbar war man dankbar dafür, dass auch über das musikalische Programm hinaus noch etwas geboten wurde.
»Ich glaube, wir gehen jetzt wohl besser«, sagte Anna sehr laut und deutlich, und erwartete, dass Vivaldi auf diesen Eklat hin mit ihr zusammen den Schauplatz verlassen würde. Aber weit gefehlt. Er bedeutete ihr mit ein paar Worten, er müsse noch hier bleiben, denn im Hinblick auf die nächste Premiere am Teatro Sant' Angelo gelte es Geldgeber zu finden, wofür dieser erfolgreiche Abend die beste Gelegenheit sei. Anna hatte das Gefühl, als öffne sich der Boden unter ihr – sie kam sich missbraucht, verraten vor.
Ohne sich zu verabschieden, nahm sie ihren Mantel. Man protestierte, aber sie ließ sich davon nicht aufhalten. Auch diesmal wieder war sie, als sie die aufwendige Treppe des Palazzo hinunterstieg, froh um Paolina, denn Vivaldi hatte, nachdem er ihr etwas zugeflüstert hatte, nur bedauernd gelächelt und war geblieben.
Unten am Landungssteg wartete der Gondoliere mit seinem Gefährt auf sie. Er forderte sie auf einzusteigen, aber sie bemerkte ihn gar nicht, so grenzenlos war ihre Enttäuschung. Sie konnte es noch immer nicht fassen, was Vivaldi ihr beim Abschied zugeflüstert hatte:

»Das hast du alles deiner roten Schleife zuzuschreiben – du darfst die Kerle nicht auch noch herausfordern.« Wusste er tatsächlich nicht, was er ihr damit antat? Sie fühlte sich von ihm behandelt wie ein Kind, das seine Sache gut gemacht hatte.
Und nun stand er dort oben bei denen, die von Musik letzten Endes keine Ahnung hatten, nur weil es ihm wichtiger war, einen Geldgeber für seine nächste Oper zu finden. Todtraurig ließ sie sich auf den Sitz der Gondel fallen, während der Bursche sie mit seinem langen Ruder von der Quaimauer abstieß. Sie tauchte ihre Hand ins Wasser und gab sich wegen Paolina Mühe, nicht zu weinen.
Wie war es möglich, dass er sie allein nach Hause fahren ließ, nachdem sie miteinander musiziert hatten wie nie zuvor? Und das sollte so einfach vorbei sein? War es nicht gewesen, als hätten sie einander geliebt? Sie hatte den Eindruck, sie selbst, und nicht ein anderer, hätte diese schallende Ohrfeige bekommen.
Unter den Stößen des Gondoliere bewegte sich das Boot im plätschernden Dunkel vorwärts, aber sie freute sich der sanft schaukelnden Bewegung nicht.
»Fahr uns noch ein wenig über die Rialtobrücke hinaus«, rief sie dem Gondoliere zu, denn sie wurde mit der Enttäuschung dieses Abends noch immer nicht fertig. Wenn er, der in ihr Leben eingegriffen hatte wie das Schicksal selbst, sie einfach stehen ließ, weil er Wichtigeres zu tun hatte, was hatte ihr ganzes Singen dann eigentlich für einen Sinn?
Als sie schließlich, nach einer weiteren Stunde, aus der Gondel ausstieg, wartete Luigi an den Treppenstufen des Rialto auf sie. Lustlos und traurig beantwortete sie seine

vielen Fragen. Denn mit seinen treuen Augen war er eben nur ein Ersatz. Und sie, was war sie für Vivaldi? Am Ende wohl doch nur ein Mittel zum Zweck, ein Instrument, eine Möglichkeit der Realisierung seiner Musik. War das nun wenig, oder war es viel?

7

In Mantua hatte Anna einen Garten gehabt, um sich abzureagieren, wenn sie mit etwas nicht fertig wurde. Seit sie in Venedig wohnte, ging sie dazu auf den Markt und kaufte ein. Meist viel zu viel, genug für eine kinderreiche Familie, anschließend kochte sie. Dabei verbot sie Paolina und ihrer Mutter die Küche und konzentrierte sich auf Dinge, die leichter überschaubar waren als die Belange der Seele.

Wegen des Konzertes am Vorabend würde Vivaldi sie ausnahmsweise erst gegen Abend erwarten, und das war gut so, denn sie befand sich in einer höchst explosiven Laune, was in Anbetracht ihrer sonstigen Ausgeglichenheit auf ihre Umgebung doppelt gefährlich wirkte. Sie brauchte also Paolina, die ihr mit ihren gut gemeinten Gemeinplätzen auf die Nerven ging, gar nicht erst aus der Küche hinauszuwerfen, denn sie hatte längst von selbst das Weite gesucht.

Als Anna fühlte, dass ihr Zorn im Begriff war, sich in kreative Energie zu verwandeln, nahm sie ihren Korb und ging einkaufen.

Sie stieg über die Rialtobrücke und blieb, weil man sie ansprach, immer wieder stehen, denn hier kannte jeder jeden. Man wollte wissen, ob ihr Konzert ein Erfolg gewesen sei, aber sie blieb einsilbig – ja, es sei gut gegangen, mehr sagte sie nicht. Im Augenblick hatte sie keine Lust zu erzählen, morgen oder übermorgen vielleicht, wenn ihre Enttäuschung vorüber wäre.

Sie ließ den Rialto hinter sich und wandte sich dem Fischmarkt in der Calle Orefici zu. Was immer das Meer zu bieten hatte, lag hier auf Holzgestellen schimmernd ausgebreitet. Petersfische aus der Lagune, die Augen noch im Tode starr geöffnet, Muscheln, länglich und schwarzgrau glänzend, andere wieder, die kleinen Venusmuscheln, glichen winzig kleinen, gewölbten Fächern. Aber auch Kisten noch roher, geisterhaft-grauer Crevetten warteten auf Käufer, sowie Langusten und Tintenfische, deren Arme wie tropfende Eiszapfen über die Bretter hingen.

Was das Angebot betraf, so fehlte es an nichts, nur waren Annas Gedanken eben noch immer bei dem ernüchternden Ende des gestrigen Abends, und so empfand sie nicht die gleiche Freude wie sonst, wenn sie über den Markt ging. Doch allmählich siegte die Vielfalt der Gerüche und Farben über ihre Gleichgültigkeit, und damit meldete sich auch wieder ihre schöpferische Phantasie. Sie fing an auszuwählen und packte ihren Korb voll, bis ihre Enttäuschung unter allerhand Fischen und bunten Gemüsen begraben lag.

Was war im Grunde genommen denn schon geschehen, fragte sie sich, während sie noch einmal kontrollierte, ob sie auch alles für ihre *zuppa di pesce* beieinander hatte. Gut, Vivaldi hatte sie wie ein Kind behandelt, aber benahm sie sich denn nicht auch dementsprechend, indem sie sich weigerte, ihre Wünsche und Vorstellungen den Gegebenheiten dieser Welt anzupassen und endlich erwachsen zu werden?

Und er? Vielleicht hatte er, als sie das Fest verließ, tatsächlich Wichtigeres zu tun gehabt, als sie zu begleiten. Zwar wehrte sich ihr Stolz noch immer gegen diese Einsicht, aber sie spürte, dass sie bereits auf dem Wege war, ihm seinen Mangel an Solidarität zu verzeihen.

Es war, als habe sie mit dem festlichen Kleid auch die Ansprüche abgelegt, die sie überstürzt aus ihrem ersten Erfolg in der großen Welt abgeleitet hatte. Ernüchtert nahm sie ihre Gefühle wieder zurück in die etwas künstliche Attitüde verehrender Zurückhaltung, die bislang für ihre Beziehung zu Vivaldi bestimmend gewesen war und die sich im Rausch des gestrigen Abends zu einer alles überbordenden Emotion befreit hatte.

Inzwischen war sie mit ihrem Korb die Rialtobrücke wieder hinaufgestiegen. Oben angelangt, blieb sie stehen und stellte ihren Korb ab, um den Blick auf den Canal Grande zu genießen. Was sie besonders liebte, war, dass er nicht schnurgerade, sondern in einer leichten Krümmung die Stadt durchfloss. Dass er ein Wasserweg war, ließ sich nur an den Gondeln und Barken erkennen, die sich auf ihm bewegten, denn im morgendlichen Gegenlicht wirkte er wie eine ganz normale Straße.

Wie leicht erlag man einer Täuschung in dieser Stadt, die selbst wie ein Phantom über dem Wasser schwebte. Man musste sich vorsehen, denn ihr Zauber verdrehte einem leicht den Kopf. Achselzuckend nahm Anna ihren gefüllten Korb wieder an den Arm und machte sich auf den Heimweg.

Während sie in einer der dunklen Nebengassen verschwand, in der der Eingang ihres Hauses lag, wandten sich ihre Gedanken von neuem dem Kochen zu. Ob sie

Vivaldi einmal zum Essen einlud? Kochen konnte sie nämlich auch, nicht nur singen. Aber vermutlich machte er sich gar nichts aus dem Essen, das sie ihm so treulich brachte, da er noch nie ein Wort darüber verloren hatte, und schlang es nur so in sich hinein, ohne überhaupt wahrzunehmen, was er aß, während er über irgendetwas sprach, das ihn passionierte.
Ja, wenn er anfing zu reden, war sie verloren. Er war der einzige Mensch, der über Musik in genau der Weise redete, wie sie diese empfand. Ganz nüchtern sprach er über sie, aber voller Andacht, wodurch man spürte, wie wichtig sie ihm war. Denn was das Wesen der Musik ausmachte, war ja, dass man sie, im Gegensatz zu all dem kostbaren Plunder im Palazzo Dolfin, *nicht* sehen, *nicht* greifen und deshalb auch *nicht* kaufen konnte. Aber besitzen konnte man sie, nur eben auf andere Weise.
Früher hatte sie nicht in dieser Weise über Musik nachgedacht, sondern einfach nur gesungen. Ihre Gespräche mit Vivaldi waren daran schuld, dass sie versuchte, sich auch über die von Musik ausgelösten Empfindungen Rechenschaft abzulegen. Das war gewiss interessant, aber gleichzeitig war es auch ein wenig lästig, denn es hinderte einen am reinen Genießen.
So gesehen war das Zusammensein mit Luigi bedeutend entspannender – für ihn allerdings wohl weniger als für sie, denn er schien darunter zu leiden, dass sie sich nicht sonderlich viel aus ihm machte. Dabei fiel ihr ein, dass sie eigentlich Luigi zu ihrer Fischsuppe einladen könnte, weil er sie so geduldig auf seiner Theorbe begleitete, denn von der Liebe allein konnte schließlich auch er nicht leben. Aber sie hatte keine Lust dazu.

Inzwischen war sie vor ihrem Haus angelangt, der Gang zum Markt hatte seine Wirkung auch diesmal wieder nicht verfehlt. Ihr Ärger war verflogen, aber damit leider auch das gesteigerte Lebensgefühl des gestrigen Abends. Vom Leben durfte man eben nicht die gleichen Höhenflüge erwarten wie von der Kunst.
Zufrieden, da sie den Eindruck hatte, ihre Enttäuschung bewältigt zu haben, stieg sie hinauf in ihre Wohnung im dritten Stock, stellte den Korb in die Küche, schloss die Türe hinter sich ab und konzentrierte sich während der nächsten zwei Stunden aufs Kochen.
Als sie das Ergebnis, eine Fischsuppe mit Safran, in Gesellschaft ihrer Mutter und Paolina verzehrte, ließ Paolina verlauten – bei ihren Fähigkeiten, mit denen sie sicherlich ihr Kochen und nicht ihr Singen meinte, solle Anna lieber ans Heiraten denken, denn der *prete rosso* werde sie ja wohl kaum zur Frau nehmen.
Anna fand diese Bemerkung empörend, besonders von jemandem, der sie am Abend zuvor im Palazzo Dolfin hatte singen hören. Voller Verachtung räumte sie die Teller vom Tisch. Warum hatte sie nicht doch Luigi zum Essen eingeladen, seine stille Verehrung wäre immer noch leichter zu ertragen gewesen als Paolinas Geschwätz.
War das der Preis, der zu entrichten war, wenn man einen Mann wie Vivaldi zum Lehrer hatte, dass einem alles andere daneben banal und dürftig vorkam?

Ein Diener kam, einer aus großem Haus, denn er trug eine Livree. Er habe ein Päckchen *für Anna Giro, die Sängerin*. Ja, das sei sie, sagte sie stolz – noch nie hatte jemand sie so genannt. Aber noch ehe sie den Burschen fragen konnte, wer ihn schickte, war er bereits wieder auf und davon. Als sie das Päckchen öffnete, lag darin ein in Pergament gebundenes Buch, mit einem goldgeprägten Wappen auf beiden Deckeln. Und als sie es aufschlug, fand sie auf dem Frontispiz eine Widmung: *»Für die Stimme, die mich meine Traurigkeit hat vergessen lassen.«*

Anna kamen die Tränen – genau das hatte sie gebraucht, ein deutlich sichtbares Zeichen der Anerkennung, denn was sie bislang dafür bekommen hatte, dass sie am Abend zuvor alles gegeben hatte, war weiß Gott nicht genug gewesen. Und unter der poetischen Widmung stand der Name des Herrn, der ihr während des Konzertes durch seinen schwermütigen Gesichtsausdruck aufgefallen war.

Was sie in Händen hielt, war eine Ausgabe von Ariosts *Orlando furioso* in schwarzem und rotem Druck, mit einem Kupferstich zu Anfang jeden Kapitels. Sie konnte nicht aufhören, die Initialen zu betrachten, von denen jede mit einer anderen Ansicht von Venedig geschmückt war. Und plötzlich sah sie den Mann vor sich, dem sie das Geschenk verdankte. Passte es nicht zu seinem ernsten, intelligenten Gesicht, dass er ihr ein Buch schickte und nicht irgendetwas Belangloses?

Da respektierte sie jemand, dachte sie, da hatte einer begriffen, wer sie war, und flüsterte ihr keine schmutzigen Bemerkungen ins Ohr. Jemand, der sie offenbar in Gedanken nach Hause begleitet hatte und sie nicht einfach stehen ließ, ausgebrannt von ihrer eigenen Leistung. Sie glaubte diesen Grafen Landi zu kennen, ohne dass sie auch nur ein Wort mit ihm gesprochen hatte.

Bis sie sich am späten Nachmittag auf den Weg zur Pietà machte, blieb sie, in die Lektüre von Landis Ariost vertieft,

auf ihrem Zimmer. Sie fühlte sich wieder ruhig und auf sich selbst bezogen. Auf ihrem Weg zur Pietà, entlang den kleinen Kanälen, ließ sie sich besonders viel Zeit, um sich auf ihre Stunde mit Vivaldi einstellen zu können.
Sie würde ihm *nicht* sagen, wie unglücklich er sie am Vorabend gemacht hatte.

8

Als sie die Pietà betrat, war Vivaldi nicht allein. Er diskutierte mit einem Mann in einem eleganten Seidenwams und kurzer, gepuderter Perücke, den er ihr als Signor Goldoni vorstellte. Ohne Zweifel ein Herr der großen Gesellschaft, bei ihrem Konzert am Abend zuvor hatte sie ihn allerdings nicht gesehen. Mit seinen lockigen, roten Haaren und seiner fleckigen Soutane sah Vivaldi neben ihm aus wie ein etwas verwilderter Engel.

»Meine begabteste Schülerin, Anna Giro«, präsentierte sie ihr Mentor. »Aber was sage ich denn – eine fertige Sängerin ist sie. Gestern Abend, bei den Dolfins, hat sie allen den Kopf verdreht – und das gleich in zweifacher Hinsicht. Sie besitzt eine Altstimme von seltener Qualität«, fügte er dann noch hinzu, sachlich wie ein Impresario. Goldoni nickte und betrachtete Anna interessiert, wie sie hinüber zum Cembalo ging, um ihre Noten zu ordnen.

»Eine verdammt hübsche Person«, sagte er leise.

»Da lass er nur gefälligst die Finger weg, Goldoni, sonst kriegt er's mit mir zu tun.«

»Also so läuft der Hase.«

»Da läuft weder ein Hase noch sonst irgendein Vieh.« Vivaldi war so scharf geworden, dass Goldoni beschwichtigend beide Hände hob.

»Wird sie in unserer Oper singen?« fragte er, während er Vivaldi belustigt ansah.

»Vielleicht, vielleicht auch nicht. Denn ich möchte auf keinen Fall, dass sie sich frühzeitig kaputtmacht – sie ist nicht einmal siebzehn.« Die beiden Herren redeten noch eine Weile miteinander, während Anna in ihre Noten blickte. Dadurch hatte sie nichts von Goldonis Anzüglichkeiten mitbekommen. Mit einer kleinen, ironischen Verbeugung verabschiedete er sich nun, Anna sah ihm neugierig nach.

»Er schreibt für mich einen Operntext um, die *Griselda*«, sagte Vivaldi, als Goldoni gegangen war, »er ist ein hoch begabter Kerl, ich liebe seine Stücke, denn sie verzichten auf Götter und Helden und spielen stattdessen in der Gegenwart. Seine *villeggiatura* würde dir vermutlich am besten gefallen, da sie die Brenta zum Schauplatz hat. Apropos«, sagte er und sah Anna an, »dorthin wollten wir doch schon immer einmal fahren und haben es bisher noch nie geschafft. Du siehst, damit hast du mir einen Floh ins Ohr gesetzt.«

»Nun, wo das Konzert vorüber ist, könnten wir es ja einmal versuchen.«

Aber darauf ging er nicht weiter ein. Wann würde er wohl endlich auf den gestrigen Abend zu sprechen kommen, dachte Anna, alles andere schien ihm wichtiger zu sein. Aber dann kam es endlich, worauf sie gewartet hatte, und die Art und Weise, *wie* er es sagte, entschädigte sie für alle Enttäuschung:

»Ich hatte gestern Abend plötzlich Angst, du wärest vielleicht gar nicht so gut, wie ich dachte. Wenn man sich so eng an einen Menschen attachiert, irrt man sich leicht in solchen Dingen. Aber du warst noch sehr viel besser, du hast ja selbst gesehen, wie sie alle, blasiert, wie sie sind, auf

dich reagiert haben. Vollkommen außer sich waren sie!«
Er schien bewegt und blickte eine ganze Weile aus dem Fenster, bevor er, ohne sich wieder zu ihr umzudrehen, weitersprach:

»Und wie spontan, mit welchem Ausdruck du gesungen hast! Das war für mich das Allerwichtigste, wichtiger noch als die Schönheit deiner Stimme. Wie ich schon zu Goldoni sagte – seit gestern Abend bist du keine Schülerin mehr, sondern eine fertige Sängerin. Damit bist du etwas ganz Besonderes, Anna.«

»Aber ich will gar nichts Besonderes sein, sondern möchte, dass alles so bleibt, wie es immer gewesen ist«, sagte sie, trotzig wie ein Kind.

»Die Dinge bleiben aber niemals so, wie sie sind, sondern verwandeln sich ständig. Nicht nur die Natur durch den Wechsel der Jahreszeiten, sondern auch die Menschen in ihren Beziehungen zueinander. Das musst du akzeptieren, sonst wirst du immer unglücklich sein.«

»Aber da schwimmt einem ja alles weg!«

»Nicht, wenn man sich selbst treu bleibt. Und das bist du bei all dem Trubel gestern und all den leeren Komplimenten geblieben.«

Bitte sprich weiter, nimm mich wenigstens mit Worten in die Arme, dachte Anna glücklich und schloss einen Augenblick die Augen. Ja, mit niemand konnte sie reden wie mit ihm. Damit war das alte Vertrauen zwischen ihnen wiederhergestellt, und sie dachte gar nicht mehr daran, ihm zu sagen, wie sehr er sie enttäuscht hatte. Es erschien ihr auf einmal nicht mehr von Belang.

»Lass uns etwas arbeiten«, schlug sie vor, wieder ganz sachlich. »Ich habe das *Nisi Dominus* mitgebracht, ich dachte – nun, wo alles vorbei ist, könnten wir es eigentlich wieder hervorholen. Vor all diesen fremden Menschen gestern kam ich mir mit meiner Kantate plötzlich ganz nackt vor. Vielleicht ist mir am Ende Kirchenmusik doch lieber, man gibt dabei seine Gefühle nicht so preis.« Und da er nichts erwiderte: »Auch habe ich ja schließlich einen Priester zum Lehrer.« Es hatte ein Scherz sein sollen, aber sie konnte sehen, dass Vivaldi ihre letzte Bemerkung nur wenig goutierte, denn ohne ein weiteres Wort nahm er seine Geige ans Kinn.

Und doch hatte sich gegen Ende der Stunde – oder waren es zwei? – das alte, ungetrübte Verhältnis zwischen ihnen wiederhergestellt, und so dachte sie gar nicht mehr darüber nach, wie sie eigentlich zueinander standen. Einmal mehr hatte sich das Erotische in einem Klang oder einem Zusammenklang verdichtet und blieb auf diese Weise inspirierend, aber unausgesprochen zwischen ihnen in der Schwebe.

Es war längst dunkel, als Anna das Ospedale della Pietà verließ und über unzählige Brücken und entlang kleinen Kanälen wieder nach Hause wanderte.

Dieses Wiedersehen war so ganz anders verlaufen als erwartet, denn zu allem Überfluss hatte Vivaldi, als sie sich gerade verabschieden wollte, sie gefragt, ob sie nicht Lust habe, einmal mit ihm eine Opernprobe im Teatro Sant' Angelo zu besuchen, seiner *Griselda* zum Beispiel, sobald man mit den Vorbereitungen fertig sei. Die Hauptrolle sei übrigens eine Altpartie, nicht allzu exponiert und somit gefahrlos. Falls sie also so weitermache wie bisher, sei es durchaus denkbar, dass er sie als Alternativbesetzung vorschlage. Und obwohl sie gerade noch gefunden hatte, dass Kirchenmusik für sie das Richtigere sei, wäre sie Vivaldi am liebsten um den Hals gefallen.

Aber im Hinblick auf die Distanz, zu der sie sich von neuem durchgerungen hatte, verzichtete sie darauf und ließ es bei einem Lächeln bewenden – aber einem, das es in sich hatte.

9

Der illustre Grimani, der Besitzer des Teatro Sant' Angelo und zweier weiterer Theater Venedigs, war es gewesen, der Vivaldi Goldoni als Bearbeiter und Textdichter vorgeschlagen hatte. Grimani hielt große Stücke auf den jungen Mann, der, nachdem er sich reisend und abenteuernd in allen möglichen Berufen – darunter auch dem des Advokaten – versucht hatte, als Dichter wieder in seine Heimatstadt Venedig zurückgekehrt war.

Auf der Bühne des Sant' Angelo waren bereits zwei seiner Komödien gegeben worden, und zwar mit Erfolg. Seine *Griselda*, die er für Vivaldi einrichtete, hatte ursprünglich ein anderer komponieren sollen, in diesem Fall war Vivaldi also nur ein Lückenbüßer.

Vivaldi war ungern an die Sache herangegangen, denn die Umarbeitung eines Stoffes nahm weit mehr Zeit in Anspruch, als etwas Neues zu schreiben. War er allein für ein Werk verantwortlich, warf er dessen Komposition mit solcher Geschwindigkeit aufs Papier, dass er darüber bisweilen selbst erstaunt war. So zum Beispiel hatte er über die Partitur seines *Tito manilo* geschrieben – *vollendet in nur fünf Tagen*.

Doch beeindruckt von der Qualität des Textes, den Goldoni ihm geliefert hatte, arbeitete er in diesem Fall mit Bedacht. Die Inspiration saß ihm nicht wie eine Furie, die Peitsche schwingend, im Genick, nein, er führte sie diesmal

am Gängelband, wie der heilige Georg den Drachen auf dem Bilde Carpaccios in der Scuola degli Schiavoni.
Er nahm sich vor, Anna einmal dorthin mitzunehmen, um ihr rechts vom Eingang den heiligen Augustinus zu zeigen, der aus der Einsamkeit seines Arbeitszimmers, die nur ein kleiner Hund mit ihm teilte, in eine ihn inspirierende Lichtquelle blickte. Er fühlte sich dem Dargestellten seelenverwandt, daher liebte er dieses Bild.
Er komponierte an einer Szene der *Griselda* weiter, die er am Morgen in Angriff genommen hatte. Goldonis Text erhob sich weit über die Niederungen der Opernlibretti, die ihm in der Regel zur Verfügung standen, deshalb gab sich Vivaldi doppelte Mühe. In Zukunft hoffte er häufiger mit dem begabten Dichter zusammenzuarbeiten, vielleicht würde er ihm auch einmal den Text zu einer musikalischen Komödie schreiben, die zu komponieren ihn besonders reizte.
Aber ausgerechnet die vergnügungssüchtigen Venezianer hielten eisern an ihrer Vorstellung von der Oper als einem heroischen Drama fest, wollten Armida und Rinaldo, nicht Harlequin, Brighella und Zerbinetta, die Figuren der Commedia dell'Arte, singend erleben. Auf diese Weise sah sich Vivaldi immer wieder mit den gleichen, stereotypen Situationen und Gefühlen konfrontiert – mit heldischer Auflehnung, Verzweiflung, ewiger Treue und den damit verbundenen Klagen nach dem oder der fernen Geliebten.
Kompositorische Abwechslung bot ihm allenfalls die gelegentliche Schilderung von Naturkatastrophen, wobei ihm die orchestrale Entfesselung von Meeresstürmen besonderes Vergnügen bereitete.

Ein weiterer Grund, warum er sich besondere Mühe gab, war zweifellos Anna. Ihre Gegenwart hatte ausgleichend und harmonisierend Einfluss genommen auf seine ganze Existenz, und so war es nur natürlich, dass der Gedanke an sie und ihre Stimme bis zu einem gewissen Grad auch sein Komponieren bestimmte. Er war sich bewusst, dass die wohltätige Ausstrahlung ihrer Person hinter manchen seiner langsamen Sätze stand, diese um einiges dunkler, getragener machte und ihnen ein Geheimnis verlieh, das seine Musik bisher nicht besessen hatte.

Seit ihrem gemeinsamen Konzert im Palazzo Dolfin hatte Anna ihre anfängliche Zurückhaltung endgültig abgelegt. Sie hörte ihm, wenn sie miteinander arbeiteten, nicht mehr nur aufmerksam zu, sondern fing an, Fragen zu stellen und mit ihm zu diskutieren. Da ihre Jugend noch nicht gelernt hatte, sich den Gegebenheiten der Welt diplomatisch anzupassen, betrachtete sie die Dinge mit einer Art revolutionärer Hoffnung, was ihm wiederum Mut machte, sich entschiedener als bisher gegen etwaige Zumutungen am Sant' Angelo zu verteidigen.

Neulich zum Beispiel hatte er sich gegen Grimani zur Wehr gesetzt, der eine von ihm protegierte Balletteleven mit einer eigens zu komponierenden Szene bedacht sehen wollte. Er hatte sich ganz einfach geweigert – dies unterbreche in lächerlicher Weise die Handlung, mache sie unglaubwürdig, und war daraufhin ergrimmt aus der Probe gestürmt.

Aber anstatt ihm, wie erwartet, den Vertrag zu kündigen, war Grimani noch am gleichen Abend bei ihm zu Hause erschienen, um ihn zu bitten, doch um Himmels willen am nächsten Morgen wieder die Probe zu leiten. Es gehe

nun einmal nicht ohne ihn. Die besagte Elevin werde sich bei anderer Gelegenheit produzieren.
Während er Grimanis Ansinnen energisch zurückwies, hatte er plötzlich Annas vor Empörung glühendes Gesicht im Palazzo Dolfin vor sich gesehen, und der Gedanke daran bestärkte ihn noch in seiner Ablehnung. Es war also gewissermaßen ihr Erfolg. Als er ihr den Vorfall erzählte, hatte sie ihn angeblickt als sei sie stolz auf ihn. Und er war sich jung und mutig vorgekommen.
In Erinnerung daran lächelte er und arbeitete mit besonderer Sorgfalt an der Orchestrierung der *Griselda* weiter. Verlieh der Begleitung eines Rezitativs durch die Verwendung von zwei Hörnern besonderes Gewicht, was die Seelenlage der Heldin, ihr angstvolles Warten, schon mittels der Klangfarbe zum Ausdruck brachte, und hörte dabei Annas seelenvolle Stimme.
Liebte er Anna? Ganz zweifellos, nur konnte er sich über den Charakter dieser Liebe nicht klar werden, obgleich er ständig darüber nachdachte. Sicher war jedoch, dass er sich noch nie im Leben für irgendjemand in dieser Weise interessiert hatte.
Ja, bislang war er geradezu froh gewesen um seine Soutane, weil sie ihn gegen die schwärmerische Verehrung der Mädchen der Pietà schützte, die ihre keineswegs so kindlichen Erwartungen durch die Musik, die er mit ihnen trieb, nur sehr ungenügend kompensiert fanden. Aber keine von ihnen war ihm je gefährlich geworden, auch nahm er sie im Grunde genommen in ihrer Weiblichkeit gar nicht wahr, besessen von der Verpflichtung, aus ihnen professionelle Musikerinnen zu machen, deren Konzerte inzwischen auch die Kenner zu schätzen wussten.

So zum Beispiel hatte der Gesandte aus Holland neulich nicht nur den ersten Abend seines Aufenthaltes in Venedig, sondern auch alle folgenden im Ospedale della Pietà zugebracht, der musizierenden und singenden Engel wegen. Ob es tatsächlich Engel waren, ließ er, Vivaldi, doch lieber dahingestellt, denn er hatte den Eindruck, dass ihre Sinnlichkeit durch die Zwänge des Internatslebens eher gesteigert als klösterlich zurückgedrängt wurde.
Trotzdem er ihnen und ihrer Verehrung ständig ausgesetzt war, blieben sie für ihn gleichsam anonym. Sie waren die Ausführenden in einem Orchester und besaßen dadurch kaum mehr Realität für ihn als die musizierenden Gestalten auf den Fresken, die die Decke der Pietà schmückten. Er empfand sie als ein Kollektiv und trotz ihrer sich entwickelnden jugendlichen Körper als geschlechtslos.
Im Falle Annas lagen die Dinge vollkommen anders. Sie war die Ausnahme, war ganz entschieden Subjekt und nicht Kollektiv, also durchaus eine Frau. Zwar redete er sich tapfer ein, ihre erotische Wirkung auf ihn gehe in erster Linie vom Klang ihrer Stimme aus, aber im Grunde genommen wusste er genau, dass er sich damit etwas vormachte.
Denn bereits an jenem Nachmittag, als Anna in seiner Kammer unter dem Dach zum Vorsingen erschienen war, hatte sich in ihm die Leidenschaft gemeldet, und zwar mit einer Heftigkeit, als habe sie sich aus seiner Musik zu einer ihn selbst erschreckenden Wirklichkeit befreit.
Er hörte auf zu komponieren und fragte sich, ob er vielleicht das ganze Rezitativ mit den zwei Hörnern begleiten sollte? Die langweilige Theorbe könnte er ganz weglassen und durch eine Harfe ersetzen, an deren sinnlich-transpa-

renten Klang er sofort gedacht hatte, als er Anna zum ersten Mal singen hörte. Auf diese Weise bekäme die Begleitung genügend Fülle und Geheimnis. Entschlossen strich er das bisher Geschriebene durch und machte sich daran, das ganze Accompagnato neu zu instrumentieren.

Während der Zeit vor Annas Erscheinen hatte er oft den Eindruck gehabt, als komponiere er nur noch rein mechanisch, als werfe seine Feder ein Konzert nach dem anderen ohne wirkliche Beteiligung aufs Papier, alle gleich vollkommen, aber gerade dadurch praktisch austauschbar. Durch die Begegnung mit Anna war das Komponieren für ihn wieder zu einem echten Anliegen geworden.

Und sie, sie liebte ihn ja offenbar auch, und vor der Ausschließlichkeit ihrer Liebe war er geradezu auf der Flucht, da er fühlte, dass diese nach vollständiger Verwirklichung drängte und nicht auf halbem Wege würde stehen bleiben. Aber gleichzeitig war er dankbar für die Intensität dieser Empfindung, die seine ganze Existenz erwärmend durchdrang.

Noch eine halbe Stunde, und Anna würde kommen – dieser Gedanke verhalf ihm gleich noch zu einem weiteren glücklichen Einfall. Und nach dem Unterricht würde er mit ihr, wie versprochen, zur Probe ins Teatro Sant' Angelo gehen.

Seit mehr als fünf Monaten arbeitete er nun schon an der *Griselda*, sehr viel länger als je zuvor an einer Oper, und es war darüber Winter und schließlich Karneval geworden. Die Stadt stand Kopf, und auf ihrem Weg zum Theater würden sie sich den Weg durch die Menge bahnen müssen, die dicht gedrängt auf der Piazzetta und der Piazza San Marco hin und her wogte.

War er allein, so machte ihm diese allgemeine Entfesselung aller Verbote Angst, er liebte den Karneval nicht. Aber durch das Medium ihrer Freude, ihrer Neugier würde er vielleicht als ein Vergnügen empfinden, was ihn sonst in gelinde Panik versetzte. Am Ende käme auch sie in einer Verkleidung?

Gleichsam als Antwort auf seine Frage öffnete sich die Türe, und Anna trat herein. Mit einer energisch wirbelnden Drehung schälte sie sich aus ihrem blauen Cape. Darunter trug sie das extravagante Kleid, das sie bereits bei ihrem Konzert im Palazzo Dolfin getragen hatte.

»Ich dachte, weil Karneval ist, sollte ich es ruhig noch einmal anziehen. Es wäre ja wirklich schade gewesen, es nach einem einzigen Mal für immer in den Schrank zu hängen.« Auch frisiert war sie wie an jenem Abend, und selbst die aufreizende rote Schleife trug sie am Hals. Verwirrt blickte Vivaldi sie an. Da er nichts sagte, nahm sie die Sache in die Hand:

»Außerdem wollten wir ja anschließend zur Probe in die Oper gehen.« In ihrer Verkleidung fiel es ihr leicht, sich Vivaldi gegenüber überlegen zu geben. Aber ihn machte es nervös, wie sie die Situation beherrschte. Tat er nur einen einzigen unbedachten Schritt, würde sie ihm aus der Hand gleiten. Also am besten, er ging auf ihr Karnevalsspiel ein.

Natürlich wurde es unter diesen Umständen eine gänzlich andere Stunde als sonst. Vivaldi fand es schwierig, Annas Aufmachung zu ignorieren und mit ihr an seinem *Nisi Dominus* zu arbeiten. Also griff er stattdessen zur Partitur seiner *Griselda* und fing an, ihr daraus vorzuspielen.

»Weil eben Karneval ist«, sagte er und verzierte launig die Ouvertüre.
Darauf ging er mit ihr die erste Arie durch, während sie dabei die Melodie mitsummte oder -sang, und ohne Mühe machte sie sich auch den Text zu Eigen. Da er beim Komponieren an ihre Stimme gedacht hatte, schlüpfte sie in seine Musik wie in einen Handschuh, und beim dritten Versuch gehörte das Stück bereits vollkommen ihr.
Als Nächstes probierten sie das Rezitativ mit den zwei Hörnern, das er eben erst komponiert hatte, und als Belohnung eine ganz ruhige, getragene Arie, wie Anna sie am liebsten sang. Über den Ausdruck verlor Vivaldi schon längst kein Wort mehr – begabt war dieses Frauenzimmer, dass es nicht erlaubt war! Mit jeder Partiturseite hatte er mehr den Eindruck, *sie* und nicht er habe diese Musik erfunden.
Am liebsten hätte er ihr auch noch den bereits komponierten Teil des zweiten Aktes vorgespielt, aber dann besann er sich – in knapp einer Stunde begann die Probe. Also war er vernünftig, schloss die Partitur und half ihr mit parodistischer Galanterie in ihr Cape. Sogar eine Maske hatte Anna dabei – darauf verschmolzen Sonne und Mond zu einer Fratze, die ihn golden und silbern anstarrte. Dieses Mädchen war die Verführung selbst, und das machte ihm Angst.
Aber als er die Türe öffnete, war auch draußen auf der Riva der Teufel los.

10

Es schneite bereits seit Tagen, was die ohnehin unwirkliche Kulisse Venedigs vollends ins Geisterhafte verfremdete. Und geisterhaft wirkten auch die maskierten Gestalten, die durch den treibenden Schnee an ihnen vorbei zur Piazzetta strebten.
Auch Vivaldi hatte sich vermummt. Seine Soutane war unter einem schwarzen Mantel verborgen, aber unter der Kapuze kamen feuerrot seine krausen Locken hervor, und seine charakteristische Hakennase hätte ohne weiteres auch angeklebt sein können. Ohne es zu wollen, hatte er sich in den Karneval eingeblendet. Anna hängte sich bei ihm ein, was sie bisher noch nie gewagt hatte, und gemeinsam kämpften sie sich durch die Menge, denn obwohl es gerade erst Mittag geschlagen hatte, trat man einander auf der Riva degli Schiavoni bereits auf die Füße.
Die ankernden Gondeln waren dick verschneit. Mit ihren Daunenkissen aus Schnee schienen sie die Maskierten zu einer Fahrt auf der Lagune einzuladen, um ihr Fieber zu kühlen.
Auch auf der Piazzetta war das Treiben schon in vollem Gange. Gerüste waren aufgeschlagen, auf denen Händler aller Art ihren Krempel feilboten, über einer Tonne, die man zu einem Ofen umfunktioniert hatte, röstete man Kastanien. Daneben tanzte auf einer improvisierten Bühne ein kleiner Hund auf seinen Hinterpfoten artig zum

Klang eines Tamburins – war es nicht dasselbe Hündchen, das auf einem Bild Carpaccios kokett in einer Gondel spazieren fuhr? Anna und Vivaldi blieben bei einem Zauberkünstler stehen, der die Menge mit allerlei Tricks zu fesseln versuchte. Einige Schritte weiter trieben auf einer Bretterbühne Harlequin, Brighella und Pantalone ihre anzüglichen Späße, aber Colombine hatte sich frierend von ihnen abgewandt, um sich die Hände an einem Kohlenbecken zu wärmen. Dies getan, drehte sie sich wieder wie ein Kreisel über die Bühne, ihre Verehrer, zum Entzücken der Zuschauer, schamlos gegeneinander ausspielend. Doch länger als einen flüchtigen Augenblick sah auch hier niemand zu, denn im Schauspiel des Karnevals spielte ein jeder lieber selbst eine Rolle.
Die ältesten Matronen hatten sich in den Trubel gewagt. Dank jugendlicher Kostümierung und geschickt geschminkt konnte man sie im Dämmerlicht des leichten Schneetreibens auch für junge, begehrenswerte Mädchen halten. Diese wiederum amüsierten sich damit, die Passanten in der Maske hexenhafter Vetteln zu erschrecken.
Die Männer schienen noch eitler zu sein als die Frauen. Seinem antiken Kostüm zuliebe fror ein römischer Gladiator erbärmlich an seinen nackten Armen und Beinen. Um sich Bewegung zu verschaffen, focht er mit einem Piraten, der sich, zum Zeichen überstandener Abenteuer, ein schwarzes Tuch schräg über das linke Auge gebunden hatte. Wirklichkeit und Trug wirbelten durcheinander wie die Schneeflocken, die auf den erhitzten Gesichtern im Nu geschmolzen waren. Die Venezianer spielten ihr Lieblingsspiel, indem sie die eigene Identität in einer anderen, phantastischeren zu vergessen suchten.

Die Piazza zu überqueren schien ein Ding der Unmöglichkeit. Eingekeilt und von der Menge geschoben, hatten Vivaldi und Anna Mühe, überhaupt vorwärts zu kommen. Durch den leichten Nebel verströmten die Laternen ein diffuses, milchiges Licht, in dem sich die byzantinische Pracht des Markusdoms und seiner Kuppeln noch fremdartiger ausnahm als ohnehin. Selbst der Campanile bot keinerlei Orientierung mehr, denn seine vertraute Silhouette verlor sich nach oben hin im Nebel.

Drei Masken hielten Anna und Vivaldi für ein Liebespaar und versuchten sie unter Gelächter zu trennen. Erst nach vielem lästigen Hin und Her, bei dem Vivaldi bereits geglaubt hatte, Anna in der Menge verloren zu haben, entdeckte er sie wieder und rettete sich erschöpft mit ihr in eins der zahlreichen Cafés unter den Arkaden der *Procurazie nuove*.

»Es scheinen lauter Wahnsinnige unterwegs zu sein«, stöhnte er, während er sich, komisch verzweifelt, auf einen Stuhl fallen ließ. »Offen gestanden ist mir der Karneval lieber, wenn ich ihn komponiere«, und das hatte er oft getan. Dann klang seine Musik wild und provozierend.

Im Gegensatz zu Vivaldi genoss Anna den Trubel. Sie hatte ihre Maske abgenommen und sah glücklich und erhitzt aus.

»Ich seh' es dir an, du magst das nicht«, sagte sie, während sie sich das Haar ordnete. »Mir dagegen gefällt es, wenn alles durcheinander wogt und ich nicht mehr weiß, was Wirklichkeit ist und was Schein. Nur wenn die Stierhatzen losgehen, bleibe auch ich lieber zu Hause, denn dann weiß ich nicht, vor wem ich mich mehr fürchten soll – vor den Tieren oder den Menschen, die sie aufeinander loslassen.« Vivaldi betrachtete sie, seine Hände an der Kaffeetasse wärmend. Durch das Gerangel auf der Piazza hatte sich ihr Cape verschoben, und wenn sie atmete, hob und senkte sich ihre Brust ihm gegenüber in provozierender Nähe.

Anna erwiderte seinen Blick. Sah er nicht aus, als fröre er, wie er ihr da gegenüber saß, die Schultern hochgezogen? Er schien entweder in Flammen zu stehen oder zu frieren – einen Mittelweg kannte er offenbar nicht. In die Arme nehmen müsste man ihn, dachte sie, dann wäre ihm gewiss nicht mehr kalt. Und da sich die anderen alle um sie her in den Armen lagen, kam es ihr unsinnig vor, es nicht auch zu tun. Um nicht länger darüber nachzudenken, fuhr sie fort zu erzählen:

»Du solltest einmal dabei sein, wenn sie die Menschenpyramiden bauen – *la forza di Ercole* nennen sie das! Dann steigen sie einander auf die Knie und auf die Schultern und geben alle furchtbar an. Ein kleiner Junge aus meiner Nachbarschaft hat dabei einmal den *cimerieto* – die Pyramidenspitze – gemacht. Er habe überhaupt keine Angst gehabt, als er dort oben saß, hat er mir erzählt, weil er wusste, dass er sich auf die anderen verlassen konnte.«

Sie ergriff Vivaldis Hand: »Siehst du, genauso ist es mir bei unserem Konzert im Palazzo Dolfin ergangen – weil du dirigiertest, kam ich mir vor wie in Abrahams Schoß.«

Vivaldi entzog ihr brüsk seine Hand und erhob sich. »Ich glaube, wir müssen jetzt wieder los«, sagte er und klemmte sich die Partitur der *Griselda* unter den Arm, als wolle er sich damit gegen Annas Enthusiasmus verwahren.

Immer wenn sie so direkt wurde, ergriff er die Flucht. »In einer halben Stunde beginnt die Probe«, sagte er, sein abruptes Aufstehen gleichsam erklärend. Damit machten sie sich wieder auf den Weg.

In den Nebenstraßen wurde es ruhiger. Mit komischer Wichtigkeit grüßte sie ein falscher Patrizier, ein anderer hatte sich mit einem riesigen Schnabel und komisch-würdigem Gang in den Vogel Greif verwandelt. Aber unter den Passanten waren auch schon wieder einige ohne Masken. Vivaldi atmete auf:

»Vorhin auf der Piazza hatte ich eine apokalyptische Vision – ich sah den riesigen Platz unter dem Gewicht all dieser Menschen versinken, und das Meer kam hereingeflutet, um den ganzen Wahnsinn zu verschlingen.

Seit wie vielen Wochen mögen sie es nun wohl schon treiben? Und doch finden sie immer wieder einen neuen Vorwand, um weiterzumachen. Wahrscheinlich versuchen sie damit zu vergessen, dass Venedigs große Zeit längst vorüber ist. Weil die Realität nicht mehr trägt, flüchten sie sich in eine Welt der Illusion. Alles ist aufs Betäuben aus in dieser Stadt, man hält sich die Augen zu, weil man nicht sehen will, dass man auf das Ende zutreibt. Und ich mache mit, indem ich die Musik zu dem liederlichen Spektakel liefere.«

»Musst du ausgerechnet heute solche Dinge sagen, wo alle so glücklich sind?«

»Glücklich nennst du das? Da bin ich nicht so sicher.«

Aber Anna war entschlossen, sich nicht die Laune verderben zu lassen. Etwas sagte ihr, dass ihr Besuch der Probe im Sant' Angelo in irgendeiner Weise entscheidend sein würde für ihr weiteres Leben.

Inzwischen führte Vivaldi sie durch ein ihr völlig fremdes Quartier. Sie stiegen über zwei verschneite Brücken und überquerten einen großen, weiten Platz, wie sie in Venedig relativ selten waren. Der Palazzo dort drüben gehöre dem Grafen Antonio Maria Zanardi Landi, erklärte Vivaldi. Er komme übrigens bisweilen in die Proben des Sant' Angelo. Seit er seine Frau verloren habe, sehe man ihn allerdings nur noch selten.

»Während unseres Konzertes im Palazzo Dolfin saß er direkt vor mir in der ersten Reihe«, sagte Anna.

»So, hat er das«, meinte Vivaldi abwesend, er schien mit seinen Gedanken bereits bei der Probe zu sein. Anna aber sah den schönen Mann mit dem graumelierten Bart vor sich und dachte an den kostbaren Ariost, den er ihr geschickt hatte und der seitdem aufgeschlagen in ihrem Zimmer lag. Sie hatte auf sein Geschenk nicht reagiert, weil sein Diener seinerzeit so rasch verschwunden war, dass sie ihn nicht nach der Adresse seines Herrn fragen konnte. Vivaldi hatte sie nichts davon erzählt – warum eigentlich nicht? Nun ja, weil sie gedacht hatte, dass es ihm nicht recht wäre.

Und nun kamen sie ausgerechnet an Landis Haus vorüber. Zufälle gab es, auch das große Venedig war letzten Endes ein Dorf.

Die Doppelreihe gotischer Fenster im Piano nobile war hell erleuchtet, also würde Landi wohl nicht zur Probe kommen. Im Hinblick auf Vivaldi beruhigte sie das, aber andererseits bedauerte sie es auch wieder. Der Campo San Stefano lag wie ausgestorben, offenbar trieben es die Narren lieber in einer belebteren Gegend. Es schneite immer noch, ja sogar dichter als zuvor.

Am Eingang des Sant' Angelo angelangt, klopften sie sich gegenseitig den Schnee von den Mänteln. *Griselda, opera di Antonio Vivaldi* – war auf einem Plakat neben der Türe zu lesen. Aber die war ja noch gar nicht fertig komponiert, wunderte sich Anna, und doch probte man bereits die beiden ersten Akte? Wie wenig wusste sie im Grunde genommen von dem Leben des vielberühmten Mannes an ihrer Seite, der alles gleichzeitig war – Komponist, Dirigent und Impresario. Sie kannte nur den Lehrer, der in der Pietà unterrichtete und ihr so viel von seiner kostbaren Zeit schenkte.
Inzwischen folgte sie Vivaldi durch verschiedene, nur schwach erleuchtete Korridore, Türen öffneten sich vor ihnen und schlossen sich wieder. Weiter ging es durch enge, übel riechende Gänge, in denen aufgeregte Menschen mit anderen, ebenso aufgeregten, redeten.
»Wir stehen vor dem Allerheiligsten«, sagte Vivaldi, als sie am Ende eines weiteren Korridors angelangt waren, und wie ein Zauberkünstler schob er mit geheimnisvoller Geste die beiden Flügel einer letzten Türe auseinander.

11

Anna verschlug es den Atem. Ein Theater ganz in Silber und Blau – durch das üppige Spiel barocker Formen glich es einer verzauberten Muschelgrotte. Mit erhobenen Armen stützten mythologische Gestalten zum Schein die Logen, darüber wölbten sich, über und über verziert, zwei Reihen Balkone, die sich in einer gemalten Wolkenlandschaft verloren, in der die Musen Apollo huldigten. Aber noch phantastischer als die alles war die Bühne – ihre Scheinarchitektur schien sich, Kulisse hinter Kulisse, im Unendlichen zu verlieren.

»Gewiss, es ist Trug, aber sollte man es nicht eher ein Wunder nennen?« fragte Vivaldi, Annas Staunen genießend. »Grimani und seine aristokratischen Freunde haben es sich ein Vermögen kosten lassen. Aber hoffentlich brennt es nicht gleich wieder ab wie das letzte Theater. Das Problem ist die Beleuchtung – schließlich kann man ja nicht neben jede Kerze und jede Öllampe einen Aufpasser stellen, und das versilberte Holz brennt wie Zunder.«

Immer noch träumte Anna mit offenen Augen, denn zu dem Gedränge und Geschiebe des Karnevals in den Straßen draußen konnte es keinen größeren Kontrast geben als diesen blau-silbernen Zauberkasten in seiner feierlichen Stille.

»Du siehst das Ganze im Idealzustand«, sagte Vivaldi, »denn noch ist die Meute nicht da – schwatzhaft, unkonzentriert und ewig unzufrieden.« Und als Anna ihn verständnislos ansah: – »ich meine das Publikum. Du wirst seine Launen schon noch kennen lernen, wir alle sind nur seine Sklaven. Ohne auf die Musik Rücksicht zu nehmen, kommentiert man ungehemmt die Vorstellung, gähnt, pfeift und hustet, um die anderen zum Lachen zu bringen. Die Logen – sie sind enorm teuer – werden von Angehörigen der Aristokratie gemietet, und zwar gleich fürs ganze Jahr, um zum Beispiel eine neue Mätresse ausführen zu können oder Freunde standesgemäß zu unterhalten. Dagegen sind die Plätze im Parkett jedermann zugänglich, denn sie sind ausgesprochen billig.«

Aber Anna hörte ihm gar nicht richtig zu – ihre Phantasie war damit beschäftigt, die Bühne mit den Gestalten aus Landis Ariost zu bevölkern, mit Alcina, Rinaldo und Bramante. Sie kam erst wieder zu sich, als sie Vivaldi sagen hörte, sie solle sich in eine der vorderen Reihen setzen, es werde in Kürze losgehen.

Inzwischen waren einige der Orchestermusiker erschienen und fingen an, ihre Instrumente zu stimmen – ein Geräusch, das Anna liebte, denn es schien die Erwartung noch zu steigern. Vivaldi wechselte einige Worte mit den beiden Hornisten, darauf setzte er sich ans Cembalo. Anna verstand – er würde vom Instrument aus dirigieren.

Als das Orchester vollständig war, erschien ein außerordentlich beleibter Herr auf der Bühne – später erfuhr sie, dass es der allmächtige Grimani war. Er suchte mit den Augen nach Vivaldi, beugte sich, als er ihn gefunden hatte, zu ihm herunter und sagte, die Primadonna sei eben im Begriff, sich mit dem Castrato zu versöhnen, mit dem sie sich seit Tagen in den Haaren liege. Und eine derart erfreuliche Entwicklung der Dinge dürfe man nicht unterbrechen, er bitte daher um Geduld. Vivaldi drehte sich zu Anna um:

»Verstehst du jetzt, warum ich so gerne in der Pietà unterrichte, und dich im Besonderen?« Und Anna fiel auf, wie müde er dabei aussah.

Sie hatte genügend Zeit, sich den Zuschauerraum genauer anzusehen, denn während der nächsten zehn Minuten geschah rein gar nichts. Aber dann erschien endlich Grimani wieder und verkündete – es könne losgehen, der Friedensengel fliege zwischen den beiden Garderoben nur so hin und her, das müsse man ausnützen.

Als sich nach der Ouvertüre der Vorhang hob, erblickte Anna einen Hafen mit wirklichen Schiffen – um die Illusion der Lagune zu beschwören, hatte man an nichts gespart. Vorn an der Rampe stehend, beteuerte der Chor, wie glücklich er sei, wieder heil in Venedig gelandet zu sein. Dabei wurden zum Zeichen überstandener Gefahren im Hintergrund von unsichtbaren Maschinen alle Arten von Meeresungeheuern bewegt, was verschiedentlich wiederholt werden musste, da eins der Wasserdampf speienden Monstren immer wieder auseinanderbrach.

Aber endlich klappte die komplizierte Operation, und der Effekt war ungeheuer. Nur bedauerte Anna, dass man bei so viel Ablenkung kaum noch auf die Musik Vivaldis achten konnte, dabei war diese allein so suggestiv, dass es der Meeresungeheuer gar nicht bedurft hätte.

Darauf wechselte die Szene, und die beiden Protagonisten betraten die Bühne. Sie bildeten ein denkbar merkwürdiges Paar – die Primadonna, untersetzt und üppig, hatte ihre erste Jugend bereits hinter sich, wogegen der berühmte

Castrato, ein ellenlanger, dünner Mensch, bedeutend jünger war als seine Partnerin und sie um gut zwei Köpfe überragte.
Beide verfügten über gänzlich außergewöhnliche, blendend geschulte Stimmen, auch wenn der Sopran des Castrato Anna merkwürdig künstlich vorkam. Wie ein Lichtstrahl durchschnitt er mühelos das volle Orchester und war dabei von einer sonderbaren, androgynen Schönheit, die der Sänger selbstverliebt zu genießen schien.
So viel Demonstration vokalen Egos konnte sich die Mezzosopranistin nicht lange gefallen lassen, und so artete das Duett der beiden bald in einen Wettkampf aus. Man kreuzte die Klingen, indem man einander in hohen Tönen, Trillern und extravaganten Kadenzen überbot, bis die beiden Primadonnen die Bühne unter wüsten gegenseitigen Beschimpfungen wieder verließen. Offenbar hatte der Friedensengel inzwischen die Vergeblichkeit seiner Bemühungen eingesehen und das Weite gesucht.
Im Orchester gähnte man demonstrativ, anscheinend war man dergleichen Szenen gewohnt. Nur der erste Hornist, ein Sizilianer, der das Rezitativ der Griselda solistisch unterstützt hatte, bedachte die beiden Sänger mit Flüchen, wobei er sein Instrument umkehrte, um die Spucke daraus zu entfernen. Vivaldi hatte die Hände gefaltet und blickte ergeben ins Weite. Nachdem er so eine Weile verharrt hatte, lehnte er den Kopf nach hinten zu Anna und flüsterte:
»Wie wäre es, wenn du zur Entspannung der Atmosphäre etwas singen würdest?« Anna glaubte nicht recht gehört zu haben. »Ich meine es ganz ernst«, sagte er, sich zu ihr umwendend: »Warum nutzen wir nicht die Gelegenheit,

um dich eine der Arien von heute Morgen mit Orchester probieren zu lassen? Ich bin überzeugt, dass du es kannst. Hier, nimm meine Noten.«

Hatte sie nicht gewusst, dass heute ein Tag war, an dem es auf alles ankam? Sie zögerte einen Augenblick, dann ergriff sie beherzt die Partitur. Und plötzlich war sie dankbar um das festliche Kleid, denn der Gedanke, dass es sich schon einmal bewährt hatte, verlieh ihr Sicherheit. Ich bin es gar nicht selbst, sondern die Sängerin mit der roten Schleife, suggerierte sie sich, um sich Mut zu machen.

Nun ging alles so rasch, dass sie überhaupt nicht zum Nachdenken kam. Kaum war sie oben auf der Bühne, als Vivaldi dem Orchester auch schon den Einsatz gab. Die ersten Töne sang sie noch mit einem Gefühl leichter Panik, dann aber merkte sie, dass die prächtige Muschel des Zuschauerraums ihr die Stimme gleichsam verdoppelt wieder zurücksandte. Auf diese Weise war das Singen ein Kinderspiel. Vivaldi nickte wiederholt zufrieden, ja gegen Ende stand er auf und klatschte, für alle sichtbar, in die Hände.

Auch im Orchester applaudierte man, wobei die Streicher mit ihren Bögen ganz sacht auf die Notenpulte schlugen, was ein Geräusch wie von leichtem Regen erzeugte. Und ein junger, bärtiger Cellist erhob sich und rief ein enthusiastisches »Brava!« zu ihr auf die Bühne.

Allgemeines Staunen. Sogar Grimani zeigte sich entzückt – wer war diese mutige Kleine? Zudem sah sie auch noch reizend aus! Sollte man ihr nicht eine Rolle geben, natürlich nichts allzu Großes für den Anfang? Aber vielleicht war ihr Erscheinen ein Wink des Himmels, und

man konnte auf diese Weise die längst überfällige Diva loswerden, die ihnen allen das Dasein vergiftete.
Und Vivaldi, dem er einiges abzubitten hatte, würde er sich dadurch noch zusätzlich verpflichten, denn offenbar stand das Mädchen unter seiner Protektion - was immer das heißen mochte. Priester musste man sein, um so viel Glück zu haben. Damit ging er auf Anna zu, die noch immer wie benommen dastand. Vivaldi wollte ihr zu Hilfe eilen, aber unter dem Händeschütteln Grimanis war sie bereits wieder zu sich gekommen.
Da erhob sich jemand in einer der hinteren Logen, den Anna bislang vor lauter Aufregung gar nicht bemerkt hatte, und schritt durch den Mittelgang des Zuschauerraums auf sie zu. Der Herr, der dem musizierenden Mönch auf einem Bild Giorgiones glich.
In einem ersten Impuls wollte Anna davonlaufen, wollte nach links in der Kulisse verschwinden, denn sie hatte den Eindruck, dass sich die Dinge komplizierten. Aber der Conte lächelte ihr zu, was er bei ihrem Konzert im Palazzo Dolfin keineswegs getan hatte - damals hatte er finster und in sich gekehrt dagesessen. Sie sah, dass er mit Vivaldi ein paar Worte wechselte, und nun blickten sie beide zu ihr herauf.
»Ein weiterer Verehrer deiner Kunst«, sagte Vivaldi, den Conte vorstellend - aber die Begegnung schien ihm nicht sonderlich lieb zu sein. Landi stand da, groß, hager und elegant, ein Bild von einem Mann. Vivaldi, nervös wie immer, wirkte neben ihm überarbeitet und verbraucht. Und plötzlich empfand Anna eine grenzenlose Zärtlichkeit für ihn, diesen merkwürdigen Menschen, obwohl der Vergleich zwischen den beiden Männern, was das

Äußere anbelangte, keineswegs zu seinen Gunsten ausfiel.
Da man auf der Bühne mit einem weiteren Umbau begonnen hatte, stieg sie hinab in den Zuschauerraum. Nun hieß es entweder Landis Geschenk ignorieren oder aber Vivaldi enttäuschen, da sie es ihm verheimlicht hatte. Waren es sieben Stufen, dachte sie, würde sie nichts zu Landi sagen. Aber es waren acht.
Sie brachte es lieber sofort hinter sich. Mit dem Ariost habe er ihr eine große Freude gemacht, sagte sie – sie lese alle Tage darin. Er sei das erste Geschenk, das sie für ihr Singen bekommen habe, deshalb betrachte sie ihn als eine Art Talisman. Und obwohl Vivaldi neben ihr stand, kamen ihr die Worte wie von selbst über die Lippen.
»Ich freue mich, dass ein Kenner wie Sie Annas Talent zu schätzen weiß«, sagte Vivaldi zu Landi, aber er merkte selbst, dass es nicht aufrichtig klang. Was war mit ihm los – hatte er sich denn nicht geschworen, dass er Annas Lehrer, ihr Mentor sei und alles andere Afferei und Unsinn?
»Wir arbeiten bereits über zwei Jahre miteinander«, sagte er in verändertem Ton, »und so ist mir Anna sehr ans Herz gewachsen. Sie könnte es einmal weit bringen. Vielleicht wird man sie eines Tages sogar hier engagieren, was den Vorteil hätte, dass ich mich dann nicht mehr mit unserer eitlen Primadonna herumschlagen müsste wie zu Beginn der Probe. Ich würde es also uns beiden wünschen.«
Er hatte mit Absicht »uns beiden« gesagt, damit es besitzergreifend klang, denn keiner dieser sogenannten Mäzene sollte ihm seine Annina wegnehmen. Hatten sich diese Kerle denn nicht gleich bei ihrem ersten Ausflug in die große Welt auf sie gestürzt? Dabei wusste er ganz genau,

dass der Conte keineswegs zu den Männern gehörte, die sich an junge Sängerinnen heranmachten, um mit ihnen ihre Palazzi und ihre eigene Langeweile zu dekorieren. Trotzdem galt es, auf der Hut zu sein. Warum hatte ihm Anna nichts von Landis Geschenk erzählt, noch dazu, wo es sich um ein Buch aus Landis Sammlung handelte, was auf ernste Absichten schließen ließ, da er ein passionierter Bibliophile war? Meldete sich da die Eifersucht, die er noch nie im Leben verspürt hatte? Gereizt blickte er zwischen Anna und Landi hin und her.

Als das Schweigen anfing, peinlich zu werden, wandte sich Landi an Anna:

»Sie sehen mir nicht aus, als ob Sie das, was leider auch mit dem Theater verbunden ist, zu schätzen wüssten.« Und das war eigentlich sehr sympathisch – selbst Vivaldi musste das zugeben. Trotzdem kam er, wiederum ganz bewusst besitzergreifend, Anna mit seiner Antwort zuvor:

»Ich nehme an, sie wird sich zu wehren wissen.«

»Darf ich vielleicht auch etwas sagen, bevor Sie beide weiterhin über meine Zukunft bestimmen?« brachte sich Anna in Erinnerung.

»Sie haben ganz Recht, schließlich handelt es sich ja um Ihr Leben und Ihre Stimme«, pflichtete Landi ihr bei. Er gefiel Anna immer besser, dieser traurige Graf, obwohl er gar nicht mehr so traurig zu sein schien. Eigentlich schade, dass er sich offenbar bereits verabschieden wollte.

»Ehe die Meeres- und sonstigen Ungeheuer wieder auftreten, werde ich mich wohl lieber empfehlen«, verbeugte sich Landi und küsste Anna die Hand, was sie, da Vivaldi dabei zusah, nicht wenig genierte. Plötzlich hatte sie den

Eindruck, dass er litt. Warum musste sie sich nur ständig in diesen komplizierten Menschen hineinversetzen, so dass sie genau zu fühlen glaubte, was er empfand? Und im Augenblick kam er ihr sehr wenig glücklich vor.
Für den Rest der Probe setzte sie sich nach hinten in eine der Logen, und nun konnte sie es fast nicht mehr glauben, dass sie nur einen Augenblick zuvor selbst dort auf der Bühne gestanden hatte.
Und wie würde es sein, wenn erst das Publikum im Saal wäre, würde sie auch dann noch die Nerven behalten? Wollte sie ein derartig aufregendes Leben denn überhaupt? fragte sie sich. Aber wenn man einmal mit dem Singen angefangen hatte, konnte man nicht mehr davon lassen. Noch dazu, wenn man einen Lehrer wie Vivaldi hatte. Es war, als habe man einen Stein ins Wasser geworfen, der immer weitere Kreise zog.
Als sie am späten Nachmittag an der Seite Vivaldis wieder hinaus ins Freie trat, schneite es noch immer. Dankbar atmete sie die kalte, salzige Luft ein – bei solchem Wetter roch es sogar noch mitten in Venedig nach Meer. Wenn erst wieder Frühling wäre, würde sie für ein paar Tage an die Brenta fahren, um ihre Gedanken zu ordnen. Denn ein Gang auf den Markt und ein anschließendes, noch so exzessives Kochen schienen ihr nach den Ereignissen dieses Tages nicht genug.

12

Zum ersten Mal in ihrem Leben hatte Anna schlecht geschlafen, durch ihren Besuch im Sant' Angelo war sie dafür viel zu aufgeregt gewesen. Auch hatte über Nacht das Wetter umgeschlagen, und als sie am Morgen aus dem Fenster sah, war der Schnee verschwunden, der die Anlegepfosten vor den Palazzi entlang dem Canal Grande mit humoristischen weißen Hauben versehen hatte. Die Luft war milder, es lag eine Ahnung von Frühling über der Stadt.
Der Gedanke, dass der Karneval noch immer nicht vorüber war, machte Anna plötzlich ungeduldig, sein Spuk gehörte für sie nun einmal zum Winter. Aber das war nicht alles, sie hatte wirr geträumt und erinnerte sich sogar ganz genau, was sie geträumt hatte.
Sie stand auf der Bühne des Teatro Sant' Angelo und hörte, obwohl der Vorhang noch geschlossen war, deutlich das Stimmen des Orchesters. Dabei hatte sie nicht die leiseste Ahnung, in welcher Oper sie singen sollte. Doch mit unerbittlicher Langsamkeit öffnete sich der Vorhang und gab den Blick frei auf das mit Zuschauern gefüllte Rund der Theaterlogen. In heller Panik blickte sie nach dem Dirigenten und setzte gerade noch im rechten Augenblick ein, obwohl sie das Stück ja überhaupt nicht kannte. Dies zum Ersten.
Kaum hatte sie sich davon erholt, als sie träumte, dass eins der Wasserdampf speienden Ungeheuer anfing, mit

der Stimme Vivaldis zu reden, und ihr Vorhaltungen machte, sie solle gefälligst ihre unschickliche rote Schleife ablegen.
In diesem Moment war auch Landi aufgetreten, und zwar in eine Kutte gekleidet wie ein Mönch, und er und das Ungeheuer – das eigentlich Vivaldi war – hatten sich in einem virtuosen Duett die Meinung gesagt. Dabei war das Ungeheuer mühelos bis aufs hohe B gestiegen, um dort auf das lächerlichste zu trillern, wobei es sich zum Entsetzen Annas in die Primadonna des Sant' Angelo verwandelt hatte. Und ausgerechnet bei ihr musste sie fortan Gesangstunden nehmen, in denen man sie mit unsinnig komplizierten Vocalisen quälte.
Vollkommen verschreckt war Anna aufgewacht, aber sie hatte sich bald beruhigt, denn es war unschwer einzusehen, warum sie diesen Unsinn geträumt hatte.

»Du kannst dir gar nicht vorstellen, wie erfrischend du gewirkt hast inmitten all dieser Routine«, hatte Vivaldi auf dem Nachhauseweg vom Sant' Angelo zu ihr gesagt. »Die Orchestermusiker haben das genauso empfunden wie ich. Jedes Mal wieder neu erleben muss man die Musik, sonst verurteilt man sie zum Sterben. Hast du gesehen, wie arg es diese beiden Dinosaurier treiben? Du singst sie glatt an die Wand, vielleicht nicht so sehr durch deine Stimme, aber durch deine Spontaneität, deinen Einsatz. Aber reizt dich die Oper nach einem so zweifelhaften ersten Kontakt denn überhaupt?«
Und ohne auch nur einen Augenblick nachzudenken, hatte sie *ja* gesagt. Ja – sofern du davon überzeugt bist, dass ich es schaffe.

Dann müsse sie aber noch zusätzlich mit jemand Kompetentem arbeiten, um ihre Höhe auszubauen, hatte er erwidert. Und zwar am besten mit der Mezzosopranistin vom Sant' Angelo, denn in Sachen Stimmtechnik sei sie nun einmal vor Ort die Nummer Eins. Er selbst könne sie nur noch musikalisch weiterbringen. Und obgleich sie sich mit Händen und Füßen dagegen gesträubt hatte, war er unnachgiebig geblieben.
Die Musik in ihrem Leben – das war für sie einzig und allein Vivaldi, und sie wollte nicht, dass auch noch andere da hineinpfuschten. Sie hatte den Eindruck, dass das Singen anfing, sie mit seinen Ansprüchen zu überfordern. Sang sie eigentlich Vivaldi zuliebe, oder hatte sie selbst der Ehrgeiz gepackt? Aber das eine war für sie schon längst nicht mehr vom anderen zu unterscheiden.
Noch immer stand sie am Fenster und blickte hinunter auf den Canal Grande, als erwarte sie von dort die Erleuchtung. Sie war es nicht gewohnt, mit ungelösten Problemen aufzuwachen.
Nun, vielleicht hatte Vivaldi ja Recht, und wenn er es so wollte, würde sie sich eben fügen und zusätzlich bei der Giarini Unterricht nehmen. Langsam belebte sich die Szene, die ersten Gondeln erschienen, und die Rufe der Schiffer, die ihre Waren zum Markt transportierten, drangen zu ihr herauf. Einer von ihnen, der in der blauen Jacke, erinnerte sie an Luigi, und das brachte sie auf den Gedanken, ihn zu besuchen.
Luigi hatte etwas Beruhigendes, Bestätigendes, und genau das war es, was sie an diesem Morgen dringend brauchte. Er dachte und tat nur überschaubare Dinge. Aus diesem Grund hatte er sich wohl auch ein Instrument gewählt,

mit dem man sich, seines diskreten Klanges wegen, nicht sonderlich exponieren konnte. Aber sie mit ihrer Stimme, über die alle gleich aus dem Häuschen gerieten, stand mitten im Gefecht, und mit Diskretion war da nicht viel zu machen.
Sie fühlte sich von den gestrigen Aufregungen so abgespannt, dass sie für den Augenblick selbst von Vivaldi genug hatte, oder besser gesagt von seinem Einfluss auf ihr Leben. Sogar an Landi zu denken war unter diesen Umständen nicht so erfreulich wie sonst. Warum musste er auch ausgerechnet gestern im Theater auftauchen, sodass Vivaldi nun wegen des Ariost auf ihn eifersüchtig war?
Der gestrige Tag war doch ein Erfolg gewesen, warum freute sie sich also nicht? Aber sie war nur müde. Gewiss, sie hatte überraschende Fortschritte gemacht, darüber waren sich alle einig, aber plötzlich hatte sie den Eindruck, dadurch Jahre ihres Lebens übersprungen zu haben. Und sie war sich nicht sicher, ob ihr das gefiel. Daher beschloss sie, wenigstens für einen Tag die Uhr wieder zurückzustellen. Ja, sie würde sogar Paolina zu Vivaldi schicken, um ihre Stunde abzusagen.
Da hörte sie vom Hauseingang her eine ihr bekannte Stimme. Es war der Mann aus Mantua, der wegen der Tassen kam. Aber sie hatte in der letzten Zeit gar keine mehr bemalt, sondern nur noch musiziert, doch wie sollte sie ihm das erklären? Da stieg er auch schon die Treppe herauf, sein Gesicht eine einzige Anklage.
Und obwohl sie noch einen Augenblick zuvor von den Ansprüchen des Singens genug gehabt hatte, ließ sie ihn wissen, dass sie sich entschlossen habe, Sängerin zu werden, und daher keine Zeit mehr habe, für ihn zu arbeiten.

Der Mann fiel aus allen Wolken – das könne sie ihm doch nicht antun, flehte er sie an. Als Anna davon ungerührt blieb, verlegte er sich aufs Schmeicheln – mehrere seiner Kunden, Mitglieder der besten Gesellschaft, warteten geradezu auf ihre Tassen!
Dann hätten sie eben umsonst gewartet, gab Anna zurück. Und einmal im Schwung, lief ihr ihre Zunge davon, und voller Genugtuung sagte sie dem Mann die ganze Wahrheit. Dass sie überhaupt keine Tassen mehr bemalen werde, weil ihr das nämlich zu langweilig sei. Als er sah, dass ihm die Felle wegschwammen, steckte sich der Mann hinter Paolina und ihre Mutter, die inzwischen an der Türe erschienen waren. Anna werde schon sehen, wohin sie ihr Singen führen werde – ein ehrbares Mädchen tue so etwas überhaupt nicht, und in seinem Ärger wurde er anzüglich und gemein.
»Würdest du ihm bitte zeigen, wo die Türe ist«, sagte Anna, die die Situation zu genießen begann, großartig zu Paolina. Natürlich würde sie Opernsängerin werden, wie hatte sie auch nur einen Augenblick daran zweifeln können! Wollte sie Tassen bemalen, bis irgendein Luigi oder Franco daherkäme, um sie heimzuführen? Der Himmel hatte ihr diesen Mann geschickt, und zwar genau im rechten Augenblick, damit sich die Sache von selbst entschied.
Aber Luigi würde sie trotzdem besuchen, denn mit ihm konnte sie, ohne sich zu genieren, über alles reden. Zwar ahnte sie, dass das Motiv für seine Geduld nicht ganz uneigennützig war, aber das musste man eben in Kauf nehmen. Und für den Fall, dass er gar zu sentimental wurde, nahm sie ein paar Noten mit, die sie gegebenenfalls miteinander durchgehen konnten.

Befriedigt stellte sie fest, dass sie glänzender Laune war, der Rausschmiss dieses Ausbeuters hatte ihr wohl getan. Vielleicht würde sie sogar mit Luigi ein wenig dem Karneval zusehen. Plötzlich sah sie, wie sich ein riesiges Tor weit vor ihr öffnete, und in verführerischen Farben strömte das Leben herein, ein Leben für die Musik und das Theater. Und auf der Bühne stand er, Vivaldi, der ihr dieses Wundertor aufgeschlossen hatte und den sie dafür auf immer liebte.
Seine roten Locken flatterten im Wind, und sie war seine Sängerin, ja viel mehr noch – seine Muse. Hatte er denn nicht eigens für sie eine Kantate komponiert? Wie konnte sie da überhaupt noch zögern, welches Leben zu wählen sei! Leider hatte sich Paolina bereits auf den Weg gemacht, denn mit einem Mal fand sie es jammerschade, dass sie Vivaldi heute nicht sehen sollte.
Wenn erst Frühling wäre, würden sie zusammen an die Brenta fahren, und vielleicht war es sogar einzurichten, Paolina und ihre Mutter anderweitig zu beschäftigen, wenn sie dort ankamen, denn schließlich wollte sie mit Vivaldi allein sein. Was sie sich unter dem Alleinsein mit ihm vorstellte, wagte sie nicht so genau zu definieren, jedenfalls war sie im Augenblick so glücklich, dass in ihrer Vorstellung auch noch ein Regenbogen, bunt schillernd, die Zukunft überspannte, dessen eines Ende direkt in die Zaccaria-Kirche mündete, damit die Sache auch ja nicht schief ging.

13

Luigi war einigermaßen verwirrt, als Anna in einer derartig euphorischen Verfassung bei ihm eintrat. Aber sie konnte ihn besuchen in welcher Stimmung sie nur wollte, es machte ihn grundsätzlich glücklich.

»Wie war es gestern?«, wollte er wissen. Und sie erzählte ihm alles ausführlich – dass sie auf der Bühne des Sant' Angelo gesungen habe, und sogar mit Orchester. Dass auch der Conte dort gewesen war, erzählte sie ihm natürlich nicht, und ihre Gefühle für Vivaldi, die gingen Luigi, den sie wie einen großen Bruder liebte, sowieso nichts an.

Dass sie ihn und sein Gefühlsleben ständig überforderte, wusste sie selbst, aber er gehörte gewissermaßen zur Familie, denn sie wohnten in derselben Gasse. Und sie war viel zu egoistisch, als dass sie in diesem Augenblick auf ihn und sein teilnehmendes Echo verzichtet hätte.

»Findest du mich eigentlich begabt?« fragte sie ihn. Natürlich fand er sie begabt – für ihn sei sie überhaupt die Begabteste von allen. Aber nein, dergleichen wolle sie doch nicht hören. Er solle gefälligst davon absehen, dass er in sie verliebt sei, und keinen Unsinn reden. Aber er protestierte – was er gesagt habe, sei völlig objektiv.

»Glaubst du eigentlich, dass ich Talent für die Oper hätte?« Da wurde es für Luigi schon schwieriger mit der Antwort, denn zum Ersten war er noch nie in einer Oper gewesen, und zum Zweiten musste er sich auf diese Weise

allzu freimütig zu seinen Gefühlen bekennen, da von Annas Zauber niemand mehr überzeugt war als er, der förmlich unter diesem Zauber litt.
Er klimperte also, um Zeit zu gewinnen, nachdenklich auf seiner Theorbe und meinte, er könne sich vorstellen, dass sie dem Publikum, da sie ja zusätzlich auch noch sänge, ganz schön gefährlich werden könne. Dies war vielleicht nicht genau das, was Anna hören wollte, aber es klang immerhin bestätigend.
»Man hat es mir nämlich sozusagen angeboten«, sagte sie.
»Und wer?«
»Grimani persönlich«, sagte sie, und das wirkte selbst auf den stillen Luigi wie eine Bombe, denn jedermann, der in Venedig auch nur das Geringste mit Musik zu tun hatte, wusste, wer Grimani war und was es hieß, dass ausgerechnet er ihr ein solches Angebot gemacht hatte.
»Gran dio«, sagte Luigi denn auch. »Und, hast du angenommen?«
»Natürlich, wer würde denn da überhaupt zögern.« Das war zwar ein bisschen gelogen, aber das wusste Luigi schließlich nicht. Er sah Anna bereits im Olymp des Theaters verschwinden, unerreichbar für ihn, der die Leiter des Ruhms noch nicht erklommen hatte. Zwar gönnte er es ihr von Herzen, nur würde er sie dann noch mehr als bisher mit den anderen teilen müssen, und das war bitter.
Da er gar so traurig aussah, strich Anna ihm liebevoll übers Haar. Dieser Luigi war ein wahrer Segen, dachte sie wieder einmal, denn für Freundinnen hatte sie nie viel übrig gehabt, die tratschten immer alles gleich weiter. Luigi dagegen war verschwiegen, auf ihn konnte man sich

verlassen. Und in dem allgemeinen großen Aufbruch in ihrem Leben war sie besonders dankbar für diese Konstante.
Bei jemand, der wie Luigi gleichermaßen die Rolle eines Schutzengels wie auch die eines Bruders spielte, dachte man nicht weiter darüber nach, ob er eigentlich gut aussah. Wie er da vor ihr stand, versuchte sie, ihn einmal mit neuen Augen zu sehen. Und siehe da, Luigi war eigentlich ein verdammt hübscher Kerl – groß, schlaksig, aber gut gebaut. Seine Beine zum Beispiel konnten sich durchaus sehen lassen. Diese steckten nämlich in schwarzen Trikots, da er sich gerade als sie herüberkam für den Karneval umgezogen hatte.
Das Schönste an ihm waren jedoch seine Augen. Sie besaßen einen warmen Bernsteinton, weshalb sie Anna immer schon aufgefallen waren. Kurz, Luigi war also ein denkbar erfreulicher Anblick. Wenn er nur nicht so fürchterlich gutartig gewesen wäre. Wenn sie längere Zeit mit ihm verbrachte, trieb sein Phlegma sie leicht zur Verzweiflung.
Im Augenblick überwogen jedoch eindeutig Luigis Positiva. Nirgends war man besser aufgehoben als bei ihm, und sie schwor sich, ihn in Zukunft mit mehr Zartgefühl zu behandeln. Trotzdem schlug sie jetzt vor, ein wenig zu üben, denn er hatte sie so bernsteinäugig angesehen, dass dies für die nächste Stunde bestimmt klüger war. Sie sah ihm zu, wie er seine Theorbe stimmte, und dachte dabei an Vivaldi – wie war doch alles so ganz anders, wenn sie mit ihm zusammen war.
Dann bestand die Welt nur noch aus Vibration, und er war der Schöpfer dieser Welt, war gleichzeitig vielseitig und einseitig, von nie nachlassender Intensität und kolossal

anspruchsvoll, wodurch er seine Umgebung ständig überforderte.
Nein, beruhigend war das alles wahrhaftig nicht. Und doch war es genau das, was sie liebte, nämlich die vollkommenste Ergänzung zu ihrem Wesen, wie sie es in dieser Weise noch nie erlebt hatte. Bevor sie Vivaldi kannte, hatte ihr das nicht gefehlt, nun aber fehlte es ihr, wenn sie mit anderen Menschen zusammen war, und machte sie undankbar und ungeduldig. Auch Luigi hatte darunter zu leiden.
Vivaldi sei ein Genie, hieß es allgemein. Aber was war das, ein Genie? Vielleicht jemand, der die Welt auf seine Weise neu erschuf? Sie ahnte, dass der Weg, der vor ihr lag, nicht einfach sein würde. Und doch war sie ganz sicher, dass sie ihn gehen wollte.
Endlich hatte Luigi fertig gestimmt – bei den vielen Saiten der Theorbe dauerte das immer eine Ewigkeit. Doch wenn es auch lange dauerte, Anna liebte den Klang des altertümlichen Instruments, der einen dunkel und sanft umschloss. Luigi war ein guter Musiker und durch seine Liebe zu ihr ein doppelt einfühlsamer Begleiter.
»Meinst du nicht, wir sollten einmal einen Abend mit Gesang und Theorbe in der Scuola degli Schiavoni machen?« fragte er. »Ich kenne den Küster – er würde uns den Saal bestimmt geben.«
Ein Konzert ohne Vivaldi, zur Abwechslung einmal ein beruhigendes, ein therapeutisches sozusagen. Merkwürdig, dass Luigi ausgerechnet diese Scuola vorgeschlagen hatte, in die Vivaldi sie einmal mitgenommen hatte, um ihr dort Carpaccios heiligen Augustinus zu zeigen. Sie hatte den Eindruck gehabt, dass er ihr damit etwas sagen

wollte, und sie glaubte ihn verstanden zu haben. Ja, es wäre sicher auch in seinem Sinn.

Vielleicht würde er ihnen sogar ein paar Stücke dafür schreiben. Und wieder musste sie an den Stein denken, der, einmal ins Wasser geworfen, immer weitere Kreise zog.

Gegen zwölf Uhr hatten sie genug vom Musizieren. Luigi verschwand, um Anna sein Karnevalskostüm vorzuführen, und das ihre, fiel ihr dabei ein, hatte er ja auch noch nicht gesehen. Vielleicht gingen sie anschließend maskiert auf die Piazza San Marco, was mit Luigi vielleicht doch amüsanter wäre als mit Vivaldi, der solche Angst vor dem Trubel hatte.

Als Anna in ihrem ausgeschnittenen Seidenkleid und der roten Schleife am Hals wieder bei Luigi eintrat, griff seine Hand vor lauter Schreck auf der Theorbe einen dissonanten Akkord, dass es nur so schollerte. Sagen konnte er nichts, so sehr staunte er. Für einmal war Anna mit seiner Reaktion zufrieden.

Aber auch Luigi hatte sich inzwischen verändert – mit einem schwarzen, samtenen Wams und einer gestärkten Halskrause, die seinen Hals umstand wie ein Rad, hatte er sich in einen Spanier aus der Zeit König Philipps verwandelt.

Dazu trage er noch ein rotes Cape – wie sie das finde. Großartig fand sie es, ja es war beinahe ein wenig irritierend, wie phantastisch Luigi aussah. Etwas war geschehen, durch seine Verkleidung war er auf einmal nicht mehr der Nachbarssohn, der Bruder, nicht mehr nur das bequeme Möbel, auf dem man sich ausruhen konnte, wenn einem das Leben zu viel abverlangte.

Also war der Karneval doch noch zu etwas anderem gut, als komponiert zu werden – er legte Wahrheiten, legte Wünsche frei, von denen man nichts geahnt hatte.
»Pack deine Theorbe weg, Luigi, und lass uns gehen, denn in zwei Tagen ist alles vorüber. Und so kalt ist es gottlob auch nicht mehr.« Spielten sie nun Theater, oder war dies die Realität? Aber warum darüber nachdenken.
Auch entlang der Kanäle war plötzlich Frühling, ja an der nächsten Brücke kam sogar die Sonne heraus und beschien die Maskierten, wenn auch noch etwas unsicher und blass. Mit seinem spanischen Kostüm schien Luigi in einen anderen Menschen geschlüpft zu sein. Er hatte seine Schüchternheit abgelegt, war selbstsicher und komisch und kaufte ihnen auf der Piazzetta allerlei Süßigkeiten, mit denen sie sich anschließend vollstopften.
»Meine Theorbe ist ein einträgliches Geschäft«, erzählte er dabei, »jeden Abend spiele ich einer alten Contessa eine Stunde etwas vor, dafür bekomme ich jedes Mal einen halben Dukaten. Sie hat mir auch dieses Kostüm geliehen, ich glaube, es hat einem ihrer früheren Verehrer gehört. Von jetzt an kann ich es mir leisten, dich auszuführen.«
»Sie mag dich, du magst mich – mag ich dich? Luigi, Luigi, was soll nur daraus werden?«
In Annas Kopf herrschte ein ähnliches Durcheinander wie auf der Piazzetta, durch deren Gedränge sie sich schoben, um sich einen Platz vorn am Quai zu erkämpfen. Was gar nicht so leicht war, denn jeder wollte die Regatta sehen, die um zwei Uhr beginnen sollte. Selbst auf der gotischen Galerie des Dogenpalastes standen dicht gedrängt die Menschen, denn es war *giovedi grasso*. Wie jedes Jahr versuchte man durch allerhand zusätzliche Vergnügungen,

die Stimmung gegen Ende des Karnevals noch besonders anzuheizen. So zum Beispiel hatte man auf der Piazzetta eine pompöse Scheinarchitektur aus bemaltem Pappmaché aufgebaut, auch wurde ein Mann bejubelt, der sich unter Lebensgefahr von der Spitze des Campanile abseilte.

»Anschließend gibt es noch eine Regatta für Frauen«, sagte Anna. Aber dies schien Luigi weniger zu interessieren: »Das sollten sie lieber den Männern überlassen – rudernde Frauen sind mir ein Gräuel.«

»Aber singen dürfen wir doch hoffentlich?«

»Natürlich, die Engel singen ja schließlich auch.«

»Aber wir sind keine Engel, mein lieber Luigi. Und ich für mein Teil habe es nicht gern, wenn man mich behandelt, als wäre ich einer.« Luigi lachte, da war er also wieder mal ins Fettnäpfchen getreten. Aber heute wusste er sich zu wehren.

Als die ersten Boote an ihnen vorüberzogen, schrien sie sich die Hälse wund. Die Sache war es wahrhaftig wert – gewaltige Federbüsche verwandelten die Hecks der Boote, die von je zwölf Männern gerudert wurden, in schnaubende Drachen. Aber nicht nur vom Land aus, auch aus Gondeln und geschmückten Barken schaute man dem Spektakel zu, und da die Regatta fast zwei Stunden dauerte, waren Anna und Luigi, als schließlich die Sieger gefeiert wurden, müde und heiser.

»Lass uns nach Hause gehen«, schlug Anna vor. Plötzlich hatte sie genug von dem Lärm, und eine Stimme hatte sie auch nicht mehr. Sie war dankbar, als sie nach ein paar dunklen Sträßchen vor San Zaccaria standen.

Seitdem sie aus dem Trubel heraus waren, hatte sich Luigi

wieder in den diskreten Schutzengel und großen Bruder verwandelt. Sie wolle einen Augenblick in die Kirche hineingehen, um nachzudenken, erklärte sie, worauf er versprach, draußen auf sie zu warten.
Anna liebte diese weite, hohe Kirche, deren Wände bis fast unter die Gewölbe mit Fresken geschmückt waren, was den Eindruck erweckte, als sei sie mit Teppichen ausgehängt. Dadurch hatte sie direkt etwas Wohnliches, im Gegensatz zu vielen anderen Kirchen kam man sich in ihr nicht verloren vor. Aufatmend setzte sich Anna in eine Bank vor dem Altarbild Giovanni Bellinis, seiner *Sacra conversazione*, das sie wegen des Viola spielenden Engels besonders liebte.
Genauso musste sie die langsamen Sätze des *Nisi Dominus* singen, so verinnerlicht und abgeklärt. Und während sie die in tiefer Meditation begriffenen Heiligen betrachtete, bat sie Gott um Vergebung, dass sie den ganzen Nachmittag nicht an Vivaldi gedacht, sondern hemmungslos den Karneval genossen hatte. Sie könne nun einmal nicht so absolut sein wie er, der außer Musik nichts im Kopf habe. Er sei eben ein Genie, aber sie verspreche immerhin, eine gute Sängerin zu werden, vielleicht sogar eine große, wenn das nicht zu anmaßend klinge.
Auch dass sie sich trotz ihrer Liebe zu Vivaldi ein wenig in Luigi verliebt hatte, bat sie Gott ihr zu verzeihen. Einer Natur wie der ihren falle es nun einmal schwer, sich zu bescheiden. Aber schließlich sei das nicht ihre Schuld, dass ER sie so hoffärtig geschaffen habe. Plötzlich wurde sie sich bewusst, dass das, was sie gerade gebetet hatte, eigentlich reichlich unverschämt war, und bekreuzigte

sich. Als sie aufsah, schien ihr der gemarterte Heilige auf dem Altarbild die Züge Vivaldis zu tragen.
Luigi fand sie seltsam verändert, als sie wieder aus der Kirche trat, schweigend ging sie neben ihm her. Nach einer Weile fragte sie ihn:
»Findest du eigentlich, dass ich ein sündhaftes Geschöpf bin?«
»Nein, aber anstrengend bist du«, sagte Luigi, worauf Anna ihn erstaunt ansah.

14

Im Sant' Angelo hatte man Vivaldi wieder einmal derartig zugesetzt, dass er ganz krank bei sich zu Hause angelangt war. Dort hatte er nach Luft gerungen und gehustet, bis er glaubte, ersticken zu müssen. Diesmal waren die Brustkrämpfe, die ihn schüttelten, weiß Gott nicht gespielt, sondern die Folge ständiger Schikanen.

Er hatte den Eindruck gehabt, alles in diesem Theater habe sich verschworen, ihm das Leben zur Hölle zu machen. Der Cembalospieler war unfähig gewesen, den bezifferten Bass der Rezitative in eine auch nur einigermaßen passable Begleitung umzusetzen, hatte aber behauptet, seine, Vivaldis, Handschrift sei daran schuld, die er nicht entziffern könne.

Als Nächstes war der Castrato auf der Bühne erschienen, um ihm eine Szene zu machen, weil er seine Arien zu wenig virtuos fand. Er hatte ihm versprechen müssen, sie völlig umzuschreiben. Und so weiter von Kniefall zu Kniefall, den ganzen Vormittag.

Nur der Gedanke, dass er am Abend mit Anna arbeiten würde, hatte ihn aufrecht gehalten. Aber als dann auch noch Paolina mitten in die Probe hereinplatzte, um ihm auszurichten, dass Anna nicht zur Stunde kommen würde, hatte er seinem Zorn freien Lauf gelassen und dem Castrato, der schon wieder etwas auszusetzen fand, seine

Partitur mit einem »Komponier dir doch dein Zeug in Zukunft selber, *cretino*« – an den Kopf geworfen.
Er hatte dabei wieder einmal festgestellt, dass Zorn keineswegs unproduktiv war, denn wieder bei sich zu Hause, hatte er mit leichter Hand ein kompliziertes Fugato in e-Moll geschrieben und gleich darauf ein Andante für nur zwei Stimmen, die in inniger harmonischer Verschränkung miteinander spazieren gingen. Wobei er natürlich an sich und Anna gedacht hatte, und an eine weite, grüne Ebene, fern von Venedig und dessen unerfreulichen Theatern.
Nachdem er auch noch die zwei Arien des Castrato in vokale Virtuosenkonzerte verwandelt hatte, lehnte er sich befriedigt zurück – sollte sich dieser verdammte Narziss doch ruhig den Hals daran brechen! Er hatte den ganzen Theaterbetrieb so unsäglich satt, besonders aber Grimanis anmaßendes Gehabe, der glaubte, ihm in alles hineinreden zu können, nur weil seiner Familie das Theater gehörte.
Im Zimmer unter ihm hörte er seinen Vater Geige üben. Sechzig Jahre war er inzwischen, und doch übte er noch immer fleißig jeden Tag. Nicht etwa, weil er es nötig gehabt hätte, denn seit Vivaldi denken konnte, war sein Vater *primo violinista* im herzoglichen Orchester von San Marco, sondern weil er es der Musik schuldig zu sein glaubte, der man seiner Überzeugung nach gar nicht demütig genug dienen konnte, um ihrer würdig zu sein. Mein Gott, solche Idealisten gab es also auch – von ihm musste er wohl seine Sehnsucht nach Vollkommenheit geerbt haben.
Er sah sich um – er liebte dieses kleine, kahle Zimmer, hoch oben unter dem Dach, wo ihn so leicht niemand fin-

den konnte. Zwei schmale Fenster gingen hinaus auf einen etwas trübseligen Platz mit einem baufälligen Palazzo, an den Wänden nichts als ein Paar Mandolinen aus der Zeit Monteverdis. Dafür überall Partituren – auf dem Tisch, auf den Stühlen, auf der Kommode, die darauf warteten, korrigiert oder aufgeführt zu werden, weil er sie über dem vielen Neuen, das aus seinem Kopf aufs Notenpapier drängte, längst wieder vergessen hatte.

Es war das gleiche Zimmer, in dem Anna ihm vorgesungen hatte, und mit diesem Augenblick war die Sonne über seinem Leben aufgegangen. Er dachte daran, wie sie ohne ein Zeichen der Aufregung auf die Bühne des Sant' Angelo gestiegen war. Und solange sie sang, hatte die armselige Realität des Theaterbetriebs aufgehört zu existieren, weil Annas Jugend den erlesenen Raum, auf dessen Deckengemälde die Musen Apollo huldigten, zurückverwandelt hatte in das, was er eigentlich sein sollte – in einen Ort aufrichtiger Bemühung um die Kunst. Und alle im Orchester, die durch Jahre der Fron ihren Glauben an die Musik verloren hatten, waren dadurch noch einmal jung geworden.

Die Heftigkeit seiner Enttäuschung darüber, dass Anna nicht zur Stunde kommen würde, hatte ihm wieder einmal gezeigt, wie abhängig er bereits von ihr war. Denn wenn er mit ihr musizierte, fiel alle Müdigkeit von ihm ab, und er fand zurück zu seiner ursprünglichen, enthusiastischen Natur.

Allerdings musste er lernen, sie nicht zu überfordern. Er war fast sicher, dass sie nur deshalb nicht zur Stunde erschienen war, weil sie nach den gestrigen Ereignissen eine Pause brauchte, eine Pause vielleicht auch von ihm und seiner Intensität. Sie besaß einen untrüglichen Instinkt dafür, wie viel sie von der anspruchsvollen Kost, die er ihr zuführte, vertragen konnte. Wohingegen er, längst abgestumpft gegen die Reize der Musik, sie wie ein Vielfraß in sich hineinschlang.

Nun, so schlimm war es vielleicht gar nicht. Wenn er sich mit Anna verglich, hatte er eine Neigung, sich schlechter zu machen, als er war. Aber etwas Wahres war zweifellos daran, denn er brauchte die Musik wie eine Droge, er war ihr verfallen, und sobald er aufhörte, Musik zu machen oder zu komponieren, fühlte er sich verloren.

Damit hatte auch zu tun, dass er neben seinem Komponieren und seiner Arbeit an der Pietà auch noch dieses Hundeleben eines Impresario des Teatro Sant' Angelo führte, wo man ihn grundsätzlich für alles verantwortlich machte, angefangen vom Verkauf der Billette bis zur Lieferung ständig neuer Opernpartituren, für die er selbst noch die Sänger zu engagieren hatte.

Ein weiterer Grund dafür war, dass er damit Geld verdiente, das er dringend brauchte, um es in die Aufführungen seiner eigenen Opern zu investieren, wobei er aber, wenn diese kein Erfolg waren, wieder alles verlor. Ein Teufelskreis also. Und warum tat er es trotzdem? Weil ihm die Sache Spaß machte, nicht die Intrigen, nein, diese natürlich nicht, aber das Manipulieren, das Drahtziehen an den zahllosen Puppen, deren es bedurfte, um die Aufführung einer Oper zustande zu bringen. Das Ganze war eine Hassliebe.

Dass er in der Pietà unterrichtete, hatte ganz andere Gründe. Mit dem Orchester der jungen Mädchen, das er sich zu einem hoch qualifizierten Instrument erzogen hatte, konnte er seine Kompositionen auf Klang und Wirkung hin ausprobieren. Im Gegensatz zu seiner Tätigkeit am Sant' Angelo fand er hier echte Befriedigung. Neben seinem Unterricht hatte er pro Monat zwei neue Concerti zu liefern, aber da ihm das Komponieren leicht von der Hand ging, hielt sich damit die Belastung in vernünftigen Grenzen.

Außer ihm waren am Ospedale eine Reihe weiterer Lehrer engagiert, wobei eine so genannte *maestra della battuta* als Aufpasserin dafür sorgte, dass die wachsende Unmoral Venedigs nicht auch im Ospedale frech ihr Haupt erhob. Trotzdem kursierten in der Stadt allerlei Gerüchte über den lockeren Lebenswandel der Mädchen, und das mit Recht. Neulich zum Beispiel hatte man die kleine, scheinheilige Teresa dabei erwischt, wie sie nachts zu einem Herrn der großen Gesellschaft in die Gondel steigen wollte, und das sicher nicht, um mit ihm Kammermusik zu machen.

Während er Anna unterrichtete, verbat er sich allerdings jede Aufsicht – hier werde gearbeitet und weiter nichts. Und doch, wenn die Priora irgendwo Grund gehabt hätte aufzupassen, so wäre es in den Stunden gewesen, die er mit Anna musizierte. Denn ihre Beziehung war inzwischen von einer solch erotischen Spannung, dass er sich fragte, wie lange die Sache überhaupt noch gut gehen könne.

Aber abgesehen von diesen gesegneten Augenblicken war er Venedigs müde. Wenn sich nur eine weitere Verpflichtung nach Mantua realisieren ließe! Von einem ersten Aufenthalt kannte er den dortigen Dienstherrn, einen deutschen Landgrafen, den es als Gouverneur nach Mantua verschlagen hatte und der ihn und seine Kompositionen schätzte. Um den großen Gönner an sich zu erinnern, hatte er ihm – selbstverständlich in barocker Umständlichkeit und tiefer Devotion – die Partitur seiner Kantate *Qual in pioggia dorata* gewidmet. Auf was wartete er also noch, dieser Landgraf von Darmstadt, der, wie alle Deutschen, die Musik so tief ernst nahm?

Für die Menschen jenseits der Alpen schien sie etwas Heiliges zu sein, eine Art Religion. Und was bedeutete die Musik für die Venezianer? Nichts als Unterhaltung und Zeitvertreib, insbesondere die Oper – leichte, schnelllebige Ware wie die Kostüme des Karnevals, die man nach einer Saison bereits wieder wegwarf.

Hoffentlich wartete dieser musikalische Landgraf nicht, bis er, Vivaldi, vor lauter Ärger das Zeitliche gesegnet hatte. Und Anna? Er nahm als selbstverständlich an, dass sie ihm nach Mantua folgen würde. Seine Phantasie eilte weit voraus und plante, plante eine Zukunft an Annas Seite, wodurch nichts mehr ermüdend, nichts irritierend oder gar niedrig sein würde.

Er erinnerte sich der sanften Landschaft der Lombardei, wo man, war man erschöpft von der Arbeit, in Wiesen spazieren gehen konnte und die Vögel singen hörte, denen man ihr Gezwitscher nur abzulauschen brauchte, um es in Musik umzusetzen. Wie entspannt und glücklich hatte er dort komponiert, darunter seine *Quattro stagioni*, die inzwischen so populär waren, dass es ihn schon wieder ärgerte, denn schließlich hatte er sehr viel Interessanteres geschrieben.

Ohne weiter abzuschweifen, komponierte er eine halbe Stunde an der letzten Szene seiner neuen Oper weiter. In zwei, drei Tagen würde er damit fertig sein, obwohl er sehr viel sorgfältiger arbeitete als sonst. Dann blieben immer noch drei Wochen bis zur Premiere – also Zeit genug für die Proben, aber auch für neue Kabalen und neuen Ärger. Am liebsten hätte er Anna die Rolle der Tamiri gegeben, aber nein, er hatte sich geschworen, die Dinge nicht zu überstürzen.

Es klopfte.

Der Vater konnte es nicht sein, denn der geigte unten, auch unterbrach er ihn nie beim Komponieren. Er stand auf und ging ärgerlich zur Türe – warum ließ man ihn nicht in Ruhe! Aber nein – zu seiner Überraschung war es Anna. Anna, die Sängerin, denn sie war gekleidet wie bei der Probe im Sant' Angelo. Sogar die rote Schleife trug sie um den Hals.

»Störe ich?« Wie konnte sie überhaupt nur fragen, sie störte ihn nie.

»Um nach den gestrigen Ereignissen etwas auszuspannen, war ich mit Luigi beim Karneval«, sagte sie. »Als ich danach in der San-Zaccaria-Kirche saß, dachte ich auf einmal, dass du dich vielleicht einsam fühlen könntest, weil wir sonst um diese Zeit immer miteinander arbeiten.«

Ungläubig staunend sah Vivaldi sie an – von Brustschmerz oder Atemnot konnte überhaupt keine Rede mehr sein.

»Darf ich dich etwas fragen?« sagte Anna.

»Gewiss.«

»Warum trägst du eigentlich eine Soutane, wo du doch gar nicht die Messe liest?«

»Ich habe, als ich noch ganz jung war, die Weihen empfangen, und zwar sowohl die niedrigen als auch die höheren.

Gewollt habe ich das nicht, mein Vater hat es für mich entschieden, weil er dachte, dass ich auf diese Weise ein sicheres Auskommen hätte. Und wenn man sich einmal auf etwas eingelassen hat, muss man auch dazu stehen.«

»Gilt das für alles?«

»Ich denke schon.«

»Dann ist es ja gut«, sagte sie zu seiner Überraschung. Meinte sie nun den lieben Gott, die Liebe oder ihr Singen? Aber er kam gar nicht zum Nachdenken, denn sie redete bereits weiter:

»Übrigens habe ich dem Mann aus Mantua gesagt, dass ich nicht mehr für ihn arbeiten werde. Das hat ihm gar nicht gefallen, er ist sogar ziemlich gemein geworden. Aber auf diese Weise habe ich endlich genügend Zeit für die Musik, und vielleicht kann ich ja auch mit meinem Singen etwas dazuverdienen.«

»Aber sicher.«

»Übrigens war gestern mein Geburtstag«, fuhr sie fort, »ich habe es dir absichtlich nicht gesagt, du solltest nicht den Eindruck haben, mir etwas schenken zu müssen. Denn ich finde, dass eigentlich die, die Geburtstag haben, den anderen etwas schenken sollten, und nicht umgekehrt.« Damit gab sie ihm etwas, das in ein Tuch eingewickelt war.

»Vielleicht findest du, was darin ist, komisch oder sentimental, denn es ist eine Tasse. Ich habe sie eigens für dich bemalt, und zwar in deiner Lieblingsfarbe. Ich dachte, wenn du abends nervös aus dem Theater kommst, könntest du daraus irgendeinen Kräutertee trinken und dir dabei vorstellen, dass du in aller Ruhe entlang der Brenta spazieren gingst.« Aber er fand ihr Geschenk gar nicht komisch oder sentimental, vielmehr rührte es ihn durch die Sorgfalt, mit der sie das alles bedacht hatte.

»Für mich bedeutet sie so etwas wie einen Abschied von früher, denn es ist die Letzte, die ich bemalt habe. Du hast mich gestern gefragt, ob ich nach dieser merkwürdigen Probe überhaupt noch zur Oper will. Seitdem habe ich ständig darüber nachgedacht, denn ehrlich gesagt macht mir der Gedanke ein wenig Angst. Aber ich bin viel zu neugierig, um es nicht zu wollen.« Ohne etwas zu sagen, drehte er ihre Tasse in seinen Händen hin und her, das Dekor der von Bäumen und Sträuchern gesäumten Brenta betrachtend.

»Ohne dich hätte ich vermutlich weitergelebt wie eine Pflanze«, fuhr Anna fort, »und wäre genauso langweilig und töricht geworden wie Paolina. Ich wollte dir einmal sagen, wie dankbar ich dir bin für all die viele Zeit, die du mir opferst. Ja, wenn ich ehrlich bin, hat die Woche für mich eigentlich nur die Stunden, die ich mit dir zusammen verbringe.«

Er hätte sich gewünscht, dass diese dunkle Stimme, die er so liebte, nicht aufhören würde zu sprechen. Manchmal machte einem das Leben also doch Geschenke, dachte er. Durch sein Leben am Theater war er so sehr an Berechnung und Heuchelei gewöhnt, dass er, was er gerade gehört hatte, fast nicht glauben konnte.

Doch es folgten keine weiteren Bekenntnisse, sondern Anna sagte nur noch – mit einem Mal ganz Realistin:

»Frische Verbena ist übrigens das Beste zum Schlafen, und vorbrühen solltest du sie auch. So machen wir es jedenfalls in Mantua. Wenn du keine haben solltest, kann ich

dir welche bringen.« Und ehe er noch etwas sagen konnte, fiel die Türe ins Schloss, und Anna war verschwunden.
Er stand da und starrte ihr nach. Vielleicht würde morgen auch noch der Bescheid vom Landgrafen kommen, und sie könnten dieses zweifelhafte Venedig mit der weiten Landschaft von Mantua vertauschen. Und käme der Bescheid nicht, so würden sie für ein paar Tage an die Brenta fahren.
Noch immer hielt er ihre Tasse in den Händen, betrachtete die Sträucher und Bäume, betrachtete die Ufer der Brenta mit ihren Villen, die Anna darauf gemalt hatte – und das alles in seiner Lieblingsfarbe Grau.
War die Brenta am Ende das Paradies, das sie nie zusammen erreichen würden?

15

Der deutsche Landgraf in Mantua hatte Vivaldis Huldigungskantate zwar gnädig entgegengenommen, aber eine Einladung an den Komponisten war daraufhin nicht erfolgt.
Dagegen hatte sich in Annas Leben etwas verändert. Bereits seit über drei Monaten gab ihr die Primadonna des Sant' Angelo zweimal die Woche eine Gesangstunde, und zweimal die Woche war sie ausgesprochen schlechter Laune, nicht gleich frühmorgens beim Aufstehen, sondern erst, wenn sie aus ihrem Unterricht kam.
Mit unfrohem Gesicht, die Arme um die Knie geschlungen, hockte Anna auch diesmal wieder auf den Stufen, die gegenüber der Ca' d'Oro hinab zum Wasser führten. Sie trödelte ganz bewusst auf ihrem Weg nach Hause von der ungeliebten *maestra* und sah, um sich abzureagieren, dem Treiben auf dem Canal Grande zu.
Vor ihr lag alles in heiterstem Sonnenlicht. In geschlossenen Gondeln fuhren irgendwelche Herrschaften spazieren, die nicht gesehen werden wollten, wogegen eine elegant gekleidete Dame, über die ein livrierter Diener einen Sonnenschirm hielt, sich selbstgefällig und mit offensichtlichem Vergnügen den Blicken der Öffentlichkeit darbot.
Manche der Boote waren so schwer beladen, dass sie gleich von zwei Männern gerudert wurden, einer am

Heck und einer am Bug. Andere wieder transportierten Weinfässer, Obst oder auch Fisch, denn der Markt war ganz in der Nähe.

Alles atmete Leben und Freude, aber Annas Miene blieb finster und verschlossen. Anlässlich ihres ersten Besuches im Teatro Sant' Angelo hatte sie den grotesken Zweikampf zwischen dem Castrato und der alternden Diva miterlebt, kein Wunder also, dass sie von der Idee, ausgerechnet bei ihr Stunden zu nehmen, nur wenig begeistert gewesen war. Aber Vivaldi ließ nicht mit sich reden – über Stimmtechnik wisse niemand besser Bescheid als sie, und damit *basta*.

Von der ersten Stunde an war das Verhältnis zwischen ihr und der *maestra* gespannt gewesen. Sie glaubte zu spüren, dass die berühmte Frau, die sich bereits im Herbst ihrer Karriere befand, ihr ihre Jugend und Begabung nicht verzeihen konnte.

Während der Hälfte ihrer Stunden hatte sich Anna jeweils Schilderungen besonders aufsehenerregender Opernerfolge ihrer Lehrerin anzuhören, wo sie doch lieber gearbeitet hätte. Dass sie darauf bald nur noch mit feindlichem Schweigen reagierte, machte das Verhältnis zwischen ihnen nicht eben besser.

Das waren kaum die richtigen Voraussetzungen für ein sinnvolles Studium. Aber Anna hatte bis jetzt durchgehalten, denn sie spürte, dass sie der Unterricht bei der Giarini trotz allem weiterbrachte. Ein weiterer Grund für ihr geduldiges Ausharren war, dass sie Vivaldi nicht enttäuschen wollte.

Auch heute wieder war ihre Stunde im Hinblick auf die Entwicklung ihrer Stimme durchaus positiv verlaufen,

aber bezahlt hatte sie ihre Fortschritte einmal mehr durch das Anhören von irgendwelchem Tratsch, der sie nicht interessierte. Als die *maestra* auch noch gemeint hatte, ihr von Frau zu Frau Ratschläge geben zu müssen, wie ihr Erfolg als Sängerin mit einem sozialen Aufstieg zu verbinden sei, hatte Anna kurzerhand ihre Noten zusammengepackt und war gegangen.
Sie war entschlossen, auf keinen Fall bei ihr weiterzustudieren, selbst auf die Gefahr hin, Vivaldi zu verstimmen. Denn diese eitle, ichbezogene Person sollte ihr mit ihren fragwürdigen Histörchen nicht den Idealismus rauben, mit dem sie ihren zukünftigen Beruf immer noch sah.
Vor ihr auf dem Wasser herrschte ein solches Gedränge, dass sich Anna wunderte, dass die Gondeln und Boote nicht ständig aneinander stießen. Aber nein – wie unter höherer Regie wichen sie sich immer noch gerade rechtzeitig aus. Was man tagtäglich auf dem Canal Grande zu sehen bekam, war eigentlich bereits Theater genug, nur die Musik war in der Oper ganz entschieden besser.
Noch war Venedig frei von der feuchtheißen Luft und dem üblen Geruch, der im Hochsommer bei Windstille bisweilen über den Kanälen lag, trotzdem war Anna immer noch so deprimiert, dass sie am liebsten ihr ganzes Singen an den Nagel gehängt hätte. Während sie hinaus aufs Wasser blickte, träumte sie einmal mehr von dem Gütchen an der Brenta und seinem Garten voller Apfelbäume. Würde ihr Traum jemals wahr werden, dass Vivaldi sie dort besuchte und sie miteinander über all das reden könnten, wofür hier niemals Zeit war? Während sie in ihrer Tasche nach einem Apfel kramte, grüßte sie jemand aus einer der vorüberfahrenden Gondeln. Es war

Luigi. Als sie ihm zuwinkte, wendete er und steuerte auf sie zu.
»Hast du den Beruf gewechselt?« rief sie ihm zu. Er lachte.
»Ein Freund hat mir die Gondel geliehen, und zwar für den ganzen Tag. Wir könnten also etwas miteinander unternehmen, was meinst du?«
»Ich hätte nichts dagegen«, sagte Anna. Nach dem dramatischen Abschied von der *maestra* tat es ihr gut, Luigi zu sehen. Er befestigte das Boot an einem der Anlegepfähle und stieg die Stufen zu ihr hinauf.
»Möchtest du auch einen Apfel?«
»Von dir immer«, antwortete er keck.
Damit hockte er sich neben sie, und schweigend knackten sie ihre Äpfel. Vielleicht wäre Luigi doch am Ende die Lösung, dachte Anna – ein Mann ohne ständige Hochspannung wie Vivaldi, ein Mann zum Ausruhen. Aber irgendetwas sagte ihr, dass ihr Verliebtsein während des Karnevals doch wohl eher mit seinem spanischen Kostüm zu tun gehabt hatte.
Trotzdem war sie dankbar, dass er neben ihr saß, ja, sie hatte sogar nichts dagegen, dass er den Arm um sie legte.
»Hast du etwas? Du siehst traurig aus«, fragte er.
»Traurig nicht, aber zornig.«
»Möchtest du es mir nicht erzählen?« Sie schüttelte den Kopf.
»Nein, lieber vergessen möcht' ich es.«
»Dann wirf es eben in die Lagune, sie ist ja groß genug«, lachte Luigi und drückte sie ein wenig. »Wir könnten zum Beispiel nach Burano fahren – warst du schon einmal in Burano?« Anna schüttelte den Kopf. »Der Ort würde dir

bestimmt gefallen, alle Häuser sind bunt bemalt. Auch gibt es dort ein Fischlokal, mit lauter Bildern an den Wänden, das würde dich auf andere Gedanken bringen«, sagte er und küsste sie auf den Nacken. Anna entwand sich ihm – dieser Luigi nahm sich allmählich zu viel heraus.

»Nein, viel zu weit und viel zu heiß. Außerdem habe ich heute um sechs eine Stunde bei Vivaldi.«

»Und ich spiele heute Abend wieder bei meiner alten Contessa. Was nicht besonders anstrengend ist, denn nach kurzer Zeit schläft sie immer ein.«

»Du meinst, sie schläft ein, während du spielst? Findest du das nicht beleidigend?«

»Nein, die Hauptsache ist doch – es tut ihr gut.« Mein Gott, dieser Luigi war tatsächlich ein Engel. Sie dagegen konnte nicht dafür die Hand ins Feuer legen, wie sie reagieren würde, wenn jemand bei ihrem Singen einschliefe.

»Einmal hat sie gesagt, ich würde sie an eine Jugendliebe von ihr erinnern«, erzählte Luigi, »vielleicht lädt sie mich deshalb immer wieder zu sich ein. Sie hat mir übrigens auch das spanische Kostüm geschenkt. Dort, wo sie mich gewöhnlich empfängt, hängt das Porträt eines jungen Mannes, der genau dieses Kostüm trägt. Und daneben ein Bild von ihr als junge Frau – ich bin sicher, sie hat den Männern ganz schön zu schaffen gemacht! Jetzt ist sie dagegen völlig zerknittert, und gekrümmt vor lauter Gicht ist sie auch.«

»Wenn man einmal eine schöne Frau gewesen ist, stelle ich mir das Altwerden besonders schwer vor«, sagte Anna. »Meine *maestra* beispielsweise nimmt es mir persönlich übel, dass ich jung bin und sie nicht.«

»Dann hat sie eben einen schlechten Charakter.«
»Das kann man wohl sagen, widerlich ist sie. Statt mit mir zu arbeiten, hat sie immer nur von sich selbst geredet.«
»Nimmst du denn keinen Unterricht mehr bei ihr?«
»Nein, ich habe mir erlaubt, mich zu empfehlen.«
»Nun, du musst es ja wissen. Als ich der Contessa neulich von dir und deiner Stimme erzählt habe, meinte sie, ich sollte dich doch einmal mitbringen, um ihr etwas vorzusingen. Sie gefällt dir bestimmt, und bezahlen tut sie dir sicher auch etwas. Vielleicht bekommen wir auf diese Weise weitere Klienten, denn natürlich kennt sie die ganzen feinen Leute von Venedig.«
»Wann gehst du heute Abend zu ihr, hast du gesagt? Um neun? Bis dahin bin ich längst mit meiner Stunde fertig, wenn du willst, komme ich gleich heute mit.«
Luigi war begeistert, denn der Abend bei der Contessa wäre zugleich auch eine erste Probe für ihr Konzert in der Scuola. Er hatte dort angefragt, sie konnten den Saal tatsächlich haben, und durch die Proben würde er ständig mit Anna zusammen sein – wenn das keine Aussichten waren! Jetzt hätte er gern ihre Hand genommen, aber das traute er sich nun doch nicht. Da biss er halt wieder in seinen Apfel.
Darauf kam er noch einmal auf einen Ausflug mit der Gondel zurück. Wenn Anna Burano zu weit sei, könne er ihr zum Beispiel die Ikonen der Chiesa dei Greci zeigen. Es seien einige besonders ehrwürdige aus Kreta und Rhodos darunter. Solange es dort kühl sei, sei sie einverstanden, meinte Anna.
Geschickt steuerte Luigi die Gondel in einen Nebenkanal. Er trug einen Strohhut mit einem roten Band, und einmal

mehr dachte Anna, dass er eigentlich ein verdammt hübscher Kerl sei. Durchaus nicht mehr schüchtern, lächelte er auf sie herab, während er sich elegant den Schwung aus der Hüfte holte.

Fast lautlos glitten sie unter zahllosen treppenartigen Brücken hindurch, während über ihnen gewaltige Backsteinwände emporstiegen, geschmückt mit Loggien und Balkonen aus durchbrochenem Marmor. Luigi arbeitete äußerst gewandt mit seinem hohen Ruder, trotzdem wäre es einmal fast zu einer Kollision mit einer entgegenkommenden Gondel gekommen, worauf er lieber einen Umweg durch mehrere der Seitenkanäle machte, weil dort der Verkehr weniger dicht war. Doch schließlich legten sie wohlbehalten am Quai der Chiesa dei Greci an. Während er die Gondel vertäute, stieg Anna an Land.

»Erzähl mir etwas von deiner Familie, immer reden wir von mir«, sagte sie, während sie in den Hof der Kirche einbogen.

»Mein Vater war Venezianer, hat aber auf Rhodos Handel getrieben«, begann Luigi. »Dort hat er sich in Lindos, einem besonders schön gelegenen Ort auf der Insel, ein Haus gekauft, ein stattliches altes Haus aus behauenem Stein. Bei dieser Gelegenheit hat er auch meine Mutter kennen gelernt, denn ihrer Familie gehörte ebendieses Haus. Sie haben sich ineinander verliebt und geheiratet, und als sie Jahre später nach Venedig zurückgekehrt sind, hat meine Mutter der griechischen Gemeinde eine große Ikone geschenkt, die in ihrem Haus in Lindos gehangen hatte.«

»Dann zeig sie mir, deine weit gereiste Ikone«, sagte Anna. Sie fanden sie in der Sakristei, zusammen mit vielen anderen Ikonen. Es handelte sich dabei um eine Darstellung des Jüngsten Gerichts, durch ihren naiven Realismus wirkte sie gleichermaßen erschreckend wie erheiternd. Rechts unten stürzten die Verdammten in die Hölle, während sich die Teufel bereits die Lippen nach ihnen leckten. In den höheren Regionen waren die Erzengel damit beschäftigt, ernsten Gesichtes die Seelen zu wiegen.

»Glaubst du, dass es tatsächlich einmal so zugehen wird, wenn wir gestorben sind?« fragte Anna. »Ich meine, dass unsere guten und schlechten Taten gegeneinander abgewogen werden?«

»In gewisser Weise schon«, sagte Luigi, die Augen noch immer auf der großen Ikone seiner Mutter. Nach einer Weile sagte er dann: »Wenn sich die Engel mit den Teufeln um unsere Seele streiten – vielleicht ist das unser Gewissen.«

Überrascht sah ihn Anna von der Seite an – dass er so etwas sagen würde, hätte sie ihm nie zugetraut. Vielleicht unterschätzte sie ihn und tat ihm unrecht, weil sie ihn ständig mit Vivaldi verglich. Darauf betrachteten sie noch einige weitere Ikonen, aber sie waren nicht mehr so recht bei der Sache, und eigentlich war Anna froh, als sie wieder draußen im Hof standen.

»Wie streng das alles ist, aber gerade dadurch appelliert es wohl auch so heftig an unser Gewissen. Sehr viel heftiger jedenfalls als alles Entsprechende in unseren Kirchen, wo man den Sünder immer gleich mit *bellezza* und allem möglichen Pomp zu trösten versucht.« Luigi blickte Anna dankbar an, dabei wünschte er sich, dass ihr Gewissen ihr doch endlich sagen möge, dass allein er, Luigi, der Richtige für sie sei. Was letzten Endes auch der Grund gewesen war, warum er sie vor die Ikone seiner Mutter geführt hatte.

Indem er seinen Strohhut wieder aufsetzte, verwandelte er sich wieder in den Gondoliere, und ruderte Anna zurück zum Ponte di Rialto. Er würde auch noch drei weitere Ikonen aus Griechenland herbeischaffen, wenn sie dadurch die Seine würde, dachte er, als sie ihm noch einmal zuwinkte, bevor sie mit ihrer Tasche voller Äpfel zwischen den Häusern verschwand.

16

Gegen sechs Uhr machte sich Anna auf den Weg zu Vivaldi. Sie war etwas nervös, denn sie wusste nicht, wie er darauf reagieren würde, dass sie sich, ohne ihn zu fragen, von der *maestra* getrennt hatte. Sie fing also am besten gleich davon an. Er könne ihr ruhig böse sein, sagte sie, auch ziehe sie es vor, ihr Leben lang keine Koloraturen singen zu können – aber da unterbrach Vivaldi sie auch schon. Denn natürlich wusste er längst von der tief gekränkten Giarini, wie die Sache gelaufen war.

»Und nun?« fragte er.

»Lass mich mit dem Castrato arbeiten, bitte, denn ich mag ihn, ja ich mag ihn sogar sehr. Er ist komisch, außerdem singt er besser als alle Nachtigallen an der Brenta zusammen.«

»Eines muss man dir ja lassen – du weißt, was du willst«, sagte er nur. Und da sie nicht das letzte Wort haben wollte, schwieg sie und lächelte. Ehe sie ihn verließ, erzählte sie Vivaldi noch, dass sie am Abend mit Luigi zu der alten Contessa di Monti gehen würde, um sich etwas dazuzuverdienen.

Ja, die kenne er gut, meinte er, auch verdanke er ihr sehr viel. So zum Beispiel habe sie ihm, als er als Geiger und als Komponist noch vollkommen unbekannt gewesen sei, verschiedentlich einen Konzertsaal gemietet, damit er sich produzieren konnte. Sie sei eine prachtvolle Frau und einmal eine große Schönheit gewesen. Aber was noch wichtiger sei – sie verstehe tatsächlich etwas von Musik. Anna habe also seinen Segen.

Wie ausgemacht, wartete sie gegen halb neun am Kai unweit der Rialtobrücke auf Luigi. Wie oft im Sommer um diese Zeit waren Himmel und Wasser in ein aprikosenfarbenes Licht getaucht, gegen das sich die Boote und Gondeln auf dem Canal Grande tiefschwarz abhoben. In den angrenzenden Palazzi wurden die ersten Fackeln und Kerzen entzündet. Und wieder einmal staunte Anna – wie festlich war doch diese Stadt, bei Einbruch der Dämmerung lag etwas wie Erwartung in der Luft, auf den Beginn einer viel versprechenden Theatervorstellung.

»Hast du die Noten?« fragte er, und Anna nickte. Luigi bewegte das schmale Gefährt mit solchem Geschick, als hätte er nie im Leben etwas anderes getan. Während sie zu ihm aufsah, dachte sie darüber nach, dass Unternehmungen mit der Gondel immer noch den Anstrich des Unseriösen für sie hatten, etwas von einer romantischen Entführung beispielsweise, und da sie zum Singen fuhr und sie ihren Beruf sehr ernst nahm, genierte sie das ein wenig.

Kurz nach der Ca' d'Oro, die hell erleuchtet wie das Meisterwerk eines Zuckerbäckers auf dem Wasser schwamm, bog Luigi ab in einen Seitenkanal, damit waren sie bereits angelangt.

Ein Fackel tragender Diener nahm sie in Empfang und geleitete sie durch einen Saal zu ebener Erde in den Innenhof des Palazzo. In dessen rechter Ecke wand sich gleich einer steinernen Schnecke ein Treppenhaus empor, verziert mit Blumengirlanden und Tierköpfen, wobei die

Motive von Etage zu Etage variierten. Anna war stehen geblieben und griff nach Luigis Hand:
»Und davon hast du mir nichts erzählt!«
»Ich dachte, du siehst es am besten selbst.« Aber der Diener ließ ihnen keine Zeit zum Staunen, sondern leuchtete ihnen weiter.
Sie stiegen die phantastische Treppe empor. Im Piano nobile durchschritten sie zunächst einen Festsaal, dekoriert im Geschmack des Quintocento – von der gegenwärtigen Mode schien die alte Dame nichts zu halten. In dem anschließenden, überreich mit Scheinarchitektur und Fresken ausgemalten Raum saß sie dann, die Hausherrin, in der Ecke eines monumentalen Sofas, klein und in sich zusammengesunken, sodass Anna sie zunächst gar nicht bemerkte.
»Es ist gütig von Ihnen, dass Sie einer alten Frau Gesellschaft leisten wollen«, sagte die Contessa. Und nach einem Augenblick der Inspektion, diesmal galten ihre Worte Luigi: »Du hast nicht zu viel erzählt. Ich hoffe, dass du dein Glück zu schätzen weißt«, worauf Luigi rot wurde.
Anna knickste, dabei fiel ihr Blick auf das Bild an der Wand hinter der Contessa. Es war das von Luigi erwähnte Porträt des jungen Mannes, und tatsächlich trug dieser das spanische Kostüm mit der Halskrause, das Luigi beim Karneval getragen hatte.
»Ich konnte nicht widerstehen, ihn noch einmal zum Leben zu erwecken«, erklärte die alte Frau, die Annas Blick bemerkt hatte, »und so habe ich es für Luigi nachschneidern lassen.« Und nach einer Weile, als spräche sie mit sich selbst: »Den jungen Menschen auf dem Bild habe ich mehr geliebt als alle anderen.«

Es entstand eine Pause. Anna und Luigi blickten einander betroffen an, dann bauten sie so leise wie möglich ihre Notenpulte auf. Da die Contessa noch immer zu dem besagten Bild hinüberblickte, hatten sie das Gefühl zu stören. Ein blasierter Diener kam und brachte seiner Herrin ein Glas mit einem Granatapfelgetränk. Darauf stellte er sich mit undurchdringlichem Gesicht neben sie.

»Während der nächsten Stunde will ich dich hier nicht sehen, hast du verstanden?« herrschte sie ihn an. »Deine Langeweile ist im ganzen Raum zu spüren. Es gibt nichts Irritierenderes, wenn musiziert wird, als die Gegenwart eines Menschen, der sich nichts daraus macht.«

Der gerügte Diener verließ auf Zehenspitzen den Raum. Als er die Türe hinter sich geschlossen hatte, stimmte Luigi seine Theorbe, was auch diesmal wieder der vielen Saiten wegen eine ganze Weile dauerte, darauf begannen sie ihr Programm. Beim ersten, beim zweiten Stück hörte die alte Frau aufmerksam zu, um dann, während des dritten, allmählich einzuschlafen. Aber Anna und Luigi musizierten weiter, und erst nach Ende ihres Programms traten sie an die Schlafende heran, die mit einem Ausdruck des Lauschens zurück in die Kissen gesunken war. Ihre mageren Greisinnenhände ruhten kreuzweise auf ihrer Brust.

»Siehst du«, flüsterte Luigi, »bei ihr macht es einem nichts aus, dass sie einschläft«, und Anna nickte. Aber plötzlich war die Contessa wieder voll da und sagte, keineswegs verlegen:

»Ich danke euch, ja ich danke euch wirklich sehr. Was für eine herrliche Stimme Sie haben, mein Kind. Ich habe zwar nicht alles mitbekommen, aber genug, um zu wissen, dass ich mir um Sie keine Sorgen zu machen brauche.« Darauf bestellte Anna Vivaldis Grüße, und die alte Frau wurde sehr lebhaft.

»Nicht nur seine Haare sind aus Feuer, der ganze Kerl ist es. Nur habe ich meine Zweifel, ob unsere lieben Veneziani er ihn genügend zu schätzen wissen. Sie sagen, er unterrichtet Sie? Nun, da haben Sie es ja aus erster Quelle. Ob er es allerdings vom Teufel hat oder von Ihm, wage ich nicht zu entscheiden, aber vielleicht ist es ja auch dasselbe. Energie ist es und Inspiration, und beides besitzt er im Überfluss. So wie Sie singen, hat er Sie offenbar längst damit angesteckt.

Sagen Sie ihm, er solle mich besuchen, denn ehe ich sterbe, möchte ich ihn noch einmal spielen hören. Sein Geigenspiel hat auf mich immer etwas von einem Gewitter über den nächtlichen Kanälen gehabt.

Aber nun verschwindet, und Gott segne euch, meine Kinder. Wenn ihr wollt, werde ich gerne weitererzählen, wie gut ihr seid. Die meisten werden es zwar nicht merken, und eigentlich ist es schade, dass ihr euch überhaupt vor ihnen produziert. Bei einem aber sollten Sie in jedem Fall singen«, wandte sie sich an Anna, »bei meinem Freund, dem Conte Landi. Der versteht etwas davon, und ein feiner Mensch ist er noch außerdem. Ich werde nicht vergessen, ihm von Ihnen zu erzählen.«

Damit war die Audienz vorüber, und etwas benommen gingen sie die Marmortreppe wieder hinunter und stiegen, nachdem der Diener jedem von ihnen zwei Goldstücke in die Hand gedrückt hatte, in ihre Gondel.

Danach brauchte Luigi etwas länger als sonst, um zu wenden, dabei sagte er:

»Sie macht einem ein wenig Angst, meine Contessa, findest du nicht?«
»Ein bisschen barsch ist sie schon, aber vielleicht ist sie auch nur ärgerlich darüber, dass sie nicht sterben kann. Sie sitzt da und wartet – so kam es mir jedenfalls vor. Ich glaube, sie wäre lieber bei dem jungen Mann auf dem Porträt.« Luigi nickte und holte mehr Schwung aus der Hüfte, sodass die Gondel unter seinem Ruder hinaus ins Dunkel glitt.

17

Die Contessa hatte Wort gehalten. Sie machte systematisch Propaganda für sie, und da man in Venedig nichts so sehr fürchtete wie die Langeweile, wurden Luigi und Anna bald jeden Abend in ein anderes der aristokratischen Häuser gebeten.
Die Besonderheit der Stadt erlaubte keine abendlichen Spaziergänge im Grünen, Gartenfeste oder Ausritte, und so machte man in Venedig am Abend mit besonderer Vorliebe Musik – was Anna und Luigi zugute kam. Auf diese Weise sahen sie Kostbarkeiten, die sie sonst nie gesehen hätten, denn den gewöhnlichen Sterblichen waren die Palazzi der großen Familien in der Regel nicht zugänglich.
Gleich ihre erste Einladung kam von der Familie Caldogno, deren Empfangsräume von Agostino Zeloti ausgemalt worden waren. Als Anna den Festsaal, den die Phantasie des Malers in ein Paradies heller, sommerlicher Farben verwandelt hatte, nach ihrem Konzert wieder verließ, glaubte sie noch immer zu träumen.
Bereits an diesem ersten Abend fiel ihr auf, dass auch unter den feinen Leuten durchaus nicht alle gleich waren. Zwar kannte man sich untereinander, aber das hieß noch längst nicht, dass man auch miteinander befreundet gewesen wäre. Es gab solche, die den Ton angaben, und solche, die man lediglich duldete. Nur war die Animosität hier besser getarnt als anderswo.

Aber wenn Anna sang, nahm sie dergleichen gar nicht wahr, sondern ließ ihre Augen über die freskengeschmückten Wände schweifen, auf denen mythologische Gestalten sich in der Weite imaginärer Himmelsräume bewegten.
Mit jeder Einladung staunte sie mehr über die Schätze, die sich hinter den Fassaden der Palazzi verbargen. Gemälde, Fresken, Holzverkleidungen, die kostbarsten Möbel – jeder der Räume, in denen sie mit Luigi musizierte, war ein Kunstwerk in sich. Das Schönheitsbedürfnis der Auserwählten Venedigs kannte keine Grenzen, sodass sie bisweilen den Eindruck hatte, mitsamt ihrer Stimme in dem inszenierten Zauber zu ertrinken.
Mit ihrer jugendlichen Unbefangenheit brachte sie frische Luft, etwas Erdverbundenes, Ursprüngliches in die überfeinerten Salons. Durch die traditionelle *villeggiatura*, den sommerlichen Umzug auf die Familiensitze auf dem Festland, hatte man eine Schwäche für das Rustikale, auch auf den Fresken der Palazzi wurden häufig die Freuden des Landlebens gefeiert. Das Natürliche war Trumpf, und so riss man sich förmlich um Anna.
Dabei bekam sie die allersonderbarsten Komplimente. So zum Beispiel schwärmte ein alter Décadent – in Verbindung mit ihrer gesunden Natur habe ihr Gesang direkt etwas Griechisches für ihn. Er glaube sich nach Arkadien versetzt, wenn er ihr zuhöre. Ob er denn die alten Griechen habe singen hören, erlaubte sich Anna immerhin zu fragen. Aber er nahm ihr ihre Antwort nicht einmal übel – sie war eben in jeder Beziehung ein Erfolg.
Es hatte sich herumgesprochen, dass sie den ganz besonderen Schutz der Contessa genoss, und so wagte keiner

der großen Herren, ihr wie seinerzeit im Palazzo Dolfin zu nahe zu treten, obwohl sie in ihrem Seidenkleid und der roten Schleife verführerisch genug aussah.
Um Engagements brauchte sie sich bald keine Sorgen mehr zu machen, sodass sie scherzte, am besten würde sie sich ein *carnet de bal* zulegen, so wie die venezianischen Damen, um ihre verschiedenen Verpflichtungen nicht durcheinander zu bringen. Luigi, der im Gegensatz zu ihr die Sache unter rein kommerziellen Gesichtspunkten betrachtete, schlug vor, in Zukunft zweimal am Tag an verschiedenen Orten aufzutreten – auf diese Weise würde man doppelt verdienen.
Aber da fuhr ihm Anna über den Mund – ihre Stimme sei keine Ware, die sich beliebig ausbeuten lasse. Sie singe einmal am Abend, und damit *basta* – und auch das nicht jeden Tag. Falls er die Sache unbedingt vermarkten wolle, könne er ja mit seiner Theorbe allein losziehen.
Da hatte er es. Gewiss, er bewunderte Anna dafür, dass sie die Musik so ernst nahm, aber wieso es ein Verbrechen sein sollte, möglichst viel Geld mit ihr zu verdienen, das konnte er nicht einsehen. Er war überzeugt, dass sie ihre bizarren Ansichten von Vivaldi hatte, oder war es der erlesene Rahmen, in dem sie sich bewegten, der ihr den Kopf verdrehte? Denn mit einem Mal wollte sie über nichts anderes mehr reden als über Maler, Architekten oder Fresken. Die vielen Dukaten, die sie beide mit ihrem Musizieren verdienten, ließ sie dagegen mit einer gewissen Verachtung in ihrer Tasche verschwinden.
Luigi hatte es wahrhaftig nicht leicht, sich ihr gegenüber zu behaupten, denn die Besitzer der Paläste, in denen sie sich produzierten, behandelten Anna wie ihresgleichen.

Dank ihrer Stimme war sie ständig der Mittelpunkt, wogegen man ihn nur ganz am Rande wahrnahm, sozusagen als stützenden, bezifferten Bass.
Dabei sah Anna die Welt, in der sie sich bereits mit solcher Selbstverständlichkeit bewegte, keineswegs kritiklos, was sich schon daran zeigte, dass sie Luigi vorschlug, zwei verschiedene Programme für ihre Konzerte auszuarbeiten. Eins für die, die tatsächlich zuzuhören verstünden, und eins für die Banausen, wobei diese bei weitem in der Überzahl seien.
Denn sie hatte erleben müssen, dass manche der Gäste sich, während sie musizierten, unterhielten, ohne sich auch nur im Allergeringsten zu genieren. Ja, man naschte dabei Süßigkeiten, trank Wein und spielte Karten. Beim ersten Mal hätte Anna vor Empörung fast ihre Noten zu Boden geworfen. Aber Luigi, der sie mit leiser Stimme angefleht hatte, doch bitte an ihre gemeinsame Kasse zu denken, brachte sie gerade noch zur Vernunft.
Luigis realistischere Psyche war solchen Erschütterungen in geringerem Maße ausgesetzt. Auch interessierte er sich nur wenig für die gemalten Paradiese an den Wänden, was für ihn zählte, war, dass sie Geld verdienten und dass ihm das Schicksal darüber hinaus erlaubte, Abend für Abend mit Anna zusammen zu sein.
Nach einem ihrer Konzerte trat eine Dame mit einem intelligenten, merkwürdig androgynen Gesicht auf Anna zu – sie erinnerte sie an jemand. Natürlich, an Landi, und tatsächlich war die Dame dessen Schwester. Sie erzählte mit einer gewissen Herablassung, dass ihr Bruder ihr mehrfach von Annas Stimme gesprochen, ja im Hinblick auf ihren Gesang sogar die Vokabel *seelenvoll* gebraucht

habe. Er sei ein kritischer Geist und sage dergleichen nicht so ohne weiteres. Sie müsse ihrerseits nun aber sagen, dass er nicht übertrieben habe.
Anna war rot geworden. An ihrer Reaktion merkte sie, dass sie, seit die Contessa Landis Namen erwähnt hatte, förmlich darauf wartete, dass auch er sie zu sich einladen würde. Nun erfuhr sie, dass Landi in Rom sei, wo er in den Bibliotheken für eine Arbeit über Giordano Bruno recherchiere. Auch werde ein Bruder von ihnen dort zum Kardinal ernannt, ein Spektakel, das Landi sich durchaus ansehen wolle, obwohl er selbst eher ein Ketzer sei, fuhr die Dame lächelnd fort.
Anna hatte das Gefühl, dass sie einer diskreten Inspektion unterzogen wurde. Was mochte der Bruder der Schwester sonst noch über sie erzählt haben? Einen Augenblick lang dachte sie daran, Landis Geschenk, den kostbaren Ariost, zu erwähnen, sowie ihre Freude darüber. Aber sie hatte bereits gelernt, in der großen Welt weniger spontan zu reagieren, und so behielt sie es für sich. Sobald Landi aus Rom zurück sei, werde sie von ihm hören, versicherte ihr die Schwester, als sie sich trennten.
Bei der großen Ähnlichkeit der Geschwister hatte es Anna beunruhigt, den Blick aus den forschenden Augen dieser Frau, die zugleich die ihres Bruders zu sein schienen, auf sich zu spüren. Wie immer, wenn sie an Landi dachte, wurde es ihr ein wenig bange. Sie war sich bewusst, dass er ihr keineswegs gleichgültig war.
An einem der nächsten Abende sahen sich Anna und Luigi im Palazzo Zenobio zu ihrer Überraschung dem Hausherrn und seiner Familie allein gegenüber. Man hatte keine anderen Gäste eingeladen, um ihnen im kleinen

Kreise, ohne weitere gesellschaftlichen Verpflichtungen, zuhören zu können.
Anna und Luigi wurden wie Freunde behandelt. Alle drei Töchter des Hauses spielten selbst ein Instrument und brannten darauf, mit ihnen zu musizieren. Das taten sie denn auch, und zwar mit solcher Begeisterung, dass sie Anna und Luigi gar nicht mehr fortlassen wollten. Als sich diese - weit nach Mitternacht - schließlich doch verabschiedeten, mussten sie versprechen, bald wiederzukommen.
Die älteste der drei Schwestern, mit Namen Faustina, hatte die Querflöte gespielt, und sie schien sich im Verlauf des Abends in den Theorbenspieler verliebt zu haben. Der Mutter war dies nicht entgangen, daher schlug sie beim Abschied vor – falls er Lust habe, solle Luigi doch zweimal die Woche Faustina auf seiner Theorbe begleiten. Und zu Annas Erstaunen war der sonst so zurückhaltende Luigi sofort einverstanden gewesen. Die Flötenspielerin, ein noch kindliches Wesen mit flacher Brust, hatte dabei einen roten Kopf bekommen.
Als sie wieder in ihre Gondel stiegen, spürte Luigi, dass Anna ausgesprochen gereizt war. Was war mit ihr los, fragte er sich, sollte sie eifersüchtig sein auf dieses rührende, anämische Geschöpf? Oder gönnte sie ihm das kleine erotische Intermezzo nicht, wo seine Liebe ihr doch sonst eher lästig war?
Anna ließ ihre Hand ins Wasser hängen und schwieg. Sie wusste selbst, dass sie keinerlei Berechtigung hatte, Luigi mit Beschlag zu belegen, und doch fand sie in einem Anflug von kindlichem Trotz, dass die Dinge gefälligst so bleiben sollten, wie sie immer gewesen waren. Als sie eine

Weile gefahren waren, konnte sie es nicht lassen, davon anzufangen:
»Also, ich muss schon sagen.«
»Was musst du schon sagen?« fragte er.
»Dass ich es allerhand finde, dass du anfängst, Alleingänge zu machen.« Luigi fiel aus allen Wolken und wehrte sich:
»Ich darf dich vielleicht daran erinnern, dass ich das auch schon getan habe, ehe du dabei warst.« Da hatte er natürlich Recht, deshalb kam sie sich mit ihrem Vorwurf jetzt lächerlich vor. Luigi ruderte eine Weile schweigend.
»Du hast dich verändert, seitdem du singst«, sagte er leise.
»Ja, da hast du wohl Recht, auch mir kommt es so vor.«
»Sicher ist Vivaldi daran schuld. Früher war alles so viel einfacher zwischen uns.«
»Das bildest du dir ein.«
»Wie überlegen du mit all diesen feinen Menschen umgehst.«
»Man muss eben ihr Spiel spielen.«
»Aber man darf sich dabei nicht selbst verraten.«
»Das habe ich auch nicht vor.« Luigi bewegte das Ruder ein Weile schweigend, aber immer wieder ließ er die Gondel nur einfach dahingleiten. Es war sehr spät geworden, denn man hatte nicht nur musiziert, sondern auch miteinander gegessen und geredet und darüber die Zeit vergessen. Anna hatte erzählt, dass sie in der neuen Oper von Vivaldi zum ersten Mal eine größere Rolle singen würde.
Da man wusste, dass sie seine Schülerin war, hatte man sich natürlich auch nach Vivaldi erkundigt. Doch sie hatte kaum etwas über ihn gesagt, da sie wusste, dass Luigi

sonst eifersüchtig wurde. Wie kindisch das von ihm war – wie konnte er sich nur mit dem großen Mann vergleichen. Und da kam es auch schon:
»Was ist es denn, was du bei Vivaldi findest und bei mir nicht?« fragte er, als habe er ihre Gedanken erraten.
»Das lässt sich nicht in ein paar Worten sagen. Man vergleicht einen angenehmen Sommerabend ja auch nicht mit einem Gewitter.«
»Und ich wäre also der Sommerabend.«
»Wenn du so willst.«
»Und was gefällt dir nicht an einem angenehmen Sommerabend?«
»Alles gefällt mir daran, *lieber* Luigi, nur sind Gewitter eben interessanter. Denn sie sind etwas Elementares, eine Auseinandersetzung, man spürt dabei die Entladung von Energie. Je nach Veranlagung genießt man das, oder man fürchtet sich davor.« Er hatte aufgehört zu rudern, und wieder glitten sie fast lautlos durch die Nacht.
»Warum bist du nur auf einmal so schrecklich anspruchsvoll«, sagte er leise, und die Trauer in seiner Stimme tat ihr weh, »so warst du doch früher nicht. Seitdem du ständig mit Vivaldi zusammen bist, begreife ich nicht mehr, was in deinem Kopf vorgeht. Sicher ist auch er in dich verliebt, wie alle die anderen.«
»Mach dich nicht lächerlich, er ist doch ein Priester.«
»Ein schöner Priester ist er – leitet ein Theater, ist Komponist, und was sonst noch alles.«
»Damit wirfst du ihm vor, dass er ein Genie ist.«
»Während ich nur Theorbe spiele.«
»Das hast du gesagt und nicht ich.« Darauf redeten sie nichts mehr, und Luigi ruderte wieder eine Weile.

»Wie fängst du es nur an, mehrere Menschen gleichzeitig zu lieben.« Sie dachte eine Weile nach, dann sagte sie, als bäte sie um sein Verständnis:
»Es gibt so viele Gründe und Spielarten, warum und wie man einen Menschen liebt. Vivaldi liebe ich etwa so, wie man die Musik liebt. Er ist überall, in meinen Gedanken, in meinen Gefühlen, ganz wirklich aber ist er für mich nicht. Und er liebt mich vielleicht so, wie Gott die Menschen liebt. Ich nehme an, dass es ihm gut tut, wenn sie an ihn denken, weil er sonst allein wäre mit all seiner Kreativität und erfrieren würde. Aber näher als das kommt er uns wohl nicht. Man muss sich damit zufrieden geben, wie viel einen die anderen lieben wollen, sonst ist man ewig unglücklich.«
Längst waren sie über die Rialtobrücke hinaus und am Fondaco dei Tedeschi vorbeigekommen. Aber Luigi ruderte immer weiter, als habe er Angst, diese nächtliche Fahrt und damit ihr Gespräch abzubrechen.
»Ich will es versuchen«, sagte er dann auf einmal, als habe er sich erst jetzt zu dieser Antwort durchgerungen.
»Wahrscheinlich fällt es mir einfach schwer, mich in meinen Bruder zu verlieben«, sagte Anna mit einem Versuch, die Sache leichter zu nehmen, »denn als einen solchen habe ich dich immer empfunden.
Manchmal gibt es allerdings Momente, wo sich der Bruder für mich in einen Fremden verwandelt, der mich neugierig macht, so wie zum Beispiel neulich beim Karneval. Das spanische Kostüm solltest du übrigens immer tragen, es steht dir nämlich besonders gut.« Sie wusste genau, dass sie ihm damit schon wieder Hoffnung machte, aber sie brachte es nun einmal nicht fertig, ihn so einfach abzuspeisen.

»Das hast du also wenigstens gemerkt«, sagte er.
»Ja, das habe ich.« Sie schwieg eine Weile. Dann sagte sie: »Fandest du es nicht schön, wie die alte Frau von ihrer großen Liebe gesprochen hat? Ich dachte dabei – vielleicht ist Liebe gar nicht fixierbar auf eine einzige Person, sondern ein Gefühl, das in der Welt ist und von dem man, wenn man Glück hat, etwas zu spüren bekommt. Manchmal ist sie auch nur die Fortsetzung eines früheren Gefühls – wenn du zum Beispiel das spanische Kostüm trägst. Dann bist du gewissermaßen der Stellvertreter des jungen Mannes, den die Contessa einst geliebt hat. Das ist doch ein schöner Gedanke, oder nicht?«
Gegen seinen Willen fühlte sich Luigi getröstet, und obwohl er den Eindruck hatte, dass Anna sich immer weiter von ihm entfernte, hatte er das Gefühl, als wären sie sich noch nie so nahe gewesen.

18

Auch wenn Vivaldi keineswegs begeistert gewesen war – Anna hatte sich durchgesetzt. Seit einer Woche arbeitete sie mit dem Castrato.

Ein nochmaliges Abspringen aber werde es nicht geben, erklärte er kategorisch, sie müsse begreifen, dass das Ziel dieser Gesangstunden ein grundsätzlich anderes sei als das seines Unterrichts. Was sie erwarte, sei technisches Arbeiten, und das habe nur sehr bedingt mit Musizieren zu tun, woran sie durch ihn gewöhnt sei.

Aber Vivaldi hätte sich seine Warnungen sparen können, denn mit dem Castrato verstand sich Anna sofort. Neben seinem erstaunlichen Wissen besaß er einen ausgeprägten Sinn für die komische Seite des Gesangsunterrichts, was das Entdecken und Begreifen technischer Phänomene für Anna zu einem Vergnügen machte.

Ein zusätzlicher Anreiz war, dass ihre Stunden im Teatro Sant' Angelo stattfanden, denn was hinter der Bühne vorging, fand sie fast noch aufregender als das, was das Publikum am Abend zu sehen bekam. Ob Orchestermusiker, Garderobieren oder Bühnenarbeiter, sie alle schienen frei von Vorstellungen bürgerlicher Wohlanständigkeit zu leben, wie zum Beispiel Paolina sie hegte, mit der auszukommen für Anna aus diesem Grund mit jedem Tag mühsamer wurde.

Es dauerte nicht lange, und sie war der erklärte Liebling

des Theaters. Der Castrato förderte ihre Popularität noch zusätzlich, indem er jedem, der es hören wollte, erzählte, wie begabt sie sei. Anna besitze genau die Stimme, die er sich immer gewünscht habe, aber die Natur habe nun einmal anders entschieden.

Anna mochte ihn sehr, denn mit seinen Allüren einer Diva versuchte er eher den Erwartungen seiner Umwelt zu entsprechen, als dass er tatsächlich arrogant oder eingebildet gewesen wäre. Dafür, dass er nie für längere Zeit seinen Hang zur Albernheit zugunsten eines pädagogischen Ernstes unterdrücken konnte, war sie besonders dankbar, da sie auf diese Weise locker und unverkrampft blieb, wenn sie miteinander arbeiteten.

»In seiner unerforschlichen Güte hat Gott dir, liebes Kind, so viel Stimme gegeben, dass es ein wahrer Skandal ist«, erklärte er gleich in der ersten Stunde. »Und ich habe die wenig dankbare Aufgabe, dafür zu sorgen, dass dieses Wunder keinen Schaden nimmt. Singe nie mit dem Kapital, sondern lediglich mit den Zinsen, merke dir das. Dass dieses dein Kapital sich mehre, und nicht Schaden nehme, ist das Ziel unserer gemeinsamen Anstrengungen.«

Die Proben für Vivaldis neueste Oper waren in vollem Gange. Anna konnte nicht begreifen, warum die *Griselda* nach acht Vorstellungen bereits wieder abgesetzt worden war, aber dergleichen war symptomatisch für die Hektik des venezianischen Theaterbetriebs.

Auf diese Weise hatte sie sehr viel rascher eine größere Rolle bekommen als erwartet, und das machte ihr ein wenig Angst, doch nur gerade so viel, dass es den Anreiz der Sache noch erhöhte. Auch hatte Vivaldi ausgiebig mit

ihr gearbeitet – überflüssig zu sagen, dass sie sich alle erdenkliche Mühe gab, ihn nicht zu enttäuschen.
Während der letzten Wochen war er ihr ungewöhnlich nervös vorgekommen, aber auf ihre Fragen hin hatte er sich in Schweigen gehüllt. Er hustete ständig, ja einmal hatte er in ihrer Gegenwart sogar einen Anfall von Brustkrämpfen bekommen, und zwar von solcher Heftigkeit, dass sie in ihrer Angst bereits einen Arzt holen wollte. Doch Vivaldi hatte sie zurückgehalten – er sei von Jugend auf an das Übel gewöhnt, wenn sie einen Augenblick bei ihm bleibe, werde es schon von selbst vorübergehen.
Sie hatte Vivaldi immer viel zu sehr bewundert, um sich ihn überhaupt schwach oder hinfällig vorstellen zu können. Nun, während sie den Keuchenden in den Armen hielt, begriff sie mit einem Mal, wie verletzlich er war, und es erfasste sie ein grenzenloses Mitleid, das alle Distanz zwischen ihnen wieder einmal hinwegschwemmte.
»Der Neid, Annina mia«, hatte der noch immer nach Atem ringende Vivaldi gesagt, »gehört nicht umsonst zu den sieben Todsünden. Auch du wirst ihn zu spüren bekommen, denn sie mögen es nun einmal nicht, wenn einer begabter ist als sie.« Und es hatte bitter und verzweifelt geklungen. »Es gibt nur ein Mittel dagegen – so gut zu sein, dass einem die Welt nichts mehr anhaben kann. Aber selbst das tut noch weh, denn es macht einsam.«
Seitdem hatte Anna Vivaldi zwei Tage nicht gesehen, aber die Erinnerung an die erschreckende Szene setzte ihr immer noch zu. Da die Orchesterprobe erst in einer Stunde begann, ging sie noch auf einen Sprung hinaus vors Theater – etwas frische Luft würde ihr gut tun.
Aber auch dort glaubte sie Vivaldis Gesicht vor sich zu

sehen, bleich und verzweifelt. Sie war absolut sicher, dass irgendetwas hinter seinem Unwohlsein steckte. Inzwischen hatte es angefangen zu regnen, und da sie ihrer Stimme wegen vorsichtig sein musste, setzte sie sich lieber in das kleine Restaurant nebenan. Während sie auf eine Limonade wartete, kamen zwei Bühnenarbeiter an ihren Tisch, hübsche Kerle aus dem Süden, beide große Verehrer von ihr.

Sie war dankbar, mit ihnen reden zu können, denn es lenkte sie von ihrer Sorge um Vivaldi ab. Sie zog die beiden damit auf, dass während der gestrigen Probe die Dekoration bedenklich geschwankt habe. Während ihrer Arie im ersten Akt sei sie daher ständig auf dem Sprung gewesen, sich gegebenenfalls in die Seitenkulisse zu retten.

»Soll nicht wieder vorkommen«, versicherten Guido und Michele und versprachen, die gefährliche Säule in Zukunft persönlich festzuhalten. Es hieß allgemein, dass die beiden etwas mehr als nur befreundet wären. Auch das gehörte zu den Dingen, von denen Anna vor ihrer Zeit am Theater keine Ahnung gehabt hatte. Nun, warum eigentlich nicht – wenn sie glücklich miteinander waren, und das waren sie offensichtlich.

Annas Bild der Lagunenstadt hatte sich nicht wenig verändert, seit sie im Sant' Angelo aus und ein ging. Trotzdem war Venedig für sie auch weiterhin die schönste Stadt der Welt. Der Castrato, der mehr für Rom schwärmte, meinte dagegen abfällig – für jemand, der sonst nur noch Mantua und Ferrara gesehen habe, möge das vielleicht zutreffen, ihn aber erinnere Venedig an eine Frau, die ihr bestes Alter längst hinter sich habe.

Es war kaum zu glauben, was man bei den Proben nicht alles erfuhr. Darunter auch allerhand Zweifelhaftes, wie zum Beispiel, dass es in Venedig genauso viel Huren wie ehrbare Frauen gebe. Im sechzehnten Jahrhundert seien es sogar mehr als elftausend gewesen, was in Anbetracht der damaligen Einwohnerzahl die Männer der Stadt praktisch zu Höchstleistungen gezwungen habe, wollte man die besagten Damen nicht Hungers sterben lassen.
Natürlich war es der Castrato gewesen, der dies erzählt hatte, und Anna war dabei schamrot geworden. Aber inzwischen hatte sie gelernt, noch über ganz anderes hinwegzuhören.
»Wir halten dir die Daumen«, versprachen Guido und Michele, damit verschwanden sie, denn die Technik hatte als Erste am Platz zu sein. Sie sah ihnen mit großer Sympathie nach – ja, sie mochte die beiden.
Wo nur Vivaldi blieb? Als sie sich gerade eine weitere Limonade bestellen wollte, kam er endlich angehastet, mehr als eine halbe Stunde zu spät.
»Entschuldige«, sagte er, »aber ich musste noch etwas zu Ende schreiben, *Regina Tamiri*« – so nämlich hieß sie in seiner Oper. Wieder sah er bleich aus, bleich und übernächtigt, seine Haare wirkten ungepflegt, auch waren Flecken auf seiner Soutane – offenbar hatte er niemand, der nach ihm sah, stellte Anna sachlich fest. Er schien ein Nervenbündel zu sein.
»Du kannst dir nicht vorstellen, *wie* sehr man mich ärgert«, sagte er und trommelte mit seinen schmalen, sensiblen Fingern auf die Tischplatte.
»Wenn du es mir nicht erzählst, kann ich es auch nicht wissen.«

»Es handelt sich um Marcello, um Benedetto Marcello, den Komponisten. Er hat eine Schmähschrift gegen mich verfasst und veröffentlicht. Gibt es denn so etwas – ein Komponist über den anderen? Ist das nicht widerlich?«

»Vielleicht wartest du doch besser mit dem Erzählen bis nach der Probe, denn wenn ich mich jetzt aufrege, kann ich nachher nicht singen.«

»Ich möchte es dir aber jetzt in diesem Augenblick erzählen, weil ich sonst daran ersticke.« Zum ersten Mal, seit sie ihn kannte, fand sie ihn rücksichtslos, aber offenbar musste er die Sache ganz einfach loswerden:

»Natürlich hatte ich lange Zeit überhaupt keine Ahnung davon, dergleichen erfährt man ja selbst immer als Letzter. Bis ein sogenannter guter Freund mir dieses miese Blättchen gezeigt hat – es soll eine Satire auf den Theaterbetrieb sein, dabei ist es nichts als eine armselige Schmiererei. *Il teatro alla moda* nennt es sich.«

»Bist du denn sicher, dass es auf dich gemünzt ist?«

»Auf dem Titelblatt nennt man mich zwar Aldivi, dabei merkt jeder Esel, dass damit ich gemeint bin. Man wirft mir die Veruntreuung von Theatergeldern vor, wie findest du das? Zum Beweis dafür schaffe ich auf dem Umschlag des Pamphlets sinnigerweise ein Fässchen Wein beiseite, und zwar mit Hilfe eines Bären, mit dem offenbar der Impresario Orsatto gemeint ist. Ich trage zwar keine Soutane, bin aber an meinen Haaren und meinem Dreispitz deutlich zu erkennen. Zu allem Überfluss spielt auch noch ein geflügelter Engel hinter mir die Geige. Das Ganze ist dermaßen primitiv, dass mir einfach die Worte fehlen.«

»Armer Antonio.«

»Will man die Sache positiv sehen, ist sie am Ende noch eine Reklame für mich«, sagte er mit einem schiefen Lächeln.

»Ich finde das alles nur ekelhaft, sonst gar nichts.« Angewidert tauchte Anna ihren Strohhalm in die Limonade und schwieg eine ganze Weile. »Manchmal sehne ich mich direkt zurück zu meinen Tassen«, sagte sie dann. »Gut, dass ich diesen Marcello jetzt nicht hier habe.« Wie immer, wenn sie zornig war, hatten ihre großen, braunen Augen die Farbe gewechselt. Im Augenblick waren sie beinahe schwarz.

»Wenn du solche Augen machst, würde man dir so gut wie alles zutrauen. Ich bin sicher, du könntest, wenn es darauf ankäme, glatt durch die Wand gehen – und zwar, weil du unfähig bist, dir das Gemeine überhaupt vorzustellen.« Sie sah ihn liebevoll an und schüttelte den Kopf:

»Jetzt machst du mich besser, als ich bin.«

»Nein, ich bin überzeugt, dass du, wie Judith in der Bibel, allein ins feindliche Lager gehen würdest, um Holofernes den Kopf abzuschlagen.« Auf einmal war er völlig verändert.

»Da fällt mir ein – über diesen Stoff habe ich einmal ein Stück geschrieben, und zwar anlässlich des Sieges der Serenissima über die Türken – eine Art Kirchenoper. Dabei habe ich mir ein Mädchen vorgestellt, genau wie du. Du siehst, wenn man sich etwas intensiv genug wünscht, wird es eines Tages Wirklichkeit. Mein Gott, Anna, wenn du jetzt nicht hier säßest, ginge ich an dieser Gemeinheit zu Boden.«

»Du gehst aber nicht zu Boden, sondern die anderen. Du wirst schon sehen.«

»Vielleicht sollte ich meine *Juditha triumphans* wieder hervorholen«, meinte er, »jetzt, wo ich die richtige Besetzung dafür habe. Man könnte den Sieg über die Türken in einen Sieg über Marcello umfunktionieren, wie fändest du das?«

»Und damit ihm und nicht Holofernes den Kopf abschlagen.«

»Genau so.« Seine Augen lachten.

»Ich muss sagen, du traust mir eine Menge zu.«

»So gut wie alles. Ich bin inzwischen überzeugt, dass wir uns nicht umsonst begegnet sind. Du solltest mich an Marcello rächen, und ich sollte aus dir eine große Sängerin machen. Viel ist dazu gar nicht mehr nötig, denn bereits als du mir vorgesungen hast, kamst du eigentlich ganz gut selbst zurecht.«

»Und ausgerechnet etwas von Marcello habe ich dir vorgesungen.«

»Ja, wenn da die Vorsehung nicht gewaltet hat.« Sie schaute ihn an und dachte dabei zurück an ihre erste Unterrichtsstunde bei ihm. In einer für ihn typischen Haltung hatte er ihr etwas erklärt, die Geige eingeklemmt zwischen seinem Kinn und der etwas hochgezogenen linken Schulter, während er mit der Spitze seines Geigenbogens auf eine Stelle in ihren Noten wies. Und eine wilde Zärtlichkeit überschwemmte ihr Herz.

»Weißt du was?« sagte Vivaldi. »Wir sollten zusammen nach Mantua oder sonst wohin fahren, ich muss für eine Weile weg von hier. Diese schmutzige Affäre hat mich ganz krank gemacht. Obwohl ich zugeben muss, dass der Text von Marcellos Satire eigentlich recht witzig ist. Über die junge Sängerin à la mode schreibt er zum Beispiel: ...«

»Falls er mich damit meint, interessiert es mich nicht. Was hast du eben gesagt – wir führen zusammen nach Mantua?«

»Oder wenn du willst, auch an die Brenta. Aber würde dich deine Mutter denn überhaupt fortlassen?«

»Sie weiß mich bei dir in guten Händen. Da sie total bigott ist, wird sie mich dir ohne weiteres anvertrauen, schließlich bist du ja ein Priester.« Aber da bereute sie auch schon, was sie gesagt hatte, denn sie wusste, dass er solche Scherze nicht liebte. Und tatsächlich, Vivaldi hatte sich nervös erhoben, und die mühsam entfernten Barrieren waren mit einem Mal wieder da, sperrig wie die Schweizer Alpen. Aber sie hatte sich so weit vorgewagt, dass sie nun nicht mehr zurückweichen wollte:

»Weißt du übrigens, was man hier am Theater sagt? Ich sei deine Geliebte. Selbst der Castrato meinte neulich, er fände es eigentlich langweilig, wenn unsere Beziehung vollkommen unschuldig wäre.« Entsetzt hielt sie inne. Warum um Gottes willen hatte sie das gesagt, denn Vivaldi hatte sie konsterniert angesehen. Aber sie wusste die Antwort – weil es zwischen ihnen eben nie weiter ging und weil sie keine Geduld mehr hatte für dieses sie quälende Spiel aus permanenter Annäherung und Entfernung.

»Komm, wir dürfen die anderen nicht länger warten lassen, sonst meutern sie«, sagte er, auf einmal nur noch Dirigent. »Und bitte denk daran, in deiner zweiten Arie das Dacapo zu verzieren, sonst schlafen die Zuhörer ein.«

19

Am nächsten Morgen erschien vor Annas Haustüre derselbe Diener, der ihr seinerzeit den *Ariost* gebracht hatte. Aber diesmal brachte er einen Brief.

Alla Signorina Anna Giro, cantatrice, stand auf dem Umschlag zu lesen. Das Wort *cantatrice* war unterstrichen.

Er könne es sich nicht verzeihen, schrieb Landi, dass er nicht in Venedig gewesen sei, während sie die Palazzi der Stadt mit ihrem Gesang verzaubert habe. Schuld daran sei seine Arbeit über Giordano Bruno, der der Wahrheit zuliebe nicht seinen Überzeugungen abgeschworen habe. Er hoffe, dass sie dies als Entschuldigung gelten lasse.

Das von ihm Versäumte bitte er in seinem Hause nachzuholen, allerdings ohne Theorbe, da er eine ausgesprochene Abneigung gegen das lethargische Instrument habe. Sein Sohn spiele recht passabel das Cembalo und werde gern ihre Begleitung übernehmen. Den Termin möge sie selbst bestimmen, er lasse ihr da völlige Freiheit.

Wie hätte sich Anna nicht über Landis Brief freuen sollen! Aber gleichzeitig kamen ihr Zweifel, ob seine Aversion gegen die Theorbe nicht nur ein Vorwand war, um mit ihr allein sein zu können. Trotzdem zögerte sie keinen Augenblick – übermorgen würde Luigi die Flöte spielende Faustina begleiten, da war sie abends frei. Alles fügte sich wie von selbst.

Mit dem größten Vergnügen, Freitag um sieben, schrieb sie auf ein Stück Papier, faltete es zweimal zusammen und gab es dem Diener. Da Mittwoch war, klang Freitag um sieben unverfänglich – auf diese Weise kam sie Landi nicht allzu sehr entgegen. Nur spielte hoffentlich der Sohn gut genug vom Blatt, denn selbstverständlich würde sie das Programm für die Kenner wählen.
Außerdem ließ Landi ihr sagen, er werde ihr an dem besagten Abend eine Sänfte schicken, um sie abzuholen, was Anna jedoch ablehnte. Sie sei gut zu Fuß, ließ sie ihm ausrichten. Dabei gefiel ihr der Gedanke, nur genierte sie sich vor den Nachbarn. Die verfolgten ihre Verwandlung in eine Sängerin zwar mit Wohlwollen, aber sich wie eine große Dame an ihnen vorübertragen zu lassen, das traute sie sich nun doch nicht.
Was sollte sie mit dem Rest des Tages anfangen, der so aufregend begonnen hatte? Luigi zu besuchen, was sie bisweilen tat, wenn sie mit etwas nicht fertig wurde, war unter diesen Umständen unmöglich, und mit Vivaldi über Landis Einladung zu reden kam aus demselben Grund nicht infrage.

Als sie am Freitag Morgen aufwachte, fing sie gleich nach dem Frühstück an zu üben, um zu sehen, ob sie auch gut bei Stimme sei. Dabei räusperte sie sich ständig und rief nach unten in die Küche, Paolina solle gefälligst keinen Durchzug machen – sie habe am Abend zu singen. Und das, obwohl das Wetter mild war und daher vollkommen ungefährlich. Kurzum, sie benahm sich zum ersten Mal wie eine richtige Sängerin.
Sollte sie es wagen, das Seidenkleid anziehen mit der roten

Schleife? Dazu hätte die Sänfte natürlich gepasst. Aber dann entschied sie sich doch lieber für eine einfachere Version – ein hochgeschlossenes, meergrünes Kleid. Dass sie sich damit einerseits auf das Abenteuer einließ, sich andererseits aber dagegen verwahrte, wurde ihr erst bewusst, als sie sich an der Seite Giuseppes, Landis alten Dieners, auf den Weg gemacht hatte. Denn pünktlich um viertel vor sieben war er vor ihrer Haustüre erschienen, um sie abzuholen.

Zunächst ging er schweigend neben ihr her, aber nach einer Weile fing er an zu erzählen, wobei sie erfuhr, dass er seinen Herrn bereits als Kind gekannt habe, also in seinem Dienst ergraut sei.

Auch beklagte er sich darüber, dass der Conte seit dem Tode der gnädigen Frau gänzlich zurückgezogen lebe, was ihm, wie auch der übrigen Dienerschaft, gar nicht gefallen wolle, denn für einen so rüstigen Mann wie seinen Herrn sei ein derart mönchisches Dasein ungesund. Darum sei er froh, dass mit der Signorina etwas Leben ins Haus komme. Da Anna nicht sicher war, ob sie sich, dem Charakter ihres Besuches nach, mehr zur herrschaftlichen oder zur dienstbaren Sphäre zählen sollte, ging sie auf seine Bemerkung nicht weiter ein.

Es dunkelte bereits, als sie sich dem Palazzo Landi näherten. Die Fenster im Piano nobile waren hell erleuchtet – sie wurde also erwartet. Plötzlich hätte Anna viel darum gegeben, wenn Luigi an ihrer Seite gewesen wäre.

»*La cantatrice.*«

Damit übergab Giuseppe sie einem weiteren Diener, der vor dem Palazzo nach ihnen Ausschau gehalten hatte. Dieser führte sie zunächst in ein Vestibül, wo er ihr

ihren Umhang abnahm. Wobei ihr auffiel, dass in die Holztäfelung der Wände in Trompe-l'Œil-Manier geschnitzte Bücherrücken eingelassen waren – zweifellos ein Hinweis auf die Interessen des Hausherrn.
Der Diener führte sie weiter. Den Treppenaufgang beleuchteten zwei Fackeln tragende Giganten. Anna blieb einen Augenblick stehen und lauschte – nein, dort oben war kein Fest im Gange, aber jemand spielte Cembalo, wahrscheinlich war das der Sohn. Auf dem Geländer standen zu beiden Seiten Büsten antiker Schriftsteller und Philosophen aufgereiht, ernsten Blickes begleiteten sie Anna auf ihrem Weg in den ersten Stock – dies schien kein Haus eitler Vergnügungen zu sein.
Oben an der Treppe empfing sie der Hausherr, neben ihm seine Schwester – beide begrüßten sie mit Herzlichkeit. Anna war erleichtert, denn sie hatte sich vor dem Alleinsein mit Landi ein wenig gefürchtet. Weiter hinten im Saal saß tatsächlich der Sohn an einem Cembalo – eine Familienszene also und kein Tête-à-tête.
Der Conte beteuerte, es habe ihn einige Überwindung gekostet, in Rom zu bleiben, nach dem, was ihm seine Schwester über Annas Konzert bei den Caldognos geschrieben habe. Anna bedankte sich nicht weniger formvollendet, durch ihre Konzerte in der großen Welt Venedigs hatte sie gelernt, sich dieser auch verbal anzupassen. Inzwischen war der Sohn vom Cembalo aufgestanden.
»Da kommt Ihr Begleiter«, sagte Landi, »sehen Sie, er kann es kaum erwarten, mit Ihnen zu musizieren.« Der Junge gab ihr die Hand, er mochte dreizehn oder vierzehn Jahre alt sein. Mit seinen hellen Augen schlug er offenbar

der Mutter nach, die eine deutsche Prinzessin gewesen war.

»Ich würde vorschlagen, wir bringen unser Programm zuerst einmal hinter uns und unterhalten uns später«, sagte Anna, worauf ihr der junge Mann dankbar zulächelte, offenbar war er genauso nervös wie sie. Er kehrte an sein Instrument zurück, dessen hochgestellter Deckel auf der Innenseite eine Gartenlandschaft zeigte.

»Ich darf Sie übrigens beruhigen«, sagte der Vater, »Maurizio hat zwei Jahre in Rom Musik studiert, er wird Ihnen also keine Schande machen.«

Darauf ergriff Anna ihre Noten, um mit ihrem Begleiter das Programm durchzusprechen und die Tempi festzulegen. Einen Augenblick dachte sie wieder an Luigi – mit ihm wäre das alles gewiss leichter gewesen. Aber als sie anfingen zu musizieren, merkte sie, dass sie sich umsonst gesorgt hatte, denn der junge Landi spielte äußerst gewandt vom Blatt.

Der Conte und seine Schwester waren gute Zuhörer, und da ein feinfühliger Interpret auf sein Publikum reagiert, wuchs Anna an diesem Abend über sich selbst hinaus. Es war nicht ihre Stimme allein, die ihre Zuhörer gefangen nahm, sondern die Spontaneität und Herzlichkeit, mit der sie sang, sodass Landi am Ende begeistert applaudierend aufsprang. Er ging auf Anna zu und küsste ihr beide Hände. Auch die Schwester hatte sich erhoben.

»Ich habe meinen Bruder lange nicht mehr so glücklich gesehen«, sagte sie, als Landi ihr die Sängerin zuführte, »das verdanke ich Ihnen«. Anna war mit sich zufrieden, denn sie spürte, dass sie die anderen mit ihrem Gesang erreicht hatte. Es wurden Erfrischungen gereicht, aber geredet wurde nicht viel, denn mit ihren Gedanken waren sie alle noch bei der verklungenen Musik. Nach kurzer Zeit empfahl sich die Schwester, wobei sie den Cembalospieler mitnahm. Damit waren Anna und Landi allein.

20

In der plötzlichen Stille erschien Anna der Saal mit einem Mal doppelt so groß. Seine Wände waren über und über mit Fresken ausgemalt, aber es war zu dunkel, um etwas von ihnen zu erkennen. Zwei Diener kamen und tauschten die Kerzen aus, die, während sie gesungen hatte, heruntergebrannt waren. Sie ließen sich Zeit, und es war schön zu sehen, wie mit jeder neu entzündeten Kerze die Farben der Fresken wieder stärker hervortraten.

Anna und Landi schwiegen noch immer, aber es war ein Schweigen wie unter Freunden, auch wenn ihre Freundschaft gerade eben erst in der Begeisterung über die Musik geschlossen worden war. Anna fiel auf, dass über dem Cembalo das Porträt einer noch jungen Frau hing. Landi war ihren Blicken gefolgt.

»Ja, das ist sie«, sagte er ohne weitere Erklärung, während seine Augen auf dem Bild verweilten. Wieder entstand eine Pause. Anna versuchte ihre Verlegenheit zu überbrücken, indem sie sagte:

»Durch mein Singen habe ich in eine ganze Reihe prachtvoller Häuser gesehen, aber dieses hier ist ganz anders als sie. Wie soll ich sagen – es ist irgendwie ein nachdenkliches Haus, es will einen nicht beeindrucken.«

»Es freut mich, dass es Ihnen gefällt.«

»Hätten Sie Lust, es mir zu zeigen?« Landi erhob sich, sichtlich erleichtert durch ihren Vorschlag.

»Ich verspreche, Sie nicht mit einer ausgedehnten Führung zu langweilen«, sagte er, »aber meine Bibliothek würde ich Ihnen tatsächlich gern zeigen. Es ist der Raum des Hauses, in dem ich mich am liebsten aufhalte, er ist gleichzeitig auch mein Arbeitszimmer.«
Er ging Anna voran. An den Wänden hingen nachgedunkelte Porträts irgendwelcher Vorfahren, aber auch Landschaften, darunter Ansichten der Brenta und des Veneto, die Anna Lust machten, in sie hineinzuwandern. Hin und wieder blieb Landi stehen, um ihr eins der Bilder zu erklären, dabei betrachtete sie sein Gesicht genau. Was hatte die Contessa von ihm gesagt? Er sei ein feiner Mensch – ja, das war er ganz zweifellos.
Mit einer kleinen Verbeugung öffnete er eine weitere Türe vor Anna und schloss sie, ebenso höflich, wieder. Endlich stiegen sie eine letzte Treppe hinauf, damit standen sie vor der Bibliothek.
»Es gibt nicht viele ihrer Art in Venedig, aus diesem Grund ist meine Familie immer besonders stolz auf sie gewesen. Die Serenissima ist keine Stadt der Literatur oder der Philosophie, sie hält es eher mit der Musik und zieht die Illusion der Oper der Suche nach der Wahrheit vor.«
Rechts vom Eingang begrüßte sie eine Gestalt, die christliche Kirche symbolisierend, zur Linken ein Standbild der Pallas Athene.
»Wie Sie sehen, ging es bereits meinen Vorfahren um die geistige Freiheit«, sagte er, während er die beiden hohen, geschnitzten Türflügel öffnete. Er ließ Anna den Vortritt.
Staunend blieb sie stehen. Der Raum hatte die Gestalt eines kleinen Tempels, zwischen den weiß glänzenden

Marmorsäulen, an denen Landi Kerzen entzündete, standen dicht gereiht Bücherschränke aus dunklem Holz, gefüllt mit in Pergament oder Leder gebundenen Folianten. Rechts am Fenster ein Schreibtisch, bedeckt mit Papieren.
»Vielleicht verbirgt sich hinter irgendeinem dieser Buchdeckel die Wahrheit – ich weiß es nicht, aber wenn ich hier sitze und arbeite, ist es zumindest ein verpflichtender Gedanke.«
»Genau so habe ich mir das Haus eines Philosophen vorgestellt«, sagte Anna, als sie die Sprache wiedergefunden hatte. »Oder nein, doch wohl ein wenig bescheidener. Kann man denn angesichts all dieser Schätze überhaupt arbeiten? Ist man nicht ständig versucht aufzustehen, um in einem der Bücher zu lesen? Vor lauter Neugier, was sich in ihnen verbirgt, brächte ich keinen einzigen Buchstaben zu Papier.«
Landi lachte leise, darauf nahm er da und dort einen Band aus den Schränken, um ihn Anna zu zeigen – eine frühe Ausgabe der Werke Dantes, ein Manuskript Leonardo da Vincis mit Entwürfen für Entwässerungsanlagen von Sümpfen, dann wieder reich illustrierte botanische oder medizinische Werke. Ja, es befand sich sogar ein Manuskript von Madrigalen Monteverdis darunter, was Annas Phantasie besonders beschäftigte.
»Sie dürften mich hier ruhig eine Weile einschließen«, sagte sie und konnte sehen, dass Landi sich über ihre Bemerkung freute.
»Für mich sind es sehr viel mehr als nur alte Bücher«, sagte er. »Man spürt durch sie den Atem der Zeiten, in denen sie entstanden sind, wodurch man auch wieder die Dichter

jener Epochen anders liest. Jedenfalls bilde ich mir das ein. Auch kann man anhand dieser Bücher imaginäre Reisen in ferne Länder unternehmen oder sich in die ersten, noch völlig abenteuerlichen naturwissenschaftlichen Versuche versenken. Es ist ein Vergnügen ohne Ende.
Wenn ich genug habe von Venedig und seiner Vergnügungssucht, schließe ich die Türe dort hinter mir zu und sperre den ganzen Wahnsinn aus. Ich hatte immer gedacht, dass diesem Paradies trotzdem etwas fehle, im Augenblick dagegen erscheint es mir vollkommen.«
Mehr sagte der Conte nicht, aber was und wie er es gesagt hatte, gefiel Anna über alle Maßen. Sie betrachtete ihn schweigend. Sein kurz geschnittenes, dunkles Haar lag ihm wie eine Kappe dicht am Kopf an, und sein grau melierter Bart verlieh ihm vollends das Aussehen eines Mönches. Dem widersprachen seine elegante Kleidung und seine weltmännische Art. Landi war ein faszinierender Mann, aber er machte ihr ein wenig Angst.
Und so vertiefte sie sich lieber von neuem in das Manuskript Monteverdis, summte oder sang auch leise die eine oder andere Phrase vor sich hin, wobei ihr der Hausherr über die Schulter sah. Nach einer Weile unterbrach er sie:
»Hätten Sie nicht Lust, einmal hier zu singen, ich meine, in meiner Bibliothek? Ich glaube, es wäre sogar Platz für ein kleines Orchester, um Sie zu begleiten.«
Anna war Feuer und Flamme, ja sie wusste bereits, was sie singen würde – Monteverdis *Pianto di Arianna*. Und Pläne schmiedend stiegen sie das Treppenhaus wieder hinab. Dabei erzählte sie, wie sehr sich ihr Leben durch die Begegnung mit Vivaldi verändert habe.

»Nun – Ihre Stimme haben Sie doch auch schon vorher gehabt«, meinte Landi.
»Gewiss, aber eine Stimme allein genügt nicht, erst Vivaldi hat aus mir eine Musikerin gemacht«, erklärte Anna.
Landi schwieg eine Weile, darauf sagte er, indem er sie ansah:
»Es muss ein merkwürdiges Gefühl sein, eine Stimme zu haben wie Sie – ein Gefühl der Macht, stelle ich mir vor, so, als besäße man einen Schlüssel zu den Gefühlen der anderen.«
»Wenn man damit geboren ist, kommt es einem ganz selbstverständlich vor. Auch hängt schließlich alles davon ab, ob die anderen überhaupt auf Musik reagieren, sonst kann man singen, wie man will, und es passiert rein gar nichts.«
»Vielleicht sollte ich mich Ihnen ganz anvertrauen, denn Sie haben die Gabe, die Dinge so einfach zu sehen, wie sie sind. Da suche ich nun ständig nach der Wahrheit und merke auf einmal, dass sie dringend unserer Empfindungen bedarf, um etwas Fleisch unter die Rippen zu bekommen. Allein auf sich gestellt, ist alle Philosophie nichts weiter als ein Skelett, das vor lauter Selbstgerechtigkeit in den Gelenken knirscht.«
Er sah sie an, wie sie ihm da gegenübersaß in ihrem meergrünen Kleid, das üppige kastanienbraune Haar hochgesteckt, das sich an den Schläfen in reizvoller Unordnung ringelte. Dieses Mädchen hat genau das, was mir fehlt, dachte er, sie erlöst mich von meinem Kopf.
»Es ist spät geworden«, sagte er plötzlich, wie verlegen über seine eigene Verzauberung. Anna erhob sich nur ungern, sie hätte sich gern noch weiter mit ihm unter-

halten. Warum brach er auf einmal ab – hatte sie ihn enttäuscht?

»Wenn Sie erlauben, werde ich Sie selbst nach Hause bringen«, schlug Landi vor, »denn ich bin sicher, mein alter Giuseppe schläft bereits. Auch gehe ich gern noch ein paar Schritte mit Ihnen durch die Nacht.«

An Landis Seite stieg Anna die Treppe mit den Büsten der Philosophen und Gelehrten wieder hinab. Unten in der Scheinbibliothek legte er ihr mit einer Geste der Fürsorge ihr Cape wieder um die Schultern.

Als sie zusammen den leeren Campo San Stefano überquerten, erschien ihr die schlafende Stadt wie verwandelt, nämlich weit und offen wie dieser Platz. Und ihr war, als sei sie immer schon an der Seite dieses schweigenden Mannes gegangen. Ihre Begegnung, das fühlte sie, war eine Sache von großem Ernst, daneben war ihre Freundschaft mit Luigi nur eine Kinderei.

Und Vivaldi? Ihm würde sie auch wegen Landi gewiss nicht untreu werden. Wie das alles unter einen Hut zu bringen wäre, wusste sie im Augenblick allerdings nicht zu sagen. Aber lag denn nicht noch ihr ganzes Leben vor ihr? Und das war eine unendlich lange Spanne Zeit, da war für vieles Platz.

Von einer der kleinen Brücken schauten sie hinab auf einen der Seitenkanäle, sein Wasser schien im Dunkeln stillzustehen. Lange standen sie so nebeneinander, aber Landi legte nicht den Arm um ihre Schulter, wie Anna es sich wünschte.

Darauf setzten sie ihren Weg wieder fort. Der Accademia gegenüber sahen sie eine Weile einer verspäteten Gondel nach, die über dem Canal Grande schwebte wie ein Phantom. Geräuschlos tauchte der Gondoliere sein Ruder in die schwarze Flut, dem Charon gleich. Die von ihm bewegten Wellen schlugen fast unhörbar vor ihnen an den Quai.

Als sich Landi im Dunkeln zu ihr herabbeugte, lachten seine Zähne hell aus seinem Bart hervor, er schien genauso glücklich zu sein wie sie. Und auf einmal glaubte Anna ganz sicher zu sein, dass diese Begegnung für ihr Leben von ganz besonderer Bedeutung sein würde. Auch den Rest des Weges gingen sie nebeneinander her, ohne zu reden. Als sie vor Annas Haus angelangt waren, sagte Landi ohne jede Ironie:

»Sie brauchen keine Angst zu haben – ich werde nicht versuchen, Sie zu küssen.« Anna dachte einen Augenblick nach, dann legte sie ihre Arme um seinen Hals und sagte:

»Das sollten Sie aber tun.«

21

War sie wegen des gestrigen Abends nun eigentlich glücklich? fragte sie sich, als sie am nächsten Morgen auf den Markt ging, um einzukaufen. Landi hatte sie so sehr beeindruckt, dass sie einen Abend lang sogar vergessen hatte, was im Augenblick das Wichtigste war, dass sie nämlich in Kürze ihre erste größere Partie in einer Oper Vivaldis singen würde. Wie war das möglich?
Ohne jeden Zweifel war Landi ein faszinierender Mann. Aber so faszinierend sie ihn und seine Welt auch fand, so fürchtete sie doch, dass ihr Leben durch ihn eine vollkommen andere Richtung einschlagen würde, wo sie doch kaum ihre ersten Schritte an der Oper getan hatte, ein Abenteuer, auf das sie auf keinen Fall verzichten wollte, indem sie sich in Landis Bücherwelt vergrub.
Und doch war ihre Begegnung von Anfang an von solcher Selbstverständlichkeit gewesen, als habe das Schicksal sie selbst herbeigeführt. Warum zögerte sie also, diesem Gefühl zu vertrauen? Sie kam sich vor wie nach einem Erdbeben, und sie wusste noch nicht, wie sie sich in dieser veränderten Seelenlandschaft zurechtfinden sollte.
In ihre Gedanken verloren, war sie, ohne von dem Markt um sie her etwas wahrzunehmen, stehen geblieben. Als sie sich jetzt umsah, war sie erleichtert, denn wenigstens hier schien noch alles beim Alten zu sein, und so grüßte sie dankbar nach allen Seiten. Ihre Freundin Faustina, die

dicke Faustina aus Dorsoduro, war damit beschäftigt, vor ihrem Stand auf einem Holzbrett einen Kasten Fische auszulegen, während sie gleichzeitig versuchte, auf ihre drei Buben aufzupassen, die wie üblich Unfug trieben.

»Seitdem du auf dem Weg bist, berühmt zu werden, sieht man dich nur noch selten, mein Herzchen«, sagte sie, und Anna wurde es dabei warm ums Herz. Ja, genau darum ging es – was immer sie tat, sie durfte sich nie gänzlich von diesem einfachen, ursprünglichen Nährboden entfernen.

Wenn sie musizierte, hatte sie übrigens nie das Gefühl, ihn zu verlassen. In Landis Büchertempel dagegen, vor all diesen Wänden aus gedrucktem Papier, war ihr zum ersten Mal bewusst geworden, dass der Mensch tatsächlich aus dem Paradies vertrieben war und seitdem versuchte, seinen eigenen Weg zu finden. Von Geborgenheit konnte da überhaupt keine Rede mehr sein – der forschende Mensch war seiner eigenen Neugier und damit der Kälte seines Intellekts ausgeliefert. Vielleicht reagierte der Conte deshalb mit solcher Heftigkeit auf sie, weil er spürte, dass man in der Musik das Paradies noch immer bewohnen konnte?

Sie schlenderte ein paar Schritte weiter. Am nächsten Stand hatte ihr Freund Paolino eine große Wassermelone aufgeschnitten, um Käufer anzulocken. Rot, mit schwarzen Kernen darin, leuchtete ihr Fruchtfleisch. Er bot Anna eine Scheibe an:

»Wir kommen alle geschlossen zu deiner Premiere, Ehrenwort!« Seitdem er auf dem Plakat des Sant' Angelo ihren Namen gelesen hatte, war er mächtig stolz darauf, sie zu kennen.

»Es ist zum ersten Mal eine große Partie, halte mir die Daumen!« bat Anna.
»Du wirst es schon schaffen.« Paolinos Augen leuchteten, in Venedig war die Oper ungeheuer populär, ja genauso wichtig wie Essen und Trinken.
Um fünf Uhr nachmittags hatte Anna eine Orchesterprobe und vorher noch eine kurze Kontrolle beim Castrato. Unter diesen Umständen hatte sie keine Lust, groß zu kochen, ein Stück Wassermelone und eine Birne taten es auch. Paolino wickelte alles in ein Stück Papier, als Anna bezahlen wollte, winkte er ab:
»Künstler bekommen es bei mir gratis.«
Am Ende der Ruga degli Orcefici hatten zwei Tuchhändler ihre Stände aufgeschlagen. Der eine kam aus Mailand, der andere redete mit einem leichten französischen Akzent und gab vor, aus Paris zu sein. Er behauptete, seine Stoffe bis an den Hof von Versailles zu liefern, aber die dicke Faustina wusste es besser: Der Kerl komme aus Mestre, und sein ganzes französisches Getue sei nichts weiter als ein Reklametrick. Auf jeden Fall hatte er immer die feinste Ware. Für das Konzert in der Scuola war Anna ihr Seidenkleid zu auffällig, sie suchte nach etwas Dunklem, Diskretem.
Lange konnte sie sich nicht entscheiden, aber dann nahm sie gleich zwei Stoffe – einen einfachen schwarzen für die Scuola und einen kupferfarbenen, durchwirkt mit Gold- und Silberfäden, für den Fall, dass sie tatsächlich in Landis Büchertempel singen würde.
In Gedanken verloren, strich sie über das kostbare Material – sie sah Landi vor sich, wie er begeistert von seinen Bücher gesprochen hatte. Wie konnte er nur auf einmal so

wichtig für sie sein? In der Scheinwelt des Theaters tat es gut, an einen Menschen wie ihn zu denken. Allerdings hatte sie Vivaldi gegenüber nun ein schlechtes Gewissen, dabei nahm sie ihm doch gar nichts weg!

Damit war sie am Ende des Marktes angekommen und stand vor der Kirche San Giovanni Elemosi Maria. Diese gehörte zwar nicht zu ihren Lieblingskirchen, trotzdem ging sie auf einen Sprung hinein. Denn sie erinnerte sich, dass in der Kapelle rechts vom Hochaltar ein Gemälde hing, auf dem ein Engel der heiligen Catharina, dem Rochus und dem Sebastian den rechten Weg wies. Die überfüllte Komposition des Bildes verriet nervöse Unruhe, wodurch es Annas eigener Verfassung entsprach. Sie kniete davor nieder und bat den Engel, er möge doch auch ihr den rechten Weg weisen.

Sie betete lange, und durch die Ruhe, die von dem dunklen Kirchraum ausging, in dem noch andere Menschen betend knieten, legte sich ihre eigene Unrast.

Bevor sie die Kirche verließ, stellte sie vor dem Gemälde Porderones drei Kerzen auf – eine für Vivaldi, eine für Landi und eine für sich selbst. Darauf warf sie Geld in den Kirchenstock für die drei Kerzen – eine Gewohnheit, an der sie hing, obwohl sie nicht mehr naiv genug war, an die Bestechlichkeit der Heiligen zu glauben.

Dies getan, schlenderte sie durch den Markt zurück nach Hause. Während sie sich in der Küche ein Stück Wassermelone abschnitt, sang sie sich ein. Anschließend ging sie noch einmal aufmerksam ihre Noten durch.

Am Nachmittag klemmte sie sich ihre beiden Stoffe unter den Arm und machte sich auf den Weg zum Theater. Wegen der bevorstehenden Premiere war die Schneiderei zwar überlastet, aber wenn der Trubel einmal vorüber war, würde man ihr dort sicherlich die beiden Kleider nähen.

Am Künstlereingang des Sant' Angelo begegnete sie dem Castrato. Er war elegant wie immer, trug eine blaue Weste mit Silberstickerei, dazu hellgraue Beinkleider und Schnallenschuhe mit Diamanten. Seine Lockenperücke war so hoch aufgetürmt, dass er, der bereits größer war als jeder andere im Theater, aussah wie ein wandelnder Turm. Um Anna zum Lachen zu bringen, betrachtete er sie affektiert durch seinen Lorgnon:

»Ich sehe mit Vergnügen, dass du dabei bist, dein Äußeres den Fortschritten deiner Stimme anzupassen. Wie war es gestern Abend beim Conte, hast du wenigstens anständig gesungen?« fragte er. »Denn du machst ein Gesicht, als seist du einem Gespenst begegnet.«

»Ich bin völlig durcheinander, Fabrizzio! Ich glaube, ich habe mich verliebt.«

»Nun, ich hatte bereits den ganzen gestrigen Abend ein so merkwürdiges Gefühl, du kennst ja mein ahnungsvolles Gemüt. Mein liebes Kind, überlege dir die Sache bitte genau, denn ich bin sicher, der Mann meint es ernst. Immerhin würdest du in gute Hände kommen, sein Ruf ist unbescholten.« Aber Anna hatte wenig übrig für seine Späße:

»Du könntest nicht zur Abwechslung einmal ernst sein?«

»Wenn es dir hilft.«

»Ja, das würde es, denn ich muss unbedingt mit jemand darüber reden. Ich habe Vivaldi gegenüber ein solch schlechtes Gewissen.«

»Das begreife ich nicht.«

»Ich habe das Gefühl, ihn zu betrügen.«
»Sorgen hast du – an deiner Stelle würde ich mich lieber auf meine Stimme konzentrieren, sonst wird nämlich nichts daraus. *Prima la voce, doppo l'amore*, im Leben einer Sängerin kommt die Stimme an erster Stelle und nicht die Liebe. Merk dir das. Wenn du mit allen Mitleid haben wolltest, die sich in dich verlieben, hättest du bald ein ganzes Spital zu versorgen.«
»Aber so möchte ich nicht leben.« Anna kamen die Tränen.
»Und jetzt heule nicht, sondern lass uns lieber arbeiten, dann vergisst du deinen Kummer. Habe ich Kummer gesagt? Dass ich nicht lache – ich an deiner Stelle wäre glücklich, alle reißen sich um dich.«
Es wurde eine harte Stunde, denn der Castrato ließ ihr nichts durchgehen, bis selbst der Übergang zur Höhe tadellos funktionierte. Am Ende der Stunde erreichte sie mühelos ein hohes B, konnte es sogar crescendieren und wieder zurücknehmen, vor Freude fiel sie ihm um den Hals:
»Du hast natürlich vollkommen Recht, Fabrizio, es ist nur alles zu viel auf einmal.« Damit ging sie und sang draußen im Korridor gleich noch einmal ein hohes B, dass es nur so schallte.
Der Castrato blickte ihr nach – war nicht auch er ein wenig verliebt in dieses begabte Geschöpf? Da hatte sich der Herrgott tatsächlich etwas ganz Besonderes einfallen lassen. Und eine solche Stimme zu haben sollte nicht genug sein, um ein Leben auszufüllen? Was wollte sie denn sonst noch, auch er hatte sich schließlich mit dem Ruhm allein begnügen müssen.

22

Wieder einmal saß Anna an ihrem Lieblingsplatz, den Treppenstufen der Ca' d'Oro gegenüber, die hinab zum Canal Grande führten. Es war vollkommen windstill und warm, denn den Markt hatte man bereits wieder abgeräumt, und so herrschte auch auf dem Wasser Ruhe. Keine Boote, nicht einmal eine einzige Gondel, nichts. Anna war dankbar für die Ruhe, denn in der letzten Zeit hatte sich ihr Leben mit einer solchen Geschwindigkeit gedreht, dass sie voller Sehnsucht an den Abend in der Scuola degli Schiavoni dachte, wo es still und dunkel sein würde, während Luigi sie diskret auf seiner Theorbe begleitete.

Im Gegensatz zu den stehenden Kanälen Venedigs war der Canal Grande klar und sauber, da er sich durch einen frischen Zustrom ständig erneuerte. Er roch nach Meer, und so zog sich Anna die Schuhe aus und streckte ihre Füße ins Wasser.

Die Augen schließend, lehnte sie sich zurück auf beide Arme und stellte sich vor, sie sei an der Brenta. Ein Gedanke, der allmählich zu einer Obsession für sie wurde – das Gütchen an der Brenta war das Paradies, zu dem sie nicht zurückfinden konnte. Denn je mehr sie sich nach ihm sehnte, desto entschiedener schien es vor ihr zurückzuweichen.

Die Gründe dafür waren so mannigfaltig, dass Anna sich

für den Augenblick weigerte, sie sich überhaupt aufzuzählen. Stattdessen hob sie ihre Füße aus dem Wasser und betrachtete sie. Für die Füße einer erfolgreichen jungen Sängerin waren sie etwas zu plump, sie erinnerten an Kleinkinderfüße, und ihre Nägel musste sie sich auch einmal schneiden, dachte sie. Aber dazu war sie viel zu müde.
Denn am Abend zuvor hatte sie die Premiere von Vivaldis neuester Oper gesungen, und es war ein kolossaler Erfolg gewesen. Im Verlauf der Vorstellung hatte sie es immer wieder nicht glauben können, dass sie nun selbst eine der Gestalten verkörperte, mit denen ihre Phantasie einst, bei ihrem ersten Besuch des Sant' Angelo, dessen Bühne bevölkert hatte.
Sie glaubte noch die *Brava*-Rufe zu hören, als sie sich an der Hand des Castrato verbeugt hatte, der ihr den Applaus selbstlos gönnte. Das Publikum war wie aus dem Häuschen gewesen, sodass sie ihre letzte, große Arie sogar wiederholen musste. Und als sie deren Dacapo in der Euphorie des Erfolges auch noch improvisierend verziert hatte, waren die Leute vor Begeisterung praktisch auf die Stühle gestiegen.
Sie war das Stadtgespräch von Venedig.
Natürlich war Vivaldi, der Vorbereitungen seiner Oper wegen, nicht wie ausgemacht mit ihr nach Mantua gefahren, sondern hatte mit ihr gearbeitet, und das zweimal täglich. Auch ihr Unterricht beim Castrato war um einiges anstrengender gewesen als sonst, da er seinen Ehrgeiz daran gesetzt hatte, sie, als seine Schülerin, bei der Premiere in absoluter Höchstform zu präsentieren.
Landi hatte sie liebevoll und ein wenig streng, so wie es seine Art war, nach jeder Probe abgeholt. Aber Vivaldi

war inzwischen derartig eifersüchtig auf ihn, dass sie ihn hatte bitten müssen, nicht am Haupteingang des Theaters, sondern in dem kleinen Café nebenan auf sie zu warten. Ständig war geprobt worden, mit oder ohne Orchester, mit oder ohne Dekorationen und Kostüme, bis sie nur noch den einen Wunsch gehabt hatte, allein an eben diesem Platz zu sitzen und ihre Füße ins Wasser zu hängen.

Luigi hatte sie während der letzten Zeit in einer Weise vernachlässigt, dass sie gar nicht daran denken durfte. Vor lauter Kummer begleitete er die kleine, vornehme Faustina inzwischen fast täglich auf seiner Theorbe, womit dieses Problem aber nur für den Moment gelöst war. Die heilige Cäcilie hatte es da entschieden leichter gehabt, denn sie war in ihren himmlischen Sphären durch nichts und niemand von der Musik abgelenkt worden. Sie dagegen musste ständig daran denken, wie sie ihre Liebe einigermaßen gerecht auf ihre Männer verteilte.

Um die Gefühle, die man ihr entgegenbrachte, mochte man sie zwar beneiden, aber in ihrem Übermaß waren sie auch eine Plage. Offenbar schien es auf dieser Welt von allem immer nur zu wenig oder zu viel zu geben.

Sie widmete sich von neuem der Betrachtung ihrer Füße. Nun, vielleicht war es ja auch zu viel verlangt, neben einer schönen Stimme auch noch schöne Füße haben zu wollen, und um den Rest ihrer Person riss man sich ja inzwischen geradezu. Wenn sie daran dachte, dass sie noch vor gar nicht langer Zeit in aller Schlichtheit ihre Tassen bemalt hatte! Eine sogar ganz in Grau, um den hochnervösen Vivaldi zu beruhigen, doch inzwischen hätte sie sie ganz gut auch selbst gebrauchen können.

Denn nicht nur Vivaldi stellte außerordentliche Ansprü-

che an sie, die Landis waren nicht geringer. Ständig brachte er ihr irgendwelche Bücher, die sie lesen musste, weil er sich mit ihr darüber unterhalten wollte. Das war weiß Gott interessant, aber es war auch anstrengend, wenn sie todmüde aus den Proben kam. Dann hätte sie sich, um auszuspannen, manchmal lieber mit Guido und Michele über irgendwelchen Tratsch unterhalten.
Aber einem Mann wie Landi zuliebe musste man sich schon ein wenig anstrengen, das sah sie ein. Besonders da sie inzwischen ganz sicher war, dass sie ihn liebte.
Als sie sich wieder einmal beim Castrato über ihr strapaziöses Leben beklagt hatte, war dessen Antwort gewesen: Sie sei eben von Natur aus träge und denkfaul im Besonderen. Das mochte schon stimmen, aber damit hing vermutlich auch die etwas animalische, üppige Schönheit ihrer Stimme zusammen, weshalb sie entschlossen war, auch in Zukunft träge und denkfaul zu bleiben, soweit dies unter den gegebenen Umständen überhaupt möglich war, denn Landi verlockte sie immer mehr zum Nachdenken. Seit einiger Zeit sagte sie übrigens Antonio zu ihm – er hatte sie darum gebeten. Da auch Vivaldi Antonio hieß, war ihr das zunächst nur schwer über die Lippen gekommen.
Landi hatte ihr neulich etwas erzählt, das sie seitdem nicht wenig beschäftigte. Wie so oft waren sie eines Abends nach dem Theater miteinander durch die Stadt gegangen. Da die Probe besonders lange gedauert hatte, dunkelte es bereits. Mitten auf dem Ponte di Santa Fosca war Landi stehen geblieben und hatte sie mit erregten Augen angesehen. Dass er immer stehen blieb, wenn er ihr etwas Wichtiges erzählen wollte, machte ihre Spaziergänge bisweilen etwas anstrengend.

»Genau an dieser Stelle hat man versucht, Pietro Scarpi zu ermorden«, hatte er gesagt.
»Und wer ist das?«
»Sozusagen mein nächstes Opfer. Sobald ich mit meinem Buch über Giordano Bruno fertig bin, werde ich etwas über diesen Pietro Scarpi schreiben. Auch hierbei wieder geht es mir vor allem um die Wahrheit, aber ich habe mir den Stoff auch deswegen ausgesucht, weil alles Material dazu in meiner eigenen Bibliothek zu finden ist«, lachte er. »Auf diese Weise kann ich dich auch weiterhin von den Proben abholen.«
Landi mochte zwar ein ernster Mann sein, aber er war auch ein Kavalier und noch dazu ausgesprochen zärtlich, was eine sehr angenehme Überraschung für Anna gewesen war. Aber im Augenblick dachte er offenbar nur an Pietro Scarpi, deshalb standen sie beide mitten auf dieser Brücke, und Anna hörte ihm zu, wie er sich in Begeisterung redete:
»Scarpi war der Provinzial des Servitenordens, aber nicht nur Theologe, sondern auch bewandert in den Wissenschaften, also ein überzeugter Humanist. Stell dir vor – als ein Mann der Kirche hat er es gewagt, die Territorialansprüche des Vatikans als mit den Prinzipien der Religion nicht vereinbar anzuzweifeln. Als darauf der Papst Venedig im Jahre 1616 mit einem Interdiktum belegte, rief Scarpi die Geistlichkeit zum Widerstand auf. Darauf schleuderte der Papst seinen Bannfluch gegen die Serenissima und setzte die Bücher Scarpis auf den Index. Ein Jahr später wurde er von gedungenen Mördern auf seinem Rückweg vom Dogenpalast genau an dieser Stelle überfallen. Er hat den Anschlag jedoch überlebt und

Venedig noch weitere achtzehn Jahre mit seinem Rat gedient.
Ist das nicht eine tolle Geschichte? Ein Priester verhilft dem Staat der Wahrheit zuliebe zu einem Sieg über die Kirche. Allerhand, nicht wahr? Der Mann gefällt mir. Andererseits soll er geäußert haben: Es komme zwar nie eine Lüge über seine Lippen, aber deshalb sage er noch längst nicht jedermann die Wahrheit. Wie findest du das?«
»Ich weiß nicht, ob mir das gefällt«, sagte Anna. »Plädiert er damit denn nicht für den Kompromiss?«
»Nicht unbedingt, er verhält sich nur klug und diplomatisch. Aber um das so zu sehen, bist du vielleicht noch zu jung. Es kommt immer darauf an, wann und wo man die Wahrheit einsetzt, nur so ist sie zu etwas nütze.«
»In jedem Fall scheint sie mir ein gefährliches Thema zu sein«, hatte Anna entgegnet. Anschließend waren sie noch eine Weile durch die dunkle Stadt gewandert, aber was Landi gesagt hatte, beschäftigte sie auch weiterhin. Selbst dann noch, als sie auf der Piazza San Marco im Café Florian unter Musikbegleitung ein Eis aßen, sodass Landi sich Gedanken machte, warum Anna ihm mit solch abwesender Miene gegenübersaß.
Es war also nicht unbedingt eine Lüge, wenn man mit der Wahrheit haushälterisch umging. So weit, so gut. Aber was tat sie, fragte sich Anna, wenn sie zwischen Vivaldi und dem Conte jonglierte? Log sie da bereits, oder verhielt sie sich lediglich diplomatisch? Und darüber, was sie Luigi zumutete, durfte sie gar nicht erst nachdenken. Aber konnte sie auf ihn und seine Liebe denn so ohne weiteres verzichten? Brauchte sie ihn, oder missbrauchte sie

ihn bereits? Und wenn sie ihm stattdessen reinen Wein einschenkte, was würde er dann wohl tun? Er war fähig, in den Kanal zu springen. War es da nun menschenfreundlich oder reine Bequemlichkeit, dass sie alle Beteiligten zu schonen versuchte?

»Du hast einmal gesagt, die Wahrheit sei unsere Ehre, oder so ähnlich«, sagte sie, »aber wenn man das wörtlich nimmt, wird sie, wie mir scheint, zu einem höchst gefährlichen Zündstoff.«

Bevor sie Landi kannte, hatte sie nie in dieser Weise nachgedacht. Denn wenn sie sich mit Vivaldi unterhielt, war die Musik das Thema, und bei ihr waren die Wichtigkeiten ganz anders verteilt, sie sorgte von selbst dafür, dass über dem Intellekt das Gefühl nicht zu kurz kam.

Der Canal Grande fing an, sich zu beleben, die Mittagspause war vorüber. Anna genoss diesen freien Tag. Zu Landi hatte sie gesagt, er solle sie am Abend bitte nicht abholen, nach den Aufregungen der Premiere müsse sie einmal ganz allein sein, was er durchaus verstanden hatte. Er war ein großzügiger Mann, dieser Conte.

Sie freute sich ihrer Freiheit, denn sie hatte das Gefühl, sich von vielem erholen zu müssen, unter anderem auch von Vivaldis Eifersucht, die in der letzten Zeit den Beginn fast jeder Stunde kompliziert hatte. Vor der Hauptprobe hatte er sich sogar darüber beklagt, dass Landi im Saal war:

»Was will dieser Mensch von dir, frage ich dich? Es hat bereits bei ihm gefunkt, als er dich seinerzeit im Sant' Angelo hat singen hören. Du musst nicht denken, dass ich so etwas nicht merke. Er soll gefälligst bei seinen Büchern bleiben.« Dabei hatte er sie angesehen mit Augen, die sie sonst

nicht an ihm kannte. Sein Blick war von einer Wildheit, die sie an seine Musik erinnerte, wenn sie besetzt war von einer Leidenschaft, die einem Priester nicht zukam.
Weil sie jedes Mal erst wieder aus dem Weg räumen musste, was die einst so fraglose Harmonie zwischen ihnen störte, fand sie die Arbeit mit ihm nun sehr viel anstrengender. Sobald sie jedoch zu singen anfing, entspannte er sich, und es bedurfte keiner erklärenden Worte mehr. In diesen Augenblicken fühlte sie sich ihm so verbunden wie sonst niemand auf der Welt. Selbst Landi rückte dann in weite Ferne.
Bei der Premiere von Vivaldis Oper war das Einverständnis zwischen ihnen wie Zauberei gewesen. Sie hatte den Eindruck gehabt, als wisse er alles über sie – er atmete mit ihr, phrasierte für sie, nahm das Orchester zurück, wenn sie in einer weniger günstigen Lage zu singen hatte, holte für sie den Elan vor besonders exponierten Tönen oder schwierigen Kadenzen, sodass sie sich fragte, ob sie mit einem anderen Dirigenten überhaupt würde singen können.
Doch hiervon durfte sie Landi nichts erzählen, wenn er sie am Abend unter seine Fittiche nahm und aus seinem Bart hervorlächelte, wie zur Versicherung, dass alles auf dieser Welt für sie geregelt war. Allerdings nur so lange, als sie ihn, Landi, ihr Leben regeln ließ.
Manchmal hatte sie das Gefühl, zwei Väter zu haben, was aber natürlich nur im Bezug auf das Geistige zutraf, denn eigentlich benahmen sie sich ja eher wie zwei jugendliche Liebhaber. Aber beide nahmen sie mit jedem Tag mehr Einfluss auf sie, der eine musikalisch, der andere literarisch, wobei wiederum dem einen das Einflussnehmen des anderen verdächtig war.

Es war also nur natürlich, dass Anna erschöpft war, wenn auch glücklich, sehr glücklich sogar, und außerdem auch noch mächtig stolz auf sich, denn nach nur zwei Jahren Studium eine Hauptrolle im Sant' Angelo zu singen und dabei nicht die Nerven zu verlieren, das sollte ihr mal einer nachmachen. Lange durfte sie es mit dieser Intensität allerdings nicht treiben, das spürte sie und tauchte ihre Füße, die ihr immer noch nicht schlank genug waren, der Abkühlung wegen gleich noch einmal ins Wasser des Canal Grande.

Von der anderen Seite winkte jemand, aber sie reagierte nicht darauf. Warm spürte sie die Sonne auf ihrem Rücken, fühlte, wie die Zeit ganz langsam und lautlos diesen Nachmittag umrundete. Viele Stunden saß sie so müßig da, die Boote und Gondeln betrachtend, die sich inzwischen wieder auf dem Canal tummelten. Selbst die Fassade der Ca' d'Oro war ihr an diesem Nachmittag zu kompliziert.

Sie hatte keine Probe, keine Gesangstunde und empfand nicht das geringste Bedürfnis, auch nur ein Wörtchen mit jemand zu reden. Es war ein ungeheurer Luxus, endlich einmal wieder absolut nichts vorzuhaben.

23

Von den Vorstellungen an der Oper einmal abgesehen, erwiesen sich auch die folgenden Tage für Anna als weniger strapaziös. Landi hatte sich verabschiedet, er war noch einmal nach Bologna gereist, da er mit dem Recherchieren nicht ganz fertig geworden war. Aber lange hielt er es ohne seine *cantatrice* offenbar nicht aus – bereits bis Ende der Woche wollte er wieder zurück in Venedig sein. Anna vermisste ihn, aber gleichzeitig genoss sie es auch, wieder einmal frei über ihre Abende verfügen zu können.

Vivaldi hatte kaum Zeit, mit ihr zu arbeiten, denn der Prinz von Polen, ein großer Verehrer seiner Kunst, musste gefeiert werden. Der hohe Herr hielt sich bereits seit drei Monaten in Venedig auf und hatte das Ospedale della Pietà und seine musizierenden Engel schon mehrfach besucht. Nun aber wurde, aus Anlass seiner Abreise, ein Extra-Konzert gegeben, und zwar eine Aufführung der Serenata *Il Coro delle Muse* auf einen Text Goldonis.

Und so spielte Vivaldi eine Woche lang den Diener zweier Herren, wie er sich in Anspielung auf ein Stück des Dichters scherzhaft nannte, weil er neben seinen Verpflichtungen am Sant' Angelo täglich auch noch mehrere Stunden mit dem Orchester der Pietà probte.

Die Serenata stammte aus der Feder eines anderen Komponisten, aber Vivaldi hatte immerhin mehrere Konzerte für den festlichen Anlass beigesteuert, und zwar Werke

seiner zärtlichsten Muse. Darunter ein Doppelkonzert für Viola d'amore und Laute sowie ein Violinkonzert mit überraschenden Echowirkungen, das dem Prinzen besonders gefiel – er fand es »joli«, eine Bemerkung, die ihrer Originalität wegen an diesem Abend viel diskutiert wurde. Die anspruchsvollen Violinsoli übernahm wie üblich der Komponist selbst.
Die Riva degli Schiavoni erglänzte im Licht der Fackeln, während der Adel der Stadt aus phantastisch geschmückten Gondeln oder Barken an Land stieg. Zu seinem Empfang war die große Eingangshalle mit prächtigem Fransendamast ausgekleidet worden und glich daher in nichts mehr einem Kloster. Den Saal, in dem das festliche Konzert stattfinden sollte, erhellten Kronleuchter aus Muranoglas, bestückt mit einer Unzahl von Kerzen.
Anna freute sich darauf, bei dieser Gelegenheit ihre Kommilitoninnen von einst wiederzusehen, denn das Konzert wurde ausschließlich von ihnen bestritten. Sie selbst hatte darauf verzichtet, in der Serenata ein Solo zu singen, da sie das Spektakel zur Abwechslung einmal vom Publikum aus erleben wollte. Aber längst daran gewöhnt, bei derartigen Gelegenheiten selbst auf der Bühne zu stehen, war ihr doch einigermaßen merkwürdig zumute, als sie sich plötzlich wieder unter den Zuhörern befand.
Da Vivaldi ihr das Billett besorgt hatte, saß sie ganz vorn unter den Noblen Venedigs. Unweit von ihr nahm gerade der Prinz von Polen mit seinem Gefolge Platz, ein noch relativ junger Herr, den seine Allongeperücke in einen würdevollen Greis verwandelte.
Anna wurde allgemein begrüßt. Man erinnerte sich ihres Auftretens in den Palazzi der Stadt, auch hatte man sie

bei der Premiere im Sant' Angelo bewundert. Was ihre Toilette anging, war sie von den Damen der Aristokratie nicht zu unterscheiden, denn sie trug das kupferfarbene Kleid mit den eingewobenen Gold- und Silberfäden, das sie sich für das geplante Konzert in Landis Bibliothek hatte schneidern lassen.

An diesem Abend erlebte Anna zum ersten Mal, was es hieß, berühmt zu sein, und dies war weiß Gott nicht unangenehm. Aber da sie einen kritischen Blick hatte und keinerlei Neigung zum Dünkel, amüsierte es sie gleichzeitig, dass man über Nacht zu einer Standesperson avancieren konnte, nur weil man in der Oper reüssiert hatte.

Die Mädchen der Pietà waren auf den drei Rängen einer Galerie postiert, durch ein hölzernes Gitter abgeschirmt gegen die Blicke der jungen Herren, die diese und ähnliche Gelegenheiten gern dazu benutzten, um auf Brautschau zu gehen oder doch wenigstens zu flirten.

Anna pries sich glücklich, dass sie selbst nur eine Hospitantin der Pietà gewesen war, denn in seinem Zwitterwesen aus Konservatorium und Klosterschule war ihr das Ospedale nie recht sympathisch gewesen. Sie erinnerte sich mit Widerwillen der dort herrschenden Heuchelei, die sicher nicht zuletzt der ungesunden Abgeschiedenheit der Mädchen von der Welt anzulasten war.

Ausgerechnet das kleine Luder, das sie seines verlogenen Charakters wegen nie hatte leiden mögen, sang in der Serenata eine der Musen. Frisiert wie ein leibhaftiger Engel, sodass ihr die krausen, blonden Locken wie Spinnweb auf die Schultern fielen, führte sie ihren weißen Sopran mit unschuldsvoller Miene ohne das geringste Vibrato, worüber sich Anna auch seinerzeit schon geärgert hatte. Beatrice, so hieß das Engelswesen, ging sozusagen vokal mit ihrer Jungfräulichkeit hausieren, deren Intaktheit Anna indessen einigermaßen fragwürdig erschien. Aber die zur Schau getragene Unschuld hatte Erfolg, denn im Publikum verklärten sich die Gesichter zuckrig, sobald sie zu singen anfing.

Anna war daher dankbar, als der erste Teil der Serenata vorüber war und Vivaldi als Intermezzo eines seiner Violinkonzerte spielte. Und wie er spielte! War er in seinem Echokonzert zu Beginn des Abends der allergrößten Süße fähig gewesen, so ließ er nun sozusagen den Teufel aus dem Sack, als gelte es, dem falschen Engel am Sopran die Maske vom Gesicht zu reißen.

Während Anna ihm zuhörte, wie er in seiner Besessenheit dem Instrument bis dahin Unerhörtes abgewann, dachte sie über ihn und ihre Beziehung zueinander nach. Sein Genie und seine überbordende Kreativität waren ihr immer noch gleich rätselhaft, aber durch ihre Erfolge als Sängerin hatte sie an Selbstbewusstsein gewonnen. Und so empfand sie sich nicht mehr ausschließlich als seine Schülerin, sondern eher als seine Kollegin – ohne dass sie vergessen hätte, was sie ihm verdankte.

Natürlich spielte auch ihre Liebe zu Landi bei dieser leichten Distanzierung eine gewisse Rolle. Indem er sie in immer größerem Maße intellektuell forderte, entzog er sie dem totalen Einfluss Vivaldis, was zur Folge hatte, dass sie dem bisher geradezu Vergötterten nun etwas kritischer gegenüberstand.

Vivaldi trug nicht leicht daran, dass ihre Beziehung ihre Ausschließlichkeit verloren hatte. Anna war erwachsen geworden, und so teilte er gewissermaßen das Schicksal aller Väter, die ihre geliebte Tochter nach dem Gesetz des Lebens eines Tages an einen anderen Mann abtreten mussten. Dass sich dadurch an Annas zärtlicher Bewunderung für ihn nichts geändert hatte, konnte er noch immer nicht nachvollziehen.

Es war ein großer Abend – allerdings eher ein gesellschaftliches Ereignis als ein ernst zu nehmendes Konzert. Manche der Herren erhoben sich während der Musik ganz ungeniert, um sich mit irgendwelchen Freunden zu unterhalten, eine Unsitte, über die sich Anna auch diesmal wieder empörte, sodass sie Vivaldi bedauerte, der verpflichtet war, sein Genie an einen derartigen Anlass zu verschwenden.

Auch langweilte sie die Musik der Serenata inzwischen, eine Allegorie konventionellster Machart, Welten weit entfernt von der Muse Vivaldis. Und so schweiften ihre Gedanken ab und beschäftigten sich stattdessen mit dem geplanten Abend in der Scuola degli Schiavoni, dessen Programm sie bereits genau im Kopf hatte.

Aber würde es dort, angesichts der Tatsache, dass Luigis Eifersucht inzwischen noch weitere Nahrung bekommen hatte, tatsächlich so ruhig zugehen? Sie wünschte es sich, und während das kleine Luder mit der Engelsstimme auf der Empore zu einem letzten Solo ansetzte, dachte sie wehmütig zurück an die Zeit ihrer geschwisterlichen Harmonie.

Als sie sich dabei vorsichtig im Saal umsah, fielen ihre Blicke auf niemand anderen als Luigi. Hatten ihre Gedanken und Wünsche ihn hierher zitiert? Aber nein, er saß tatsächlich nicht weit von ihr neben Faustina und der gräflichen Familie, die ihn anscheinend adoptiert hatte,

weil die Flöte spielende Tochter nicht mehr von ihm lassen konnte.
Das Konzert war zu Ende. Anna erhob sich, und im gleichen Augenblick strebte auch Luigi dem Ausgang zu. Offensichtlich hatte er sie längst entdeckt, denn er hatte einen roten Kopf, und von Faustina fing Anna einen Blick auf, der ihr zeigte, dass sich die Kleine über Luigis Gefühle ihr, Anna, gegenüber durchaus im Klaren war. Lass ihn mir doch, schien er zu sagen, wo du doch die Bewunderung all der anderen hast.
Der Graf hingegen verabschiedete sich mit besonderer Herzlichkeit – er hoffe auf eine Wiederholung des Konzertes in seinem Hause, falls Anna bei ihren Erfolgen überhaupt noch Zeit für dergleichen habe. Darauf stieg er mitsamt seiner Familie sehr heiter in eine der bereitstehenden festlichen Barken.
Man winkte einander zu, bis man sich aus den Augen verlor.

24

Immer noch strömten die Menschen aus dem Konzertsaal und verteilten sich auf die wartenden Boote, während Anna und Luigi verlegen nebeneinander am Quai standen.
»Soll ich dich nach Hause bringen?« fragte er. »Ich habe meine Gondel hier.«
»Aber nur, wenn du mir keine Vorhaltungen machst, denn ich bin sicher, du hältst mich für eine Schlange.«
»Ich werde mich bemühen, daran zu denken, was du einmal gesagt hast«, meinte er.
»Und was war das?«
»Dass man sich mit *den* Gefühlen zufrieden geben muss, die einem die anderen entgegenbringen.« Mit einer ironischen Verbeugung half er ihr beim Einsteigen, was wegen ihres üppigen Kleides einigermaßen kompliziert war. Darauf steuerte er sie schweigend an den vielen Fackeln entlang, die die Riva degli Schiavoni erleuchteten. Als sie am Dogenpalast vorüberglitten, schlug es gerade Mitternacht.
»Bist du dir eigentlich bewusst«, sagte Anna, »dass wir in weniger als vier Wochen ein Konzert miteinander haben? – Wie soll das gehen, wenn du dich so bockig anstellst! Wir sollten uns zusammennehmen und diese alten Geschichten endlich einmal begraben. Wie geht es eigentlich mit Faustina?«
»Wie soll es schon gehen, sie ist eine begabte Flötistin.«

»Könntest du denn nicht wenigstens den Versuch machen, dich in sie zu verlieben?«
»Ich bin nicht der Meinung, dass ein Ersatz besser ist als gar nichts. Sie tut mir Leid mit ihren dünnen Ärmchen, das ist alles. Aber Mitleid ist nicht das gleiche wie Liebe.« Doch dann lenkte er ein: »Wahrscheinlich hast du Recht, wenn wir das Private nicht beiseite lassen, geht unser Konzert mit Sicherheit schief. Also lass uns arbeiten, jetzt, wo du deine Premiere hinter dir hast, hast du ja genügend Zeit dafür.« Und nach einer Weile:
»Ich war übrigens an dem bewussten Abend im Theater – du warst einfach fabelhaft. Nicht nur singen kannst du, sondern auch noch spielen. Kein Wunder, dass ich dir auf den Leim gegangen bin.«
»Fängst du schon wieder an! Ich habe dir nie etwas vorgespielt, aber Landi, das ist eben etwas anderes.«
»Du verlangst reichlich viel von deiner Umgebung«, sagte er bitter und ließ die Gondel eine Zeit lang gleiten, ohne zu rudern. Anna versuchte sein demonstratives Schweigen nicht zur Kenntnis zu nehmen.
»Könntest du morgen früh um zehn?« fragte sie. »Und zwar am besten gleich in der Scuola, um die Akustik auszuprobieren.« Sie war froh um die gleitende Bewegung der Gondel, weil sie der Situation etwas die Schwere nahm.

Von nun an konzentrierten sie sich auf ihre Aufgabe und probierten jeden Morgen miteinander. Aber die Musik ist eine Kupplerin, und so bezog Luigi die Gefühle, von denen Anna sang, auf sich selbst, obgleich er im Grunde genommen genau wusste, dass nicht er es war, der diese

Empfindungen in ihr auslöste. Aber das war ihm gleichgültig, denn während dieser Proben gab es nur sie beide.

Bei der Intensität, mit der sie geprobt hatten, waren sie am Abend des Konzertes gut vorbereitet. Anna hatte Kerzen gekauft, um sie vor den Bildern Carpaccios aufzustellen, und verteilte farblich passende rote Rosen auf zwei Vasen, es sollte ein Abend werden genau nach ihrer Vorstellung. Für einmal sollte ihr niemand hineinreden.

Auch das Programm hatte sie allein zusammengestellt, ein Programm ohne Konzessionen, ausgerichtet einzig und allein auf den meditativen Charakter der Scuola. Als sie das Programm dem Castrato zeigte, war dieser entsetzt:

»Mein Gott, einen ganzen Abend lang nichts als Introspektion, wer soll denn das aushalten. Schließlich singst du nicht für dich allein, sondern auch fürs Publikum. Wenigstens entlassen solltest du die Leute mit irgendetwas Heiterem, sonst stürzen sie sich anschließend in den nächsten Kanal. Und was willst du anziehen, hast du gesagt – ein schwarzes Kleid? Da werden sie denken, du seist Carpaccios Witwe. Und das mit den Rosen ist einfach schlechter Geschmack.«

Das sei ihr vollkommen egal, entgegnete Anna, wenn es ihm nicht gefalle, könne er ja zu Hause bleiben.

Vivaldi war wegen eines Konzertes in Mantua unabkömmlich, und Landi hatte bedeutend mehr Arbeit in der Bibliothek von Bologna als angenommen. Sosehr Anna ihre Unabhängigkeit während der vergangenen Tage auch genossen hatte, bei dem Gedanken, dass weder der eine noch der andere von ihnen in der Scuola dabei sein würde, kam sie sich auf einmal verlassen vor.

Aber waren sie denn nicht trotzdem anwesend? Anna hatte genügend Phantasie, um sich vorzustellen, dass Vivaldi ihr in Gestalt des heiligen Augustinus auf Carpaccios Bild zuhörte, den Blick ins Licht der Inspiration gerichtet. Und Landi – glich er in seiner Entschlossenheit, mit der er den Kampf für die Wahrheit führte, nicht dem heiligen Georg? Wobei sie allerdings, damit der Vergleich nicht hinkte, den Drachen in die Hydra der Lüge verwandelte, die bei solch konzentriertem Einsatz nicht mehr lange frech den Kopf erheben konnte.

Sie erinnerte sich, dass Vivaldi sie einmal ganz zu Anfang gefragt hatte, warum sie eigentlich singen wolle, und naiv, wie sie damals gewesen war, hatte sie gesagt – weil sie den Eindruck habe, sie könne es ganz gut. Aber inzwischen würde ihre Antwort ganz anders ausfallen – weil es beim Singen, wie bei der Liebe, um Austausch ging, um Kommunikation.

Am Schluss des Programms kein rauschender Applaus, keine lautstarken *Brava*-Rufe wie im Sant' Angelo. Als letztes Stück hatte sie Monteverdis *Pianto di Arianna* gesungen und dabei an Landis Büchertempel gedacht. Wie alles ineinandergriff, wie sich alles in ihrem Leben allmählich verzahnte!

Und die Leute waren auseinander gegangen, als hätten sie gemeinsam über etwas Wesentliches nachgedacht. Nach der Hektik des Theaterbetriebs hatte Anna endlich wieder das Gefühl, auf sich selbst bezogen zu sein und nicht nur den Erwartungen der anderen zu entsprechen. Sie spürte, dass sie solche Abende brauchte wie Medizin, und schwor sich, sie immer wieder in ihre Theaterarbeit einzuschalten.

Anna und Luigi hatten viele Hände geschüttelt, die letzten Besucher waren gegangen. Luigi kümmerte sich um die heruntergebrannten Kerzen, Anna nahm die Carpaccio-Rosen aus den Vasen und machte aus ihnen wieder zwei Sträuße.

»Einen für dich und einen für mich«, sagte sie. »Einen Abend lang war alles noch einmal so wie damals, als wir zusammen loszogen, um im Palazzo Dolfin unser erstes Geld zu verdienen. Und solange wir musizierten, hatte ich sogar den Eindruck, dass du mir nicht mehr böse warst. Oder bilde ich mir das nur ein?«

»Lass uns nicht mehr darüber reden. – Ich werde übrigens die nächsten Monate nicht in Venedig sein. Faustinas Eltern haben mir einen Posten als Musiklehrer angeboten, nur fürchte ich – auf ihre Bitten hin. Dadurch ist das Ganze eine etwas heikle Angelegenheit, aber ich brauche den Posten, denn er ist gut bezahlt. Ich habe mich lange gefragt, ob ich ihr sagen soll, dass ich sie nicht liebe, sondern sie nur gern habe – aber wem wäre damit eigentlich gedient?«

»Vielleicht solltest du es doch besser tun«, meinte Anna nachdenklich. »Und wo wirst du sein, wenn du nicht in Venedig bist?«

»Faustina und ihre Familie ziehen aufs Land, auf ihre Besitzung an der Brenta, und sie möchten, dass ich mitkomme.«

»Dann wünsche ich dir eine schöne *villeggiatura*. Vielleicht sehen wir uns ja, denn ich hoffe immer noch, dass auch ich es eines Tages bis zur Brenta schaffen werde. Sicher hat Faustina bis dahin über mich gesiegt, sie ist ein reizendes Mädchen. Jedenfalls wünsche ich es ihr von Herzen. Und danke für heute Abend.«

Damit gab sie ihm die Hand. Es war schwer, mit jemandem wie Luigi konsequent zu sein, aber wenn sie jetzt zu ihm in die Gondel stiege, würde er sicher denken, dass alles wieder so wie früher sei.
Und dabei war doch alles ganz anders.

25

Dass Landi ihr mit jedem Tag mehr bedeutete, bewirkte aber auch, dass Anna Vivaldi gegenüber ein immer schlechteres Gewissen hatte. Sie sah, dass er litt. Umsonst wiederholte sie sich, dass sie für ihn vermutlich nichts weiter sei als eine schöne Stimme und dass aus ihnen beiden, da er schließlich ein Kirchenmann war, nie ein Liebespaar werden könne. Und doch, wenn sie miteinander musizierten, war es, als hätten sie nur eine Seele.

Mit jedem Tag spürte sie mehr, dass sie mit der komplizierten Situation nicht fertig wurde und mit jemandem darüber reden musste, und zwar mit jemandem, der sie wirklich verstand. Denn der Castrato brachte sie mit seinen Zynismen zwar zum Lachen, aber helfen konnte er ihr damit nicht.

Da kam ihr der Zufall zu Hilfe, indem die Contessa sie einlud, an einem der kommenden Abende bei ihr zu singen. Luigi erzählte sie davon nichts. Sie erinnerte sich, dass im Salon der alten Frau ein Cembalo gestanden hatte, und so bat sie Landis Sohn Maurizio, sie zu begleiten.

Als Landi, der aus Bologna zurück war, ebenfalls mitkommen wollte, erhob Anna Einspruch – nein, auf diese Weise bekäme die Sache den Anstrich des Gesellschaftlichen, Singen sei jedoch Arbeit für sie, deshalb fahre sie lieber mit Maurizio allein. Eine Ausrede, gewiss, aber sie wollte nun einmal mit der Contessa unter vier Augen reden, denn wer konnte ihr besser helfen als sie, die sowohl Landi als auch Vivaldi seit langem kannte.

Auf dem Weg zu ihr wurden sie von Landis altem Diener Giuseppe gerudert. Wieder war, als sie an der Ca' d'Oro vorüberfuhren, dort ein Fest im Gange. Von unzähligen Kerzen erleuchtet, spiegelte sich das hybride Bauwerk in der dunklen Flut. Gitarrenmusik erklang, auf den Stufen, die hinab zum Wasser führten, lagerten Liebespaare, für einen Abend versuchten sie, den Traum von der Insel Kythera zu träumen. Ein paar Ruderschläge weiter, und der Spuk war verschwunden.

Der Palazzo der Contessa lag in völligem Dunkel. Giuseppe machte die Gondel fest. Während dieser bewegten Wochen war er für Anna zu einem Freund geworden. Zuverlässig holte er sie ab und brachte sie nach dem Theater nach Hause, wenn Landi anderweitig beschäftigt war. Es verband sie eine große Sympathie, auch wenn die seine vielleicht eher der *cantatrice* galt, die sein Herr liebte.

Während Anna an dem Palazzo emporsah, dachte sie an die Debütantin, die vor gar nicht langer Zeit klopfenden Herzens hier ausgestiegen war. Wie viel sicherer fühlte sie sich inzwischen auf dem Parkett der großen Welt.

Ein Fackel tragender Diener führte sie durch das turmartige Treppenhaus hinauf in den Piano nobile. Anna hatte sich darauf gefreut, die Fresken im großen Salon wiederzusehen, aber dieser war so schwach erleuchtet, dass sie nur zu ahnen waren. Auch diesmal wieder saß die Contessa in sich zusammengesunken in der Ecke eines mächtigen Sofas, doch sie schlief keineswegs, sondern begrüßte

Anna freudig, wobei der Klang ihrer Stimme ihr Alter Lügen strafte:
»Schieben Sie diese lächerlichen Kissen beiseite, mein Kind, und setzen Sie sich zu mir.« Und dann, als sie nebeneinander saßen: »Konnte denn der junge Mann mit der Theorbe nicht mitkommen, der in Sie verliebt ist?«
»Den habe ich lieber zu Hause gelassen.«
»Da haben Sie Recht, es gibt nichts Lästigeres als Gefühle, die man nicht erwidert.« Wie sie alles verstand, die alte Frau, ohne dass man viele Worte machte, dachte Anna. Während sich Maurizio verbeugte, meinte sie – sie könne guten Gewissens für ihn bürgen, denn er habe sie bereits im Hause seines Vaters begleitet, und zwar vorzüglich. Die Contessa ließ sich von ihm die Hand küssen und fragte ihn dabei nach Landi. Es gehe ihm gut, meinte der Junge, er schreibe an einem neuen Buch, wofür er in der Bibliothek von Bologna Stoff gesammelt habe.
»Ich bin sicher, dass es ihm dabei auch diesmal wieder um die Wahrheit geht«, meinte die alte Frau, »denn er verteidigt sie mit wahrer Leidenschaft. Kein Wunder, er ist ja selbst ein Ehrenmann.« Sie dachte eine Weile nach, dann sagte sie plötzlich: »Sagen Sie – ist Landi ebenfalls in Sie verliebt, weil Sie ihn nicht mitgebracht haben?« Anna war rot geworden.
»Könnten wir das vielleicht erst nach dem Musizieren besprechen?« bat Anna mit einem Blick auf Maurizio. Die alte Dame nickte und schickte den Majordomus nach dem obligatorischen Granatapfelsaft. Als er kurz darauf mit dem Gewünschten wiederkam, fuhr sie ihn an:
»So, und nun lass uns allein!« Während er sich beleidigt in die entfernteste Ecke des Saals zurückzog, sagte sie leise

zu Anna: »Sie müssen wissen, er wartet auf mein Ableben, dieser Kerl, weil er hofft, dann etwas zu erben. Aber da irrt er sich, nichts wird er bekommen, gar nichts, denn er quält mich bereits seit Ewigkeiten mit seiner törichten Selbstgefälligkeit.«

Inzwischen hatte Maurizio das Cembalo geöffnet und stellte den Deckel hoch. Das Instrument erwies sich als leicht verstimmt, aber der Junge hatte – auch hier ganz professionell – einen Schlüssel bei sich und konnte den Schaden mit wenigen Griffen beheben. Nun präludierte er zufrieden Anna verständigte sich mit ihm kurz über das Tempo des ersten Stücks, darauf fingen sie an zu musizieren.

Trotz des etwas nervösen Beginns sang Anna so betörend wie immer. Den Raum in Wohllaut tauchend, passte sich ihre Stimme in einem samtigen *mezza di voce* dem Halbdunkel an. Wie erwartet schlief die alte Frau bald darauf wieder ein, aber Anna und Maurizio musizierten in aller Ruhe weiter, und als sie nach dem Ende des Programms wieder erwachte, blickte sie voller Erstaunen um sich.

»Sie müssen verzeihen«, sagte sie, »es erging mir ähnlich wie beim ersten Mal, als Sie mir vorgesungen haben – ich wähnte mich bereits im Himmel. Was allein Ihrer Stimme zuzuschreiben ist, denn bei meinem Lebenswandel würde es mich wundern, wenn man mich dort überhaupt hineinließe.«

Es trat eine Pause ein, während der der Majordomus, wie immer mit beleidigter Miene, Getränke anbot, den Blick über die Köpfe der Gäste hinweg in die Ferne gerichtet.

»Es ist spät geworden«, sagte die Contessa. »Ich denke, wir schicken den jungen Mann jetzt besser nach Hause. Aber Sie bleiben vielleicht noch ein wenig, um mit mir zu schwatzen.« Anna nickte zustimmend, während Maurizio der alten Dame zum Abschied wieder die Hand küsste. Als auch der Diener den Raum verlassen hatte, meinte sie:

»Ich glaube, Sie haben etwas auf dem Herzen, sonst hätten Sie wahrscheinlich auch Landi mitgebracht. Ich nehme an, dass Sie ihn lieben, und nun machen Sie sich Vorwürfe, dass Sie Vivaldi damit verraten, ist es so?« Wieder war Anna rot geworden.

»Offenbar können Sie Gedanken lesen. Seit meinem ersten Besuch habe ich mir gewünscht, einmal mit Ihnen zu reden.«

»Und warum?«

»Es war die Art und Weise, wie Sie von dem jungen Mann auf dem Bild dort drüben sprachen. Ich dachte, Sie könnten mir vielleicht einen Rat geben, denn ich habe ein recht ungewöhnliches Problem. Während sich die meisten Menschen über einen Mangel an Liebe beklagen, bekomme ich davon zu viel.«

»Sie erwarten doch nicht etwa, dass ich Sie dafür bedaure? Insbesondere, da ich bereits erraten habe, um wen es sich dabei handelt. Ich kann mir genau vorstellen, was Landi und Vivaldi an Ihnen so interessiert: Sie sind ein sehr inspirierendes Echo, mein Kind, denn Sie sehen nicht nur reizend aus, sondern sind auch noch begabt, wodurch Sie in der Lage sind, in ganz besonderer Weise auf diese geistvollen, aber ach so anspruchsvollen Männer einzugehen. Und nun haben Sie gleich zwei davon in

Ihrem Leben. Lassen Sie mich nachdenken, was ich Ihnen raten soll.«

Während sie redete, hoben sich nur ihre schlohweißen Haare, nicht aber das Gesicht der alten Frau gegen das Halbdunkel des Saales ab – Anna hatte den Eindruck, ein Orakel zu befragen. Ihr Blick ruhte dabei auf der gemalten Scheinarchitektur an der Wand gegenüber, deren illusionäre Perspektive sich vor ihr in eine ungewisse, rätselhafte Zukunft zu öffnen schien.

»Soll ich Ihnen etwas sagen?« fuhr die Contessa fort. »Nehmen Sie Landi, da haben Sie etwas Reelles. Vivaldi wird immer und vor allem anderen der Musik gehören, die er gerade erfindet, daneben werden Sie stets nur die zweite Geige spielen. Er ist ein schöpferischer Mensch, dadurch ist er gewissermaßen sich selbst genug. In einem solchen Leben ist nicht genügend Platz für Sie.

Abgesehen davon ist er keineswegs nur großzügig und gütig, so wie Landi, sondern gleichzeitig egoistisch und skrupellos. Um die Aufführung seiner Kompositionen durchzusetzen, würde er, das glaube ich jedenfalls, so gut wie alles tun. Das Genie hat nun einmal – für uns normale Sterbliche – auch seine erschreckenden Seiten.

Darum rate ich Ihnen: Seien Sie seine Freundin, seine Begleiterin auf seinem schweren Weg, aber nicht mehr – auf diese Weise werden Sie nicht an ihm leiden, und er hat alles, was er braucht.

Auch bedeutet ein Mann wie Landi ja weiß Gott keine zweite Wahl, auch wenn Sie Vivaldi vielleicht aufregender finden mögen. Aber das liegt an der Materie – die Schwingungen der Musik attackieren uns sehr viel heftiger als das geschriebene Wort. An Landi verbrennt man sich nicht,

bei ihm waltet die Vernunft, und so etwas taugt nun einmal besser für die Ehe. Seine Geliebten sollte man nicht auch noch heiraten.
Wie Sie Landi allerdings die Wichtigkeit Ihrer Beziehung zu Vivaldi begreiflich machen wollen, und damit den Platz, den er in Ihrem Leben einnimmt, darum beneide ich Sie nicht, denn es wird keine leichte Aufgabe sein. Aber für alles, was nicht gerade die Norm ist, ist eben ein Preis zu entrichten.«
»Haben Sie das getan?«
»Ja, und ich habe es nicht bereut. Es gibt einen seelischen Luxus, den man nötiger braucht als Essen und Trinken.«
Sie schwiegen beide. Noch immer blickte Anna in die illusionäre Landschaft an der Wand, die das Flackern der Kerzen unruhig verzerrte.
»Um ganz offen zu sein«, sagte die Contessa dann noch, »das alles entspringt nicht allein meiner Eingebung. Landi war hier – er hat Angst, dass Vivaldi Sie ihm wegnehmen könnte. Er hat mich nicht direkt darum gebeten, aber ich habe gespürt, dass es ihm lieb wäre, wenn ich mit Ihnen reden würde. Darum habe ich Sie eingeladen. Nun seien Sie nicht gleich beleidigt, denn selbstverständlich hatte ich auch den Wunsch, Sie singen zu hören.«
Im ersten Augenblick hatte sich Anna damit tatsächlich von Landi bevormundet gefühlt. Aber war, dass sie sich beide – und zwar unabhängig voneinander – an die Contessa gewandt hatten, nicht eher ein Zeichen dafür, dass sie ganz ähnlich empfanden? Sie war aufgestanden.
»Halten Sie mir die Daumen, bitte«, sagte sie, »im Augenblick habe ich ehrlich gesagt meine Zweifel, ob ich das

alles schaffen werde. Wenn ich einmal nicht mehr weiterweiß, darf ich dann wiederkommen?«
»Falls ich dann noch lebe«, sagte die alte Frau, ihre Bewegung verbergend, plötzlich ganz schroff. »Dem arroganten Schnösel draußen sagen Sie bitte, er könne wieder hereinkommen. Und meinem Freund Landi richten Sie aus, er solle mir sein Manuskript über Scarpi zu lesen geben. Das sei er mir schuldig, weil ich bei Ihnen gut Wetter für ihn gemacht habe.«
Unten am Quai wartete der alte Giuseppe mit seiner Gondel und brachte Anna, gleichmäßig rudernd, zurück zur Rialtobrücke. Sie bedankte sich und stieg an Land. Als sie sich umwandte, spiegelte sich die hauchfeine Sichel des Mondes im Wasser des Kanals, unruhig, wie flüssiges Silber.
Doch ihre Gedanken waren noch immer bei der alten Frau, deren Leben im Begriff war zu verlöschen und deren Herz dennoch so jung war wie das ihre. Denn Anna erinnerte sich, mit welchem Ausdruck der Sehnsucht und der Liebe die Contessa, während sie sich unterhielten, das Porträt des jungen Mannes mit der Halskrause angeblickt hatte.

26

Aber während der nächsten Tage hatte Anna überhaupt keine Zeit mehr, über ihre Gefühle und irgendwelche damit verbundenen Entscheidungen nachzudenken, denn die Realität des Sant' Angelo griff in besonders drastischer Weise nach ihr.

»Was mich beunruhigt, ist«, sagte der Castrato, während sie zusammen in ihrer Garderobe auf den Beginn einer Bühnenprobe warteten, »dass sich die Giarini dir gegenüber plötzlich so nobel verhält. Immerhin hast du sie ja meinetwegen sitzen lassen. Ich habe mit Befremden gesehen, dass sie dir gestern nach der Probe sogar gratuliert hat.«

»Nach dem, was zwischen uns vorgefallen ist, fand ich das eigentlich sehr großzügig von ihr.« Aber der Castrato wiegte nur skeptisch den Kopf und fuhr fort, die Kostümentwürfe zu betrachten, die sich Anna neben ihren Spiegel geheftet hatte.

»Die Dokumentation deines kometenhaften Aufstiegs, wirklich erstaunlich«, sagte er, »und genau ihn kann sie dir nicht verzeihen. Glaub mir, mein Kind, irgendetwas stimmt da nicht – ich bin sicher, dass sie etwas gegen dich im Schilde führt.«

»Red keinen Unsinn«, lachte Anna, während sie ihre Frisur korrigierte. Ihrer prachtvollen Haare wegen trug sie auf der Bühne nie eine Perücke. Aber der Castrato ließ nicht locker:

»Ich an deiner Stelle würde ihrer plötzlichen Kollegialität nicht trauen, denn ich glaube, sie ist zu allem fähig. Bereits ganz zu Anfang deiner Karriere gab es da etwas, das mir sehr merkwürdig vorgekommen ist. Hast du einmal darüber nachgedacht, dass seinerzeit der kleine Tempel ausgerechnet während deiner Soloszene im ersten Akt umfiel? Ich wittere da Zusammenhänge.«

»Du siehst Gespenster, Fabrizio.« Wieder wiegte er den Kopf.

»Es gefällt mir nicht, dass sie auf einmal so freundlich ist. Solange sie dich geschnitten hat, war mir ehrlich gesagt entschieden wohler. Sie ist ein ganz gemeines Luder, das kannst du mir glauben. Als sie einmal in Bologna gastierte, hat sie dem Tenor, mit sie zusammen auftrat, zunächst die größten Elogen gemacht, um schließlich während seiner großen Arie die Berieselungsanlage einzuschalten, und zwar höchstpersönlich. Als er zu seiner Schlusskadenz ansetzen wollte, mit der er jeden Abend Beifallsstürme geerntet hatte, fing es an zu regnen. Wie findest du das?«

»Komisch.«

»Es war aber überhaupt nicht komisch, denn es bedeutete das Ende seiner Karriere. Fortan hieß er überall *»der Regentenor«*, und das Publikum johlte, wo immer er auftrat. Schließlich hat er aufgegeben und ist Weinbauer geworden, nur um seine Ruhe zu haben. Siehst du, nun lachst du nicht mehr.« Anna hatte ihren Kamm sinken lassen:

»Aber du willst doch nicht etwa sagen, Guido und Michele hätten etwas mit der Sache zu tun gehabt? Die würden sich doch für mich vierteilen lassen.«

»Nein, die beiden natürlich nicht, aber es gibt Bühnen-

arbeiter, die käuflich sind, und die hat die Giarini vielleicht geschmiert.«
»So etwas möchte ich lieber gar nicht wissen.«
»Es würde deinem idealistischen Weltbild sicher nicht schaden, wenn du es mit etwas mehr Skepsis untermauern würdest. Sonst wachst du nämlich eines Tages auf und reibst dir entsetzt die Augen. Dass sie gegen mich nichts ausrichten kann, hat die Giarini inzwischen begriffen – ich musste allerdings sehr deutlich werden. Glaub mir, nur so kann man sie in Schach halten.«
»Übertreibst du da nicht ein wenig?« Anna überprüfte ein letztes Mal ihre Frisur. Es erschien ein Inspizient, um mit ihr eine Änderung in ihrer ersten Szene zu besprechen. Aber sie war absolut nicht einverstanden:
»Solch ein Unsinn, ich denke gar nicht daran, die ganze Arie im Sitzen zu singen«, worauf sich der Inspizient achselzuckend wieder zurückzog. Der Castrato war noch immer mit seinen bösen Vorahnungen, die Giarini betreffend, beschäftigt:
»Bei den Vorbereitungen von Hasses *Olympia* in Verona hat sie die ganze Besetzung bewusst schikaniert, indem sie ständig eine Stunde zu spät zur Probe erschien. Nach einer Woche hatte ich die Warterei dermaßen satt, dass ich sie am Kragen gepackt und übers Orchester gehalten habe. Mit der Drohung, sie fallen zu lassen, falls sie es wagen sollte, uns noch ein einziges Mal warten zu lassen. Das hat sie nicht vergessen – in manchen Fällen hilft nur der blanke Terror.«
»Ich frage mich, was sie von ihren Gemeinheiten hat.«
»Gib dir keine Mühe, bei deinem gutartigen Charakter wirst du das nie begreifen.«

»Und ich war so naiv zu glauben, sie meinte es ehrlich.«
»Sand in die Augen streuen wollte sie dir, sonst gar nichts.«

Als Anna das nächste Mal zu singen hatte, kam die Giarini kurz vor Beginn der Vorstellung zu ihr in die Garderobe, um ihr Glück zu wünschen. Sie war nicht aufgetakelt wie sonst, sondern ganz in Schwarz und gab sich damenhaft. Offensichtlich spielte sie den großen Verzicht. Nachdem sie Anna mütterlich auf beide Wangen geküsst hatte, musterte sie sie von oben bis unten:
»Reizend sehen Sie aus, mein Kind, wirklich ganz reizend. Und doch sollten Sie Acht geben, denn ich finde, Sie nehmen in der letzten Zeit zu. Bei Ihrer Jugend ist das zwar nicht tragisch, aber aufpassen sollten Sie trotzdem.« Anna betrachtete sich bestürzt im Spiegel – aber es stimmte ganz einfach nicht, denn ein bisschen üppig war sie schon immer gewesen.
»Und noch etwas – darf ich ganz ehrlich sein? Ich finde Sie nicht sehr günstig geschminkt. Vom Zuschauerraum aus wirkt Ihr Gesicht jedenfalls merkwürdig flach. Wenn Sie wollen, kann ich Ihnen gern einmal zeigen, wie ich so etwas mache.« Kaum war sie draußen, lief Anna erneut zum Spiegel und besah sich kritisch. Stärker als sonst zog sie sich die Augenbrauen nach, auch legte sie bedeutend mehr Rouge auf. Als sie ein paar Schritte zurücktrat, um die Wirkung der Operation zu überprüfen, erschrak sie – sie sah lächerlich aus! Zornig wischte sie sich das Zeug wieder aus dem Gesicht.

Auch vor Beginn der nächsten Vorstellung klopfte es, Anna hatte bereits im Stillen darauf gewartet. Und wieder war es die Giarini. Mit undurchdringlichem Gesicht betrachtete sie sich die Kostümentwürfe zu beiden Seiten des Spiegels, darauf stellte sie sich hinter Anna, die sich vor dem Spiegel frisierte, und legte ihr beide Hände auf die Schultern.

»Heute nur ein kleiner Ratschlag«, sagte sie. Ihr »e«-Vokal gefällt mir nicht, Sie sollten ihn etwas offener nehmen, dabei aber ein wenig decken, auch könnte ein Schuss »i« nichts schaden. Natürlich gut dosiert, nicht zu hell und nicht zu dunkel, und nehmen Sie das Ganze mehr von oben – Sie verstehen mich sicher. Alles vollkommen natürlich, also denken Sie am besten gar nicht darüber nach, was ich gesagt habe.

In Zukunft sollten Sie jedoch vorsichtig sein, denn in der Höhe höre ich bereits eine kleine Ermüdung.«

Anna war immer nervöser geworden. Kaum war sie allein, fing sie an, an ihrer Stimme herumzuprobieren, veränderte die Farbe, deckte, nahm den Ton zurück. Was hatte diese Person noch alles gesagt? Heller oder dunkler, mein Gott, nein, offener! Und mehr von oben, aber was meinte sie eigentlich damit? Total verunsichert betrat sie die Bühne. Im ersten Akt klappte es noch, aber gegen Ende des zweiten wurde sie tatsächlich müde.

In der Pause meinte Vivaldi, was denn plötzlich los mit ihr sei, ihre Stimme klinge auf einmal so dumpf. Auch flackere der Ton – ob denn der Castrato irgendetwas Neues mit ihr mache? Mit großer Mühe schaffte sie auch noch den dritten Akt und merkte in ihrer Nervosität erst am Ende des Abends, dass sie der Giarini auf den Leim gegangen war.

Es bedurfte mehrerer konzentrierter Stunden beim

Castrato, um ihre Stimme wieder ins Gleichgewicht zu bringen.

»Du hast *einen* Gesangslehrer, und der bin ich, verstanden?« sagte er. »Und in Zukunft schließt du wohl besser deine Garderobe ab.« Aber das ging nicht, weil der Maskenbildner und die Garderobiere jederzeit Zutritt haben mussten. Und so erschien die Giarini zum dritten Mal, wie die böse Fee im Märchen. Aber diesmal war Anna gefährlicher Laune.

»Ich komme nur auf einen Sprung, um Ihnen zu sagen, dass wir alle in der Vorstellung sind und Ihnen die Daumen halten. Wir – das sind alle meine Freundinnen und meine Wenigkeit, und natürlich der Principe, mein Freund und Gönner. Damit Sie nicht zu suchen brauchen – wir sitzen in der ersten Loge links, Sie können uns also gar nicht übersehen.« Anna hatte sich nur mit Mühe beherrschen können, jetzt sprang sie auf und rief, vollkommen außer sich:

»Verschwinden Sie!«

Vor der Garderobentüre stieß die Giarini mit dem Castrato zusammen. Ellenlang und gepudert, mit einem Schönheitspflästerchen auf jeder Backe, verbeugte er sich ironisch vor ihr, dann betrat er Annas Garderobe.

»Du hattest Besuch, wie ich sehe.«

»Mein Gott, Fabrizio, wie Recht du hattest!« rief Anna aus, »sie will mich kaputtmachen – weißt du, was sie gesagt hat?« Und zitternd vor Empörung erzählte sie ihm die ganze niederträchtige Geschichte.

»Beruhige dich«, sagte er, »du bist nicht allein. Ich verspreche, über dir zu wachen wie der heilige Michael in Person. Übrigens hatte ich schon immer das Gefühl, zu deinem

Schutze auserwählt zu sein, vom ersten Tag an, als du in deiner Unschuld in dem Sumpf dieses Theaters erschienen bist. Da dir außerdem auch noch Landi und Vivaldi zur Seite stehen, kommst du mir vor wie umgeben von den drei Erzengeln. Dagegen haben die Mächte der Finsternis überhaupt keine Chance – du brauchst nur noch zu singen.«

»Aber das kann ich nicht unter diesen Umständen!«

»Glaub mir nur – Zorn und Empörung wirken stimulierend. Du wirst singen, dass es diese Person und ihren liederlichen Anhang nur so aus der Loge weht. Aus meiner Zeit in Verona erinnere ich mich übrigens an eine ganz ähnliche Situation – damals hatte es die Giarini auf *mich* abgesehen. Doch ich habe zur Selbsthilfe gegriffen, indem ich die von ihr gedungene Claque mit einem ausgehaltenen hohen F glatt durchbohrt habe. Man musste sie aus dem Saal tragen.«

Und obwohl es ihr nicht danach war, fing Anna an zu lachen: »Ach, Fabrizio, du bist ein wahrer Segen, und der Unsinn, den du redest, ist es auch.« Sie gab ihm einen Kuss.

»Und vergiss nicht – ich stehe rechts in der Kulisse, um dich bei einem etwaigen Schwächeanfall aufzufangen.« Damit verließ er ihre Garderobe.

27

Aber trotz aller Bemühungen des Castrato war Anna während der folgenden Aufführung so nervös, dass sie immer wieder ihre Einsätze verpasste, was ihr bislang noch nie passiert war. Umsonst bemühte sie sich, an der besagten Loge vorbeizusingen, in der, wie sie wusste, Neid und Missgunst lauerten. In ihrer Not blickte sie sehr viel öfter als sonst zu Vivaldi hinunter, was die Sache aber auch nicht besser machte, denn fassungslos über ihre ständigen Patzer, schüttelte er nur den Kopf.

Auf einmal schien die Oper nicht vier, sondern zehn Akte zu haben. Vor lauter Aufregung verhedderte sich Anna im Labyrinth der Koloraturen und verzichtete, nur um überhaupt durch den Abend zu kommen, sogar auf die Kadenzen, mit denen sie sonst immer besonders brilliert hatte. Irgendwann war die Vorstellung aber dann doch zu Ende.

»Nun, was habe ich gesagt«, sagte der Castrato, als Anna bleich in der Kulisse erschien. »Es muss also etwas geschehen.« Und noch am selben Abend arbeitete er mit Landi zusammen einen Schlachtplan aus, um der Giarini das Handwerk zu legen.

Aber auch sie war nicht müßig. Denn in der nächsten Vorstellung ging bereits bei Annas erstem Auftritt ein frenetisches Buhen los. Daraufhin wäre sie am liebsten von der Bühne geflohen, aber von überall her im Saal antworteten im gleichen Moment Landis Heerscharen mit nicht weni-

ger frenetischen *Brava*-Rufen, noch unterstützt vom übrigen Publikum, das geschlossen auf Annas Seite war.
Sie sang also tapfer weiter, warf sich mutig in die Koloraturen, aber bald war vor lauter Gezisch und Lärmen überhaupt nichts mehr von ihr zu hören. Auf dem Höhepunkt des Tumultes hörten die Orchestermusiker, die Vivaldi eingeweiht hatte, auf zu spielen und schwenkten ihre Instrumente drohend gegen die Loge der Giarini, worauf diese, mitsamt ihrer Clique, die Flucht ergriff. Gleichzeitig regnete es aus den oberen Rängen Blumen über Blumen auf die überraschte Anna herunter, eine Aktion, für die Landi alle umliegenden Läden geplündert hatte.
Als Anna sich, vollkommen konsterniert, bückte, um den Blumensegen einzusammeln, erhob sich im Saal donnernder Applaus, verstärkt durch wildes Fußgetrappel, bis das Haus einzustürzen drohte. Überall frohe Gesichter, die Verehrer von Anna lagen sich in den Armen – niemand, der an diesem Abend nicht auf seine Kosten gekommen wäre!
Hinter der Bühne nahm der Castrato Anna in Empfang:
»Ich glaube wirklich, wir sind sie los.«
»Noch ein solcher Abend, Fabrizio, und ich höre auf zu singen«, sagte Anna, die Augen schwarz vor Erregung.
»Du musst das genießen – so etwas gehört nun einmal zum Theater. Es war ein Triumph!«
»Ich finde das Ganze nur widerlich.« Inzwischen war auch Landi hinter der Bühne erschienen. Strahlend und in Siegerlaune schloss er Anna in die Arme.
»Also, ich muss sagen, das war doch endlich einmal etwas anderes, als Kriege nur mit der Feder zu führen! Und du

hast dich einfach phantastisch gehalten, noch nie war ich so stolz auf dich. Dass man unter solchen Umständen überhaupt singen kann, ist mir allerdings ein Rätsel.«
»Mir ehrlich gesagt auch.«
»Sie werden sehen, Conte«, sagte der Castrato, »die Sache wird sich herumsprechen. Und da die Leute nichts so sehr lieben wie Skandale, wird man Anna in Kürze auch in Vicenza, Rom und Ferrara hören wollen.« Doch davon schien Landi wenig begeistert:
»Wenn das der Erfolg ist, hätte ich den ganzen Zauber nicht inszeniert.«
»Sicher gibt es auch in Rom oder Ferrara Bibliotheken, in denen Sie arbeiten können.«
»Ich sehe schon, in Zukunft werde ich meine Arbeit danach planen müssen, wo du gerade engagiert bist«, sagte Landi zu Anna, aber der Gedanke schien ihm gar nicht so unsympathisch zu sein.
Aus dem Dunkel der Hinterbühne, wo bereits die Kulissen verschoben wurden, tauchte nun endlich auch Vivaldi auf, eine Partitur unter dem Arm. Er sah mitgenommen aus, mitgenommen, aber zufrieden, und wischte sich mit einem großen Taschentuch die Stirn:
»Alle Achtung, Conte, eine strategische Ader hätte ich Ihnen gar nicht zugetraut.« Aber abgesehen davon schien er auf Landis Gegenwart nicht eben viel Wert zu legen. Er nahm Anna beiseite:
»*Juditha triumphans*! Es ist ganz eindeutig deine Partie. Und dieses Spektakel heute Abend kam mir wie eine Generalprobe dafür vor.« Er legte also ganz bewusst seine Angel aus – auf diese Weise würde Anna ihm wieder allein gehören:

»Manchmal gibt uns der Himmel deutliche Zeichen – du wirst sehen, wir machen die *Judith* ganz bestimmt zusammen!« Anna nickte, aber eigentlich wäre es ihr lieber gewesen, er hätte nicht schon wieder von Musik angefangen. Er gab ihr auch gleich noch die Partitur:
»Sechs große Arien hast du darin.«
»Habe ich das?« sagte sie abwesend, sie war viel zu müde, um sich für irgendetwas zu interessieren.
Erschöpft, aber glücklich zogen sie in die Trattoria nebenan, die Landi zur Feier ihres Sieges reserviert hatte. Aber trotz aller Erleichterung wollte es Anna im Laufe des Abends nicht so recht wohl werden. Sie hatte sich zwischen Landi und Vivaldi gesetzt und hängte sich nun bei beiden gleichzeitig ein, in der Hoffnung, dass sich das zwischen ihnen herrschende Gefühl der Rivalität auf diese Weise abbauen ließe. Aber keine Rede davon – beide zogen prompt ihre Arme wieder zurück.
Zwar unterhielten sie sich einigermaßen zivilisiert miteinander, während Anna sich bemühte, ihre Aufmerksamkeit möglichst gerecht zwischen ihnen zu verteilen. Aber schließlich hatte sie von der gespannten Situation genug und stand auf, um sich ans andere Ende des Tisches zum Castrato zu setzen.
»Und das wollen intelligente Männer sein«, sagte sie traurig.
»Sie benehmen sich eher wie zwei Kampfhähne«, meinte er, »dabei müssten sie sich eigentlich gratulieren, dass sie beide den gleichen guten Geschmack haben. Doch mit Intelligenz hat Eifersucht bekanntlich nichts zu tun.
Aber vielleicht verlangst du auch zu viel von ihnen. Du bist ein verdammt reizvolles Mädchen, *Annina mia*, und

obwohl meine Natur etwas speziell organisiert ist, bin ich durchaus in der Lage, diese Reize zu empfinden. Nur lösen sie in mir keine Besitzgefühle aus – wofür ich dankbar bin. Aber bei ihnen ist das nun einmal anders.«

»Warum können sie sich nicht verbrüdern, dann wäre alles doch so viel einfacher?«

»Damit du sie beide, ohne schlechtes Gewissen, lieben kannst.«

»Genauso ist es.«

»Weißt du, was du bist, Anna? Ein Vielfraß. Ein seelischer meinetwegen, aber in jedem Fall ein Vielfraß.«

»Ausgerechnet du musst mir so etwas sagen? Noch dazu, wo ich so müde bin? Ich brauche eine Pause, Fabrizio, irgendwie kann ich nicht mehr. Gewiss, ich habe Erfolg, und zwar mehr, als ich mir je geträumt habe. Aber es ist so schnell gegangen, dass ich das Gefühl habe, ich sei nicht achtzehn, sondern bereits dreißig Jahre alt. Die Musik, das Theater – mein Leben ist von einer derartigen Intensität! Und noch dazu Vivaldi und Landi. Ich weiß, ich bekomme unerhört viel von ihnen, aber sie erwarten auch ebenso viel von mir. Das alles wächst mir einfach über den Kopf, verstehst du?«

»Natürlich verstehe ich dich, aber in gewisser Weise ist man eben immer auch das Opfer seiner eigenen Begabung. Das ist nun einmal der Preis, der zu zahlen ist.«

»Das habe ich bereits gemerkt.«

»Aber dass du trotzdem unverschämtes Glück hast, weißt du hoffentlich auch«, sagte er. Und Anna nickte.

28

Es regnete bereits seit Tagen. Wasser von oben und von unten, Venedig schien endgültig zu ertrinken. Vivaldi saß in einer Sänfte, er ließ sich zur Contessa tragen – sie hatte ihn rufen lassen.

Mit dem Ausdruck des Ekels zog er die Vorhänge der Sänfte zu, um den *horreur*, wie er den Regen bei sich nannte, nicht sehen zu müssen. Er war abgrundtief schlechter Laune. Anna hatte sich erkältet und war, da sie mit einer kolossalen Grippe zu Bett lag, seit über einer Woche nicht zum Unterricht erschienen.

Er hatte den Eindruck, als sei plötzlich das Licht in seinem Leben ausgegangen. Das einzig Erfreuliche in dieser düster triefenden und tropfenden Woche war ein Billett der Contessa gewesen:

»Hat Anna Ihnen denn nicht ausgerichtet, dass ich Sie sehen möchte?« schrieb sie. »Dieser ewige Regen zerrt an meinen Nerven, noch einen solchen Winter werde ich wohl kaum überleben. Sie könnten mir meinen Abschied erfreulicher gestalten, indem Sie mir etwas vorspielen.«

Ohne zu zögern, hatte sich Vivaldi auf den Weg gemacht, zu ihr, der er so vieles verdankte. Auf den Knien seine Geige, lauschte er auf das Prasseln des Regens auf dem Dach der Sänfte und sah dabei die strahlend schöne Frau von einst vor sich, die es fertig gebracht hatte, mit ihren fast siebzig Jahren auszusehen wie fünfzig. Er dachte dabei an ihre unzähligen Affären und an die vollendete Diskretion, mit der sie ihren Mann zeitlebens betrogen hatte. Aber er erinnerte sich auch der Art und Weise, wie sich ihr Gesicht jedes Mal verwandelte, sobald sie Musik hörte.

Stundenlang hatte er ihr vorspielen müssen, seine ersten Violinkonzerte, seine ersten Chorwerke, seine Opern, alles, was er komponierte, interessierte sie. Von seinem Genie überzeugt, hatte sie ihm nicht nur seine ersten Auftritte in der Öffentlichkeit bezahlt, sondern auch die Drucklegung seiner Violinsonaten, sein Opus Zwei, wie übrigens auch der Spitzname lautete, den sie ihm gegeben hatte. Sie benutzte ihn jedoch nur, wenn sie allein waren, auch hierin war sie also diskret, denn im Gegensatz zu anderen Mäzenen hängte sie ihre Wohltaten nie an die große Glocke.

Ihr Opus Eins war ein junger Mann gewesen, ein spanischer Graf, dreißig Jahre jünger als sie und ihre große Liebe. Durch die Beziehung zu ihm hatte sie sich in eine andere Frau verwandelt – ernst, ohne alle Koketterie, wie erschrocken über das Gefühl, das der zum Staunen schöne junge Mensch in ihr auslöste.

Inzwischen wusste Vivaldi selbst, was es hieß, sich an einen Menschen zu verlieren, und da er nicht immer leicht daran trug, glaubte er die späte Leidenschaft der Contessa zu verstehen, die man damals allgemein belächelt hatte.

In einer komplizierten Operation stieg er aus der Sänfte, denn er versuchte, seinen Geigenkasten mit seinem Mantel gegen den niederstürzenden Regen zu schützen, während er sich gleichzeitig unter den Schirm eines Dieners der Contessa bückte. Auch musste er Acht geben, nicht in eine der riesigen Pfützen zu treten, die ihn vom Eingang des Palazzo trennten. Inzwischen waren die beiden Träger der Sänfte mit einem »*Addio, maestro*« im Nebel verschwunden.

Der Diener leuchtete ihm voran. Im Piano nobile des Palazzo angelangt, holte er seinen Geigenkasten unter dem Mantel hervor und atmete auf, als er ihn trocken fand. Darauf folgte er einem weiteren Diener durch zwei riesige, feuchtkalte Gemächer, dahinter, in einem kleinen, holzgetäfelten und völlig überheizten Raum, erwartete ihn die Contessa.

Da er sie seit Jahren nicht mehr gesehen hatte, erschrak er vor ihrem Totenkopf. Nur ihr Lächeln über den hohen Backenknochen und ihre wachen Augen erinnerten noch an ihre einstige Schönheit.

»Geben Sie sich keine Mühe, höflich zu sein, Vivaldi, ich weiß, wie ich aussehe. Und weil ich meinen Freunden meinen Anblick ersparen will, verlasse ich diesen Raum nicht mehr. Sie aber wollte ich doch noch einmal sehen.«

Vivaldi beugte sich nieder und küsste ihr die Greisenhand. Als er sich wieder aufrichtete, fiel sein Blick auf das Porträt des jungen Spaniers an der Wand hinter ihr.

»Der Marqués«, sagte er sich erinnernd und sah den anmutigsten aller Menschen vor sich, der die Frauen und Männer Venedigs gleichermaßen betört hatte.

»Ja, er hat damit zu tun, dass ich Sie habe rufen lassen«, sagte die alte Frau. »Aber reden wir später miteinander, erst möchte ich Sie spielen hören.«

Vivaldi öffnete seinen Geigenkasten und entnahm ihm, behutsam und zärtlich, sein Instrument – eine Amati, die ihm die Contessa zu Beginn seiner Karriere geschenkt hatte.

»Sie wissen Geschenke zu machen«, sagte er, »Geschenke, die einen verpflichten und einen durch ihre Qualität zur Vollkommenheit förmlich zwingen. ›Mit einem Werkzeug dieser Art kann man gar nicht nachlässig arbeiten‹, haben Sie damals gesagt, ich erinnere mich genau, und Sie haben Recht gehabt. Hoffentlich hat sie durch den Regen nicht gelitten«, setzte er besorgt hinzu.
Er stimmte lange, um den Unterschied zwischen der Temperatur draußen und der des überheizten Raumes auszugleichen.
»Legen Sie ruhig Ihre Perücke ab, Opus Zwei, falls es Ihnen hier zu warm ist«, sagte die Contessa, »Ihre feuerroten Haare stören mich nicht – ich habe mich immer gefragt, ob Sie nicht am Ende der Teufel sind. Auch hinken Sie, wie ich sehe, heute ein wenig – Sie lassen also die Katze endlich aus dem Sack.«
Lachend entledigte Vivaldi sich seiner Perücke. Er stimmte noch einmal ausgiebig nach, aber dann zupfte er endlich befriedigt an den Saiten. Darauf setzte er den Bogen an und führte ihn in einem einzigen großen Elan bis oben an den Steg, um ihn gleich darauf in einer Kaskade von Doppelgriffen wieder hinabstürzen zu lassen, als bräche er Metall aus einer Klangwand.
Das Gesicht der Contessa hatte sich verjüngt, ihr Rücken straffte sich, es war, als nähme der Tod, der sich bereits ihres hinfälligen Körpers bemächtigt hatte, vor der Vitalität der Musik Reißaus. Von der Monotonie des Regens draußen war nichts mehr zu spüren, unter Vivaldis Bogenstrich hatte sie sich in ein Gewitter verwandelt, Blitze zuckten aus seinem Instrument, aus seinen Haaren – er schien in Flammen zu stehen.

Da die Amati auf die Hitze, die vom Kamin ausging, äußerst sensibel reagierte, stimmte Vivaldi ständig wieder nach, ja oft mitten in sein Spiel hinein, wodurch die Musik und das krächzende Geräusch der Saiten in Kollision gerieten. Er ließ die alte Frau nicht zur Ruhe kommen: »Dies müssen Sie sich mit Streicherbegleitung denken«, erklärte er. »Hier, an dieser Stelle, setzen die Bläser ein – *Il Sospetto* habe ich das Stück genannt, dies dagegen *Il Piacere*«, und er modulierte gefällig, nahm seine Erregung zurück, indem er sie zu einem sanften, seidenen Klang dämpfte.

»Es tut mir Leid, aber vieles von dem, was ich geschrieben habe, ähnelt sich. Bei der Masse der Musik, die ich zu produzieren habe, kann ich unmöglich immer originell sein. Aber dies hier ist etwas ganz Neues, hören Sie nur« – und er mäßigte sich zu einem Adagio der allergrößten Ruhe, das seine Liebe zu Anna ihm eingegeben hatte. Sein Gesicht entspannte sich.

Er setzte den Bogen ab, und erst nach einer langen Pause legte er ihn noch einmal zu einem C-Dur-Akkord ohne jede Trübung auf die Saiten, den er unendlich langsam und gleichmäßig ausstrich. »Möglicherweise ist dies Gott«, sagte er andächtig, »oder vielleicht doch eher das?«, und er brach die einfache Kraft des C-Dur-Akkordes, die im Raum gestanden hatte wie ein Gebirge, in tausend tönende Gesteinssplitter auseinander.

»Lassen Sie es für heute gut sein, Vivaldi«, sagte die alte Frau erschöpft, »aber kommen Sie wieder, denn Sie machen mir noch einmal Lust zu leben mit Ihrem schönen Wahnsinn. Und da hatte ich gedacht, ich sei bereits gestorben!«

»Solange man sich noch begeistern kann, stirbt man nicht«, sagte er, wickelte sein Instrument in ein wollenes Tuch und legte es wie ein geliebtes Kind vorsichtig zurück in den Geigenkasten.

»Sie sind ein gottbegnadeter Mensch, Vivaldi, aber gleichzeitig auch ein ganz gefährlicher Hund. Manchmal frage ich mich, ob man Sie überhaupt auf die Mädchen der Pietà loslassen sollte. Und damit kommen wir zu dem eigentlichen Grund, warum ich Sie hergebeten habe. Ich wollte mit Ihnen über Anna sprechen.«

»Über Anna?«

»Oder besser gesagt – über Anna, Landi und Sie. Setzen Sie sich zu mir her, dann spricht es sich leichter«, sagte sie zu Vivaldi, der immer noch entgeistert vor ihr stand.

»Anna war hier. Sie wollte mit mir reden, denn sie hat das Gefühl, sich zwischen Landi und Ihnen aufzureiben.« Mit steifem Rücken und so weit wie möglich von der Contessa entfernt, setzte sich Vivaldi in die andere Ecke des Sofas, als wolle er sich von vornherein gegen das, was sie sagen würde, verwahren.

»Ich habe versucht, Anna zu helfen, indem ich ihr erklärt habe, wer Sie sind.«

»Ich dächte doch, dass ich das selbst am besten kann.«

»Da bin ich nicht so sicher. Es ist schwer, sich selbst ehrlich zu sehen, ein Außenstehender kann das im Allgemeinen besser. Und da ich Sie recht gut zu kennen glaube, habe ich ihr zu Landi geraten.« Vivaldi sah sie sprachlos an.

»Lassen Sie Anna in Ruhe und bringen Sie sie mit Ihrer Liebe nicht durcheinander, sondern beschränken Sie sich darauf, ihr zu helfen, sich selbst und ihre Fähigkeiten zu entdecken. Seien Sie ihr Lehrer und nicht ihr Liebhaber, denn dazu taugen Sie nicht. Mäßigen Sie sich, Vivaldi, und besinnen Sie sich auf Ihre Soutane.«

»Das sagen Sie mir, die Sie sich alles erlaubt haben in Ihrem Leben, sogar ihn?« sagte Vivaldi und wies mit dem Kopf auf das Porträt des jungen Spaniers.

»Nein, ihn eben nicht, auch wenn es mir niemand glaubt. Es war nichts als eine Freundschaft, und auf diese Weise sehr viel mehr und außerdem von Dauer.« Erregt griff sie nach dem Glas mit dem Granatapfelsaft, das der arrogante Diener ihr mit stoischem Gesicht gereicht hatte. Aber ihre Hand zitterte so sehr, dass sie die Hälfte davon auf ihr Spitzenkleid verschüttete. Sie merkte, dass dies Vivaldi nicht entgangen war.

»Sehen Sie, ich wollte nicht, dass er mich eines Tages so sieht und sich vor mir ekelt. Deshalb habe ich ihn zurück nach Spanien geschickt. Erst als er nicht mehr in Venedig war, wurde ich mir bewusst, wie einsam einen der Stolz macht und dass auch er nichts weiter ist als eine Illusion. Glauben Sie mir, ich habe ihn mehr geliebt als alle die anderen, und ich liebe ihn immer noch.

Da denken die Jungen, wir Alten hätten keine heftigen Gefühle mehr. Aber dem Unmöglichen muss man eine Form geben, die es möglich macht, sonst macht man sich lächerlich.« Vivaldi sprach an ihr vorbei ins Feuer:

»Ich habe mich, was das angeht, durch meine Soutane immer irgendwie beschützt gefühlt, aber mit dem Augenblick, als Anna in mein Leben trat, war genau das Gegenteil der Fall. Plötzlich hatte ich den Eindruck, als habe mir mein Vater, indem er mich zwang, die Weihen zu nehmen, das Kostbarste im Leben vorenthalten. Ich kam mir vor, als hätte man mich kastriert.«

Er schwieg, als habe er ein Geheimnis verraten, und lauschte auf die Stille im Raum. Indem er seine Stimme nochmals zurücknahm, sagte er fast unhörbar: »Erinnern Sie sich an das Adagio in g-Moll, das ich vorhin gespielt habe? Das war sie, Anna.«

»Damit haben Sie die Form, von der ich sprach, bereits gefunden.«

Nach einer Weile stand Vivaldi auf und drückte einen Kuss auf die Hand der alten Frau. Der Regen hatte aufgehört, aber an den Fensterscheiben leuchteten seine Tropfen im Schein der Kerzen noch immer wie Perlen. Ein anderer Diener war ins Zimmer getreten und legte im Kamin zwei große Scheite nach. Das Feuer loderte auf und knisterte.

»Man will mich rösten«, sagte die alte Frau, »und schürt das Höllenfeuer für mich bereits hienieden. Vielleicht lässt man auf diese Weise Gnade vor Recht ergehen und erlässt mir die Qualen, wenn es einmal so weit ist.« Noch einmal küsste Vivaldi ihr die Hand.

»Und denken Sie gefälligst daran, was ich Ihnen im Hinblick auf Anna gesagt habe. Wenn Sie meinen Rat befolgen, bezahle ich Ihnen Ihre nächste Premiere.«

»Sie glauben doch wohl nicht im Ernst, dass ich mich auf so etwas einlasse, das ist ja blanke Erpressung!«

»Warum nicht, es wäre für alle Beteiligten eine vernünftige Lösung.«

»Sie machen mir Angst, Contessa.«

»Ich glaube eher, dass wir uns gegenseitig Angst machen, und zwar, weil wir uns so ähnlich sind. Doch wir sollten versuchen, wenigstens dann und wann reines, klares

C-Dur zu spielen, auch wenn uns das im Grunde genommen nicht liegt.«

Wieder schwiegen sie und hörten dem Knistern des Feuers zu.

»Aber jetzt lassen Sie mich allein. Und wie gesagt – was die Premiere Ihrer nächsten Oper anbelangt, können Sie auf mich zählen. Mit Ihrer Beziehung zu Anna hat das natürlich nichts zu tun, damit müssen Sie selbst fertig werden.«

»Sie haben wie immer das letzte Wort«, sagte Vivaldi, aber als er sich verabschiedete, hatte er den Eindruck, als blickten die Augen des jungen Spaniers auf dem Porträt noch rätselhafter als sonst.

29

Landi war wegen einer Erbschaftsangelegenheit in Florenz gewesen. Er hatte von dort einen ganzen Stapel Bücher und Manuskripte, Giordano Bruno betreffend, mitgebracht und redete begeistert von seiner Arbeit. Anna merkte dabei, wie sehr ihr die Gespräche mit ihm gefehlt hatten.

Aber nicht nur das – das Bewusstsein, dass er am Abend nach den Proben auf sie wartete, gab ihr ein Gefühl der Sicherheit und brachte sie nach den Eitelkeiten und Intrigen eines Opernalltags seelisch wieder ins Gleichgewicht.

Die gelegentliche Entfernung von dem Menschen, den man liebte, war also ein untrügliches Mittel, um den Wert und die Bedeutung einer Beziehung zu erkennen. Für diese Einsicht gab sie sich die Note *Eins*. Sie fand es zwar selbst ein wenig lächerlich, dass sie dies immer noch tat, aber das Notengeben war nun einmal ein Überbleibsel aus ihrer Kindheit, auf das sie daher nicht verzichten wollte.

Sie fand Landi, als sie in ihrem kleinen Café auf ihn zutrat, in ein Buch vertieft. Vorsichtshalber hatte er immer etwas zum Lesen bei sich, da er ungern wartete – doch bei ihr schien es ihm nichts auszumachen, denn er kam jeden Abend.

»Da bist du ja«, sagte er, klappte sein Buch zu und sprang

auf. »Wie war die Probe?« Sie erzählte ihm kurz ihren Tag und befreite sich damit von der Nervenanspannung, die mit ihrem Beruf verbunden war. Von Vivaldi sprach sie so wenig wie möglich, da sich sonst, wie sie wusste, Landis Gesicht sogleich verfinsterte. Gemessen an seiner Eifersucht, musste seine Liebe zu ihr sehr groß sein, und doch hätte sie auf Beweise dieser Art nur allzu gern verzichtet.

»Hättest du Lust auf einen kleinen Spaziergang durch die Stadt, mit gelegentlichen kulturhistorischen Erläuterungen«, fragte er selbstironisch, »oder sollen wir den Abend lieber bei mir verbringen?«

Anna war seit kurzem seine Geliebte. Landi hatte sie in seiner delikaten Weise nicht dazu gedrängt, die Initiative war von ihr selbst ausgegangen. Sie hatte damit die Konsequenzen aus ihrer Unterredung mit der Contessa gezogen und war auf diese Weise das ihr unerträgliche Gefühl, auf beiden Schultern Wasser zu tragen, endgültig losgeworden.

Auch dieser Abend war gewissermaßen eine Premiere gewesen, aber sehr viel aufregender noch als alle im Theater erlebten, und sie hatte ihn ebenso herbeigesehnt, wie sie sich vor ihm gefürchtet hatte.

Da sie in allem, was sie tat, eine sorgfältige Natur war, hatte sie sich überlegt, dass es vielleicht das Beste sei, wenn sie Landi zunächst etwas vorsingen würde. Das tat sie denn auch, wobei sie sich auf der Laute mit ein paar Griffen begleitete, die Luigi ihr beigebracht hatte. Und was dann geschah, war eigentlich nichts weiter als die natürliche Folge der Sinnlichkeit in ihrer Stimme, die so groß war, dass sie, wenn sie an diesem Abend keine Erfüllung

gefunden hätte, für Landi zu einer Qual geworden wäre.
Anna staunte noch immer, wenn sie an diesen Abend zurückdachte. Am Theater hatten sie zwar wissen wollen – über was redete man dort nicht alles während der endlosen Proben! –, von den Intellektuellen sei in dieser Beziehung nicht eben viel zu erwarten. Doch genau das Gegenteil war der Fall gewesen.
Landi hatte sich als ein ausgesprochen begabter Liebhaber erwiesen, nicht weniger phantasievoll, als wenn er erzählte oder philosophierte, überraschend, erfinderisch, heftig und zärtlich zugleich, dabei mit einem Blick für die Komik der von Anna so sorgfältig eingefädelten Situation, dass diese erste Nacht für sie beide zu einem Erlebnis jenseits aller Erwartung geworden war.
»Ich habe dich immer als meine Frau betrachtet«, hatte er gesagt, als sie schließlich nebeneinander lagen und sich nur noch ihre Hände berührten, »vom ersten Augenblick an, als ich dich im Palazzo Dolfin habe singen hören.« Und dass er das sagte, hatte Anna sehr glücklich gemacht, denn auch sie war sich von Anfang an des Schicksalhaften ihrer Begegnung bewusst gewesen, auch wenn dieses neue Gefühl ihr im Hinblick auf Vivaldi gewaltig zu schaffen gemacht hatte.
Trotzdem wollte sie jetzt nicht mit Landi nach Hause, sondern lieber ein paar Schritte gehen, denn die Probe für Vivaldis neue, schwierige Oper war turbulent und dementsprechend anstrengend gewesen. Ihre Arie im zweiten Akt hatte man unzählige Male wiederholt, da sie mit einem komplizierten Bühnenumbau koordiniert werden musste, der absolut nicht klappen wollte, bis alle Beteilig-

ten derartig nervös gewesen waren, dass man die Probe abgebrochen hatte.

»Wir könnten bis zum Arsenal gehen, was meinst du?« fragte Landi, und Anna nickte. Aber in Gedanken war sie noch immer bei ihrer neuen Partie. Landi redete nicht, denn er wusste – direkt nach den Proben musste er Anna erst eine Weile in Ruhe lassen. Sie mieden die überfüllte Piazza, nahmen ihren Weg durch die weniger belebten hinteren Gassen und näherten sich dem Arsenal von der Seite her, entlang einem kleinen Nebenkanal.

Gemessen an seiner Bedeutung für die Geschichte Venedigs, wirkte das Portal des Arsenals überraschend zierlich. Mit seinem Schmuck antiker und mythologischer Statuen, die sich anmutig gegen den roten Backstein abhoben, ließ es eher an den Eingang eines kleinen Theaters denken.

»Schau doch nur, wie komisch er aussieht«, sagte Anna und wies auf den rechten der beiden Marmorlöwen, der mit dem Ausdruck edlen Schmerzes den Kopf zur Seite wandte.

»Sie stehen erst seit dem Ende des letzten Jahrhunderts hier. Francesco Morosini, seines Zeichens Kapitän zur See in den Diensten der Serenissima, hat sie nach seinem Sieg über die Türken aus Griechenland hierher überführt. Sie gehörten im Hafen von Athen zu einem antiken Brunnen – es stört dich doch nicht, wenn ich etwas erkläre?«

»Aber im Gegenteil, von Vivaldi kriege ich dergleichen ja nicht zu hören«, meinte sie. »Vermutlich weiß er nicht einmal, in welcher Stadt er sich überhaupt aufhält, denn er ist auf geradezu phantastische Weise einseitig. Das Einzige,

was ihn an Venedig interessiert, sind, nehme ich an, dessen verschiedene Opernhäuser und das Ospedale della Pietà.«
Weil Annas Erwähnung Vivaldis diesmal einigermaßen einschränkend ausgefallen war, hatte Landi offensichtlich nichts dagegen.
»Weißt du«, sagte er, »wem wir letzten Endes die Gründung Venedigs verdanken? Dem Hunnenkönig Attila.«
Anna sah ihn ungläubig an.
»Doch, ganz im Ernst – weil nämlich die Einwohner von Aquilea, der damaligen Hauptstadt Venetiens, vor seinen wilden Horden hierher auf die Sandbänke der Lagune geflohen sind.«
Nach den Unerfreulichkeiten des Theaterbetriebs empfand Anna diese abendlichen Spaziergänge und ihre damit verbundenen Gespräche jedes Mal wieder wie eine Belohnung. Landi zuzuhören war ein Vergnügen, denn er schöpfte bei seinen Erzählungen so aus dem Vollen, dass er es sich leisten konnte, sein Wissen nur ganz beiläufig, ohne jede Prätention, zu vermitteln.
»Willst du noch mehr hören, oder hast du bereits genug?« fragte er.
»Erzähl mir, wie es mit Venedig weiterging.«
»Nun ja, fassen wir die Sache ein wenig zusammen. Wichtig ist immerhin, dass man um das Jahr 828 die Reliquien des heiligen Markus nach Venedig überführte, und zwar unter denkbar abenteuerlichen Umständen. Man schmuggelte sie nämlich unter Schweinefleisch versteckt aus Alexandria heraus, um sie vor dem muslimischen Zollbeamten zu schützen – wie findest du das?« Anna lachte: »Nicht sonderlich appetitlich.«
»Darauf erklärte man den Heiligen zum Schutzpatron der

Stadt und errichtete ihm zu Ehren den Markusdom, den ich in seiner äußeren Gestalt ehrlich gesagt nicht weniger abenteuerlich finde. Ich kann mir nicht helfen – er erinnert mich nun einmal an die Kriegszelte der Türken.«

»Darauf wäre ich zwar nicht gekommen, aber du hast gar nicht so Unrecht damit.«

»Jedenfalls ist er ein ideales Dekor für alle Arten von Festivitäten, und dafür hatten die Venezianer ja schon immer eine besondere Schwäche. Denk nur an die alljährliche symbolische Vermählung des Dogen mit dem Meer, an Bord des *bucentoro*, der ja auch hier gebaut wird – gleichzeitig Symbol der Macht Venedigs als auch der Kapazität seines Arsenals.«

Auf Landis Worte hin blickte Anna sich um – kein Mensch weit und breit, das Arsenal lag verödet.

»Anscheinend sind die Arbeiter bereits nach Hause gegangen«, sagte sie.

»Es sieht ganz so aus. Gegen die Glanzzeit Venedigs, wo viele Tausende hier beschäftigt waren, sind es heute sowieso nur noch verschwindend wenige. Ja, es heißt, die Maschinen in den Werften fingen bereits an zu rosten. Venedig ist müde, müde von einer außerordentlichen Anstrengung, was nicht weiter verwunderlich ist, wenn man bedenkt, dass hier bereits seit über sechshundert Jahren Schiffe gebaut werden.

Das, was du heute hier siehst, ist bereits die dritte Version des Arsenals, das sogenannte *Arsenale Nuovissimo*. Es war die Antwort der Venezianer auf die wachsende Bedrohung durch das osmanische Reich – ständig mussten sie sich gegen den Neid der anderen Völker verteidigen! Das brachte den Rat der Stadt auf die Idee, die Schiffe den

Kaufleuten – von denen sich inzwischen viele zu Aristokraten stilisiert hatten – nur zu leihen. Im Kriegsfall waren sie dann verpflichtet, sie auszurüsten und mit in den Kampf zu schicken. Genial, nicht wahr?«

»Bei der Auseinandersetzung mit den Türken auf Korfu ist auch unser Portier vom Sant' Angelo dabei gewesen«, sagte sie. »Es ist das große Ereignis seines Lebens, seitdem schwärmt er geradezu von Griechenland. Weil ich ihn immer wieder zum Erzählen animiere, hat er eine kleine Schwäche für mich und lässt mich auch während der Ferien im Theater üben.« Landi lachte:

»Du bist ganz schön raffiniert.« Anna lachte.

»Was willst du – schließlich muss ich ja irgendwo üben können! Aber abgesehen davon interessiert es mich wirklich.« Landi wurde wieder ernst:

»Man kann nur hoffen, dass der Sieg von Korfu nicht der letzte der Serenissima gewesen ist. Denn bei der gegenwärtigen Dekadenz interessieren sich ihre Söhne eher für ihre Mätressen oder fürs Kartenspiel und verschleudern auf diese Weise das Vermögen ihrer Familien. Der Idealismus, von dem Venedig einst getragen wurde, ist beim Teufel, und wie soll man ohne ihn für etwas kämpfen!«

»Übrigens hat Vivaldi zur Feier dieses Sieges ein *Sacrum militare Oratorium* geschrieben, *Juditha triumphans*, eine Art Huldigung an die Serenissima. Da er vorhat, das Stück in nächster Zeit wieder aufzuführen, hat er mir die Noten davon gezeigt. Ich sage dir, diese Judith ist eine phantastische Partie, sie würde mich reizen!«

»So, tut sie das«, sagte Landi trocken. Da war sie wieder, seine törichte Eifersucht – konnte man denn nicht wenigstens über Vivaldis *Musik* vernünftig mit ihm reden? Immer wieder kam es über diesen Punkt zwischen ihnen zu Unstimmigkeiten, daher fiel es Anna schwer, ihren Ärger zu verbergen. Landi versuchte einzulenken:

»Es tut mir Leid.«

»Musst du immer reagieren wie ein kleiner Junge, sobald nur Vivaldis Name fällt? Er ist nun einmal mein Lehrer, und ein berühmter Komponist ist er noch obendrein, inzwischen erwähnt man ihn sogar in den Reiseführern, wie eine Sehenswürdigkeit. Das hat mir der Castrato erzählt. Gott sei Dank ist wenigstens er nicht eifersüchtig.«

»Er ist ja auch nicht dein Liebhaber.«

»Lieber Gott, Antonio, meine Beziehung zu Vivaldi ist die unschuldigste Sache von der Welt. Ich bewundere ihn.«

»Das ist es ja eben. Die Begeisterung, mit der du von ihm sprichst, finde ich schwerer zu ertragen, als wenn du mich mit ihm hintergehen würdest.«

»Das ist doch wohl nicht dein Ernst.«

»Doch. Kann man sich denn nicht geistig genau so nahe kommen, als wenn man miteinander schläft?« Es war ein Gedanke, der ihr schon gekommen war, und so schwieg sie betroffen.

»Eifersucht ist Angst vor dem Vergleich«, sagte er leise.

»Aber den brauchst doch gerade du nicht zu scheuen!« Er zuckte nur die Schultern – offenbar durfte sie tatsächlich bei dem einen nicht über den anderen reden. Aber war das nicht jammerschade? Denn sie teilte gern, auch ihre Freuden und Vorlieben.

Hatte der rechte der beiden Löwen nicht gerade genickt? Jedenfalls wirkte er leicht angewidert, als sei ihm dieses ganze Gerede über Eifersucht zu dumm. Er hatte Recht, und man musste Landis gelegentliche Rückfälle in diese ärgerliche Krankheit ganz einfach ignorieren. Darum nahm sie jetzt seine Hand und bat:

»Erzähl mir bitte weiter.« Aber Landi blickte sie nur unglücklich an, das leidige Thema hatte ihm offenbar die Lust genommen. Nachdem sie eine Weile geschwiegen hatten, sagte er:

»Weißt du – ich muss dich schon mit all den Zuschauern im Theater teilen, da hätte ich dich wenigstens privat gerne für mich allein.«

»Aber du hast mich ja, mehr kannst du mich doch gar nicht haben.« Und das war es offenbar, was er hören musste, denn auf einmal schien er wie ausgetauscht. Dass Leidenschaft nach außen hin so ruhig und doch so tief und heftig sein konnte, dachte sie. Müde lehnte sie ihren Kopf gegen Landis Schulter, und das ließ ihn noch einmal weitererzählen:

»Anlässlich der Schlacht von Lepanto erreichte die Kapazität des Arsenals ihren absoluten Höhepunkt. Man stelle sich vor – sechzigtausend Arbeiter waren seinerzeit hier beschäftigt, wodurch man in der Lage war, in nur knapp zwei Monaten an die hundert Kriegsschiffe auszurüsten, über die Hälfte also aller gegen die Türken kämpfenden Schiffe.«

»Eine merkwürdige Vorstellung – eine Flotte zu bauen in einer Stadt, die selbst bereits gewissermaßen im Meere schwimmt.«

»Du hast ganz Recht, aber ist denn letzten Endes nicht alles merkwürdig in Venedig? Die Arbeiter des Arsenals waren in der Stadt übrigens hoch angesehen, was sich daran zeigt, dass sie, als Anerkennung ihrer Arbeit, am Himmelsfahrtstag den *bucentoro* für den Dogen rudern durften.«

»Das gefällt mir.«

»Nicht wahr? Es war auf diese Weise noch ein richtiges Fest, denn sie feierten damit gleichzeitig auch sich selbst.« Landi hatte sich aufs Neue in Begeisterung geredet, er sah glücklich aus – der Nebenbuhler war vergessen. »Doch ich rede davon, als gehörte es der Vergangenheit an«, sagte er, »dabei ist es ja auch heute noch so. Denn den Sinn für *bellezza* und großen Aufwand haben die Venezianer nun einmal gepachtet.

Aber findest du nicht, wir sollten uns allmählich auf den Heimweg machen?« Ein Schwarm von Vögeln flog über sie hinweg.

»Wo sie nur herkommen«, sagte Anna, »wo es hier doch kaum Bäume oder Sträucher gibt. Bauen auch sie sich inzwischen ihre Nester auf dem Wasser?«

»Ich nehme an, sie kommen von der Spitze der Insel. Dort kann man sich auch heute noch ein Bild davon machen, was die Flüchtlinge aus Aquilea einst hier vorgefunden haben – nichts als Sand und Dünen. Mut hatten sie ja schon, wenn man bedenkt, dass dieser grässliche Attila hinter ihnen her war. Es dürfte wohl eher der Mut der Verzweiflung gewesen sein, nehme ich an.«

»Den habe ich heute bei den Proben auch bewiesen, ja, es blieb mir gar nichts anderes übrig, denn du kannst dir nicht vorstellen, wie es dabei zuging! Die Orchestermusiker lasen ihre Stimmen vom Blatt – oft wusste ich nicht einmal mehr, wo die Eins war!« Und nun hätte sie ihm gern erzählt, wie sich das Chaos unter Vivaldis Händen allmählich in Musik verwandelt hatte. Aber wie die Dinge nun einmal lagen, behielt sie es lieber für sich.

»Hast du nicht allmählich furchtbaren Hunger?« fragte sie stattdessen.

»Es kommt darauf an, was du darunter verstehst.«

»Mein lieber Antonio – meinst du nicht, dass du dich lieber auf deine Rolle eines geistigen Mentors besinnen solltest, anstatt mich durch Suggestionen zweifelhafter Natur zu verwirren?«

»Nur aus der Verbindung des Geistigen mit dem Sinnlichen erwächst wahre Kunst.«

»Ich bin dir aufrichtig dankbar für diese Erklärung.«

Und glücklich wanderten sie die Riva degli Schiavoni entlang, vor der in der abendlich gefärbten Lagune die Masten der Handelsschiffe erfolgreich den Wald ersetzten, der Anna in Venedig bisweilen fehlte.

30

Vivaldis *Farnace* war längst in der Versenkung verschwunden, und bei der ständigen Gier der Venezianer nach Neuem würde die Oper mit Sicherheit auch in der nächsten Spielzeit nicht wieder aufgenommen werden. Und so schrieb er bereits an einem weiteren Bühnenstück für das Sant' Angelo – bei der Leichtigkeit, mit der er komponierte, fiel es ihm nicht schwer, sich dem Verschleiß der Serenissima an Opern anzupassen. Ja, er leistete diesem absurden Bedürfnis nach Zerstreuung geradezu Vorschub, indem er Musik schrieb so wie andere Leute Briefe.

Anna durfte mit ihrer ersten Saison wahrhaft zufrieden sein, denn trotz ihrer Jugend hatte sie sich nicht nur als eine Sängerin von Format bestätigt, sondern auch als ein ausgesprochenes Bühnentalent. Grimani rieb sich die Hände – jede Vorstellung des *Farnace* war ausverkauft gewesen, und so viel stand bereits fest, dass Anna auch die nächste Vivaldi-Premiere singen würde.

Das Wetter war noch keineswegs drückend, sondern klar wie Kristall – es gab also eigentlich gar keinen Grund, die Stadt zu verlassen. Trotzdem fand, gemäß langjähriger Sitte, der allgemeine Umzug auf das angrenzende Festland, *la villeggiattura*, wie immer am Festtag des heiligen Antonius statt, und das war nun einmal der 5. Juni.

Termingerecht waren auch Paolinas Lilien, die sie, in Ermangelung eines Gartens, auf ihrem Balkon in Töpfen zog, an diesem Tag aufgegangen, denn schließlich hießen sie ja auch *gigli di San Antonio*. Wie Paolina das anstellte, war Anna unbegreiflich, aber es klappte jedes Jahr.

Der Castrato hatte sie mit seiner Marotte angesteckt, überall mysteriöse Zusammenhänge zu wittern. Seitdem untersuchte sie alle möglichen Daten wie Geburts- oder Namenstage auf irgendwelche zahlenmäßige Entsprechungen, wodurch sie sich noch zusätzlich in ihrer Sehnsucht nach der Brenta bestätigt sah! Denn das Fest des heiligen Antonius, an dem alljährlich der Umzug an die Brenta stattfand, war gleichzeitig auch der Namenstag Landis sowie der Vivaldis, da schließlich beide Antonio hießen! Wer hätte gewagt, bei einer solchen Häufung von Zufällen noch von Zufall zu reden – die Sache war ganz eindeutig schicksalhaft.

Zwar war sie sich bewusst, dass Überlegungen dieser Art Landis Ansprüchen der Logik in keiner Weise genügten, aber sozusagen aus Protest gegen seinen ständig wachsenden Einfluss gefiel sie sich in solchen und ähnlichen Spekulationen.

Träumereien von der Brenta waren auch der Grund, weshalb sie bei der nächsten Probe mit Vivaldi so unkonzentriert war, dass der Maestro sie bereits zweimal gerügt hatte. Sie arbeiteten an seiner *Juditha triumphans*, die tatsächlich mit Anna in der Titelrolle zur Wiederaufführung gelangen sollte.

Seit Beginn der Probe hatten sich die Schatten an der Hauswand gegenüber um ein ganz beträchtliches Stück verschoben, was kein Wunder war, da sie bereits über drei Stunden an dem anspruchsvollen Stück arbeiteten. Anna war müde, nicht so sehr stimmlich, als vielmehr weil sie Vivaldi merkwürdig verändert fand – extrem fordernd wie immer, dabei aber merklich kühler, sodass sie sich nicht wie sonst von seiner Zuneigung getragen fühlte. Auch sah er ständig an ihr vorbei, wenn er etwas erklärte, was sie außerordentlich irritierte. Was war mit ihm los?

»Alle verlassen die Stadt, nur wir beide schinden uns wieder einmal«, beschwerte sie sich denn auch, »dabei findet unser Konzert doch erst im Spätherbst statt. Meinst du nicht, auch wir hätten endlich Ferien verdient?«

Aber Vivaldi erwiderte, er stecke mitten in der Komposition seiner neuen Oper und nehme sich sonst für niemand Zeit – sie solle sich also gefälligst zusammennehmen. Zum ersten Mal fühlte sich Anna von ihm ausgebeutet. Obwohl sie bereits drei der schwierigen Arien mehrfach auseinander genommen und wieder zusammengesetzt hatten, attackierte Vivaldi, ohne auch nur im Geringsten auf sie Rücksicht zu nehmen, auch noch eine vierte Arie, als Anna merkte, dass sie völlig erschöpft war. Sie protestierte:

»Proben dieser Art bringen mich ganz einfach um, Antonio, wenn du so weitermachst, habe ich bald keine Stimme mehr.« Endlich löste sich seine Verkrampftheit, er ließ seine erkünstelte Zurückhaltung fahren und ergriff entschuldigend ihre Hand. Sie spürte dabei, wie nervös er war – sofort war sie wieder versöhnt.

»Stell dir einmal vor«, sagte sie weich, »du kämst mich an der Brenta besuchen, denn ich kann das Gütchen meines Onkels tatsächlich für die nächsten Wochen haben. Vogelgezwitscher und der Geruch von frisch gemähtem Gras – also nichts als Ruhe, fern aller Hektik unseres geliebten

Sant' Angelo. Wäre das nicht genau, was du brauchst?« Aber Vivaldi wollte nichts davon hören:
»Ich kann meine Arbeit unter gar keinen Umständen unterbrechen, so gut wie jetzt geht es nicht immer, beim Komponieren muss man es eben nehmen, wann es kommt. Und im Augenblick habe ich das Gefühl, als bekäme ich es geradezu diktiert. Du kannst mir glauben, ich habe noch nie etwas Besseres geschrieben.« Und doch hatte Anna den Eindruck, als stecke etwas anderes hinter seiner Ablehnung.
»Wenn du so weitermachst, wirst du mit Sicherheit wieder krank werden«, sagte sie, »ich habe deine letzte Krise noch immer nicht vergessen.«
Bei so viel Fürsorge und Zärtlichkeit ihrerseits fiel es ihm schwer, seine der Contessa versprochene Zurückhaltung durchzuhalten. Wie sollte man Grenzen ziehen, wenn einem das Herz überging?
»Was du brauchst, ist eine Abwechslung«, fuhr Anna fort. »Und wenn du es ohne Arbeit nicht aushältst, kannst du ja auch an der Brenta komponieren, aber etwas, das dich entspannt – ein Violinkonzert über eine Nachtigall meinetwegen. Du musst verzeihen, wenn ich dir mit solch törichten Vorschlägen komme, aber ich mache mir eben Sorgen um dich.«
Doch er blickte strikt an ihr vorbei, als sei es verboten, sie anzusehen, und kapselte sich noch weiter ab. Anna machte einen letzten Versuch:
»Wir könnten zusammen spazieren gehen, ich würde kochen, das kann ich nämlich auch, wie du weißt. Du solltest mich einmal als Hausfrau erleben, nicht immer nur als Sängerin, die kennst du ja inzwischen zur Genüge.« Aber

er reagierte immer gleich abweisend – die Sängerin interessiere ihn entschieden mehr. Anna verlor allmählich die Geduld:
»Soll ich dir etwas sagen, Antonio? Zum ersten Mal habe ich genug von der Musik. Ich hätte nicht gedacht, dass das überhaupt möglich wäre, und darum werde ich diesmal tatsächlich an die Brenta fahren. Denn ich kann keine Steine und keine Kanäle mehr sehen, sondern möchte endlich einmal wieder auf einem ganz normalen Waldweg spazieren gehen und dabei die Wurzeln der Bäume unter meinen Fußsohlen spüren.« Inzwischen war sie das Betteln endgültig leid, und so versuchte sie, ihn, koste es, was es wolle, aus seiner Defensive herauszulocken, obwohl sie sich damit auf gefährliches Terrain begab:
»Übrigens fährt auch Landi morgen an die Brenta.« Der Erfolg war, dass Vivaldi die Ohren spitzte. »Seine Familie besitzt dort ein Landhaus, das Palladio gebaut hat, mit exquisiten Fresken darin. Ich bin sicher, er würde sie dir gerne zeigen.«
Aber damit hatte sie einen taktischen Fehler gemacht, denn aus Vivaldi war kein weiteres Wort herauszubekommen. Er verschanzte sich hinter seinem Cembalo und arbeitete mit ihr verbissen an seiner *Juditha* weiter, obwohl sie dazu nicht die allergeringste Lust verspürte. Warum hatte sie auch Landis Namen aufs Tapet gebracht, denn nun dachte Vivaldi natürlich, dass sie seinetwegen an die Brenta fahren wollte! Aber sie war dieses ewige Versteckspielen so leid, dass sie versuchte, die Sache ein für alle Mal zu klären:
»Findest du nicht, dass dies eine Gelegenheit wäre, euch endlich einmal besser kennen zu lernen? Ihr könntet mit-

einander über Literatur, über Musik oder sonst was reden, schließlich seid ihr ja beide kultivierte Menschen – ich könnte mir das ausgesprochen sympathisch vorstellen.«

Zum ersten Mal seit dem Beginn dieser endlosen Probe blickte Vivaldi sie an, aber den Ausdruck seiner Augen konnte sie nicht deuten. Immerhin schien er nicht mehr grundsätzlich dagegen zu sein. Deshalb wagte sie sich noch weiter vor:

»Ich richte dir oben unterm Dach des Gütchens ein Gastzimmer ein, dorthin kannst du dich verkriechen, wann immer du willst. Und ich warte einfach – kommst du, so freue ich mich, kommst du nicht, so ist es auch gut. Du bist also vollkommen frei.«

Sie machte ihn ganz krank mit ihren Vorschlägen, denn von ihrer Sprechstimme ging die gleiche Verführung aus, wie wenn sie sang. Verlangte die Contessa nicht ganz einfach das Unmögliche von ihm? Nein, es war völlig undenkbar, sie einen Sommer lang nicht zu sehen.

»Vielleicht machen wir besser für heute Schluss«, sagte er, aber irgendwo in seinem Kopf hatte sich der Gedanke an die Brenta eingenistet.

31

Auch diesmal wartete Landi nach der Probe im Café nebenan auf Anna. Als sie in Begleitung Vivaldis auf ihn zutrat, erhob sich Landi höflich, aber Vivaldi nickte nur ganz kurz und verschwand ohne ein Wort.
»Was hat er denn?« fragte Landi überrascht.
»Ich weiß nicht, er ist augenblicklich sehr schwierig. Er schreibt an einer neuen Oper, wahrscheinlich ist das der Grund.«
»Du siehst müde aus – sollen wir trotzdem ein bisschen gehen?«
»Ja, vielleicht bringt mich das auf andere Gedanken, mein Gott, war diese Probe strapaziös!«
Sie stöberten zunächst ein wenig auf dem Flohmarkt des Campo di Rialto. Dort boten Trödelhändler in riesigen Körben Unmengen von Porzellan an, billige Dutzendware, aber auch Möbel und schlecht gemalte Bilder mit den ewig gleichen venezianischen Motiven. Aber Anna sah überall nur flüchtig hin, denn mit ihren Gedanken war sie noch bei dieser unerfreulichen Probe. Aber dann entdeckte sie unter allerhand Gerümpel eine schöne alte Öllampe, die ihr gefiel. Der Mann machte ihr einen guten Preis.
Zufrieden schlenderten sie mit ihrer Lampe weiter den Quai entlang. Mit Blick auf die Rialtobrücke tranken sie ein Glas Orvieto, dabei begann Landi seine Erklärungen zum Thema Venedig:

»An der gleichen Stelle hat zunächst eine hochklappbare hölzerne Brücke gestanden – die du übrigens auf einem Bild Carpaccios in der Scuola San Giovanni sehen kannst. Wenn du willst, gehen wir einmal zusammen dort vorbei. Anlässlich des Namenstages irgendeines Heiligen, dessen Namen mir gerade nicht einfällt, ist sie unter dem Gedränge der Menschenmenge zusammengebrochen.
Daraufhin hat die Stadt einen Wettbewerb für einen Neubau der Brücke in Stein ausgeschrieben. Dabei hat auch Palladio einen Entwurf eingereicht, aber der eines anderen Architekten wurde dem seinen vorgezogen. Dank ihrer hohen Wölbung gewährt dessen neue, originelle Brücke, die du vor dir siehst, auch größeren Schiffen die Durchfahrt.
Abgesehen davon passt sie, meiner Meinung nach, in ihrer Leichtigkeit sehr viel besser zu den gotischen Palästen, die sie umgeben, als Palladios doch sehr viel monumentalerer Vorschlag. Hoffentlich findest du nicht, dass ich doziere«, lächelte Landi. Anna nahm seine Hand:
»Absolut nicht, ich bin nur etwas müde. Aber gehen wir noch ein bisschen.«
Es war ein düsterer Tag, drohende Wolken zogen am Himmel dahin. Da es am Wasser unerfreulich und zugig war, bummelten sie lieber durch die Gassen von Dorsoduro. Dabei stiegen sie über zahllose Brücken, bogen nach links, dann wieder nach rechts ein, in diesem Teil der Stadt kannte sich Anna noch immer nicht aus. Sie fing bereits an, die Lust zu verlieren, als sich das Labyrinth der engen Sträßchen zu einem kleinen Platz weitete, umstanden von zwei besonders schön gegliederten Fassaden. Die eine von ihnen war die der Scuola San Rocco.

»Siehst du, es hat sich also doch gelohnt«, meinte Landi. Als Anna kurz darauf in dem strengen gotischen Saal im Untergeschoss den Zyklus der Marienlegende Tintorettos entdeckte, verstand sie erst recht, warum Landi sie hierher geführt hatte.
»Warte ab, was du noch alles im ersten Stock zu sehen bekommst«, meinte er, aber sie ließ sich Zeit, und erst als sie sich Bild für Bild genau betrachtet hatte, stieg sie mit ihm nach oben. Und tatsächlich verstummte sie dort erst einmal vor der überwältigenden Bilderfülle. Landi weidete sich an ihrer Überraschung.
»Und stell dir vor«, erklärte er, »dass Tintoretto diesen riesigen Raum so gut wie umsonst ausgemalt hat. Ja, bei dem von der Scuola ausgeschriebenen Wettbewerb hat er sogar gemogelt, nur um den Auftrag zu bekommen!« Den Kopf bewundernd nach oben gereckt, meinte Anna:
»Schau dir diese riesigen Flächen Leinwand an – er muss wahnsinnig gewesen sein, als er das malte.«
»Ja, wenn du so willst. Aber es war ein bewusster, dominierter Wahnsinn. Vielleicht wäre das überhaupt keine schlechte Definition der Kunst.« Anna blickte unverwandt nach oben, bis ihr der Nacken schmerzte.
»Ich weiß nicht, ob mir die Scuola degli Schiavoni mit den Carpaccios nicht doch am Ende lieber ist«, meinte sie schließlich. »Das Furioso der Deckengemälde im Verein mit den Bildern an den Wänden, die in ihrer Vehemenz fast ihre Rahmen sprengen – so prachtvoll das ist, aber es erschlägt einen förmlich.« Landi gefiel Annas Bemerkung, sie sah es seinen Augen an. Er schien immer dann besonders glücklich zu sein, wenn sie in Bezug auf Bücher oder Malerei Dinge sagte, die er ähnlich empfand. Aber ging es

ihr, wenn sie mit Vivaldi musizierte, nicht genauso? Trotzdem hatte sie jetzt genug von der Kunst und freute sich auf das kleine Restaurant, von dem Landi zu Beginn ihres Spaziergangs gesprochen hatte.

Während sie sich an dem *risotto ai funghi* labten, für den die Trattoria berühmt war, sagte sie: »Gott sei Dank ist es bald so weit mit der Brenta, ich brauche endlich Ferien.«

Worauf Landi versuchte, sie zu überreden, doch bereits am nächsten Morgen abzureisen, und zwar mit ihm zusammen. Er habe ein Boot, eigens für die *villeggiatura*, was doch wesentlich bequemer für sie sei als der *burchiello.*

Aber Anna wehrte ab – nein, das gehe nicht. Während der nächsten Tage habe sie noch zwei weitere Proben mit Vivaldi, und die könne sie nun einmal nicht absagen. Landi resignierte:

»Ich bin ganz sicher – auf diese Weise wird es auch diesen Sommer wieder nichts mit der Brenta.«

»Aber gewiss doch, ich fahre nur ein paar Tage später. Du musst das verstehen – Vivaldi hat tatsächlich vor, seine *Juditha triumphans* wieder aufzuführen, und zwar eigens meinetwegen. Ich hätte genau die richtige Stimme dafür, findet er. Ich brauche dir wohl nicht zu erklären, welche Auszeichnung das bedeutet. Seiner neuen Oper wegen arbeitet er mit niemand außer mir, da kann ich doch nicht einfach abreisen!

Durch die Musik ergeben sich eben Beziehungen ganz besonderer Art. Ich nehme an, die Intensität, mit der man die Sache betreibt, ist daran schuld, aber sonst wird halt nichts daraus. Es ist, als stünde man zusammen in der Schlacht, man fühlt sich gewissermaßen verantwortlich für den anderen.«

Landi hatte natürlich längst begriffen, dass sie von ihren Gefühlen für Vivaldi sprach, deshalb reagierte er ein wenig maliziös:
»Ein wahrer Jammer, dass nicht auch ich Musiker bin.«
»Ganz im Gegenteil, ich bin sogar richtig dankbar dafür, es können ja nicht alle Luftschiffer sein. Ich kann dir gar nicht sagen, wie beruhigend ich es finde, wenn du mich abends von den Proben abholst.« Dass sie sich dadurch bisweilen auch etwas eingeengt fühlte, brauchte er ja nicht unbedingt zu wissen.
Darauf widmeten sie sich wieder ihrem *risotto*. Landi hatte dazu eine ganz besondere Flasche Rotwein bestellt, und so wurde ein richtiges Festessen daraus, um den Beginn der *villeggiattura* zu feiern.
Landi freute sich darauf, Anna endlich seine Palladio-Villa zu zeigen. Sie dagegen versprach ihm einfachere, aber kaum weniger exquisite Genüsse – ein Picknick in den Wiesen, wonach er in ihrer Hängematte unter den Apfelbäumen seine Philosophen lesen dürfe. Kurz, es klang absolut paradiesisch, und in ihrer beider Vorstellung dehnte sich der Sommer grün, erfrischend und ohne Ende.
Von Vivaldis eventuellem Besuch ließ Anna einstweilen nichts verlauten, denn sie erinnerte sich an das Diktum Pietro Scarpis – dass er zwar immer die Wahrheit sage, sie aber noch längst nicht jedermann erzähle. Und Anna beschloss, diesen Spruch zu beherzigen, um dadurch während des Sommers genügend Spielraum zu haben.
Denn als Musiklehrer Faustinas würde auch Luigi ganz in der Nähe sein, da wollte, damit nichts durcheinander geriet, das Glück intelligent geplant sein.

32

Das Sant' Angelo hatte seine Pforten nach einer besonders erfolgreichen Saison geschlossen. Der Castrato witzelte, die Rialtobrücke sei eingestürzt, weil Grimani mit der Abendkasse darüber gegangen sei.

Anna gefiel das leere Theater, und da sie wegen Paolina nur ungern zu Hause übte, kam sie täglich auf ein paar Stunden zum Arbeiten an der *Juditha* hier herüber. Sie war von ihrer Partie begeistert, aber die Arbeit mit Vivaldi, der in ihr die ideale Interpretin seines Werkes gefunden zu haben glaubte und daher wie besessen mit ihr probte, war und blieb strapaziös. Und so zählte sie die Stunden bis zu ihrer Abreise an die Brenta.

Außer dem Pförtner, der ihr am Morgen aufschloss, war absolut niemand in dem sonst so geschäftigen Theater. Trotzdem empfand Anna das Sant' Angelo keineswegs als tot – ob in den Proberäumen oder den Korridoren, überall schien ihr die verklungene Musik fortzutönen, wie in den Windungen einer Muschel das Meer.

Um auszuruhen, setzte sie sich bisweilen in das Rund des dunklen Zuschauerraums, obgleich das eigentlich verboten war. Aber der Mann an der Pforte drückte ihretwegen gern ein Auge zu, denn auch er gehörte zu ihren Verehrern. Das verdankte sie allerdings nicht ihrem Singen allein, sondern auch der Geduld, mit der sie ihm zuhörte, wenn er von seinen Kriegsabenteuern in Griechenland erzählte.

Auch eines Morgens wieder, als sie vom Üben genug hatte, setzte sich Anna, um auszuspannen, in eine der Logen des Theaters. Der Portier hatte auf der Bühne ein paar Öllampen für sie angezündet, auf diese Weise war von der Scheinarchitektur der Kulissen nur gerade so viel zu ahnen, dass die Wirklichkeit den Traum nicht überwog. Annas Gedanken gingen dabei zurück zu jenem ersten Nachmittag, an dem sich hier so vieles für sie entschieden hatte. Nicht allein ihr Weg zur Oper, sondern auch ihr Leben an der Seite Landis, dem sie hier wieder begegnet war. Dieser Raum war auf seltsame Weise schicksalhaft für sie, denn auch den Castrato hatte sie hier zum ersten Mal singen hören, im Zweikampf mit der perfiden Giarini.

Da fiel ein Lichtstrahl in die Loge, die Tür hatte sich geöffnet, und der Castrato trat herein. Auch er arbeitete bisweilen morgens im Sant' Angelo an einer neuen Partie, denn für die kommende Saison war er an die Oper in Rom verpflichtet.

»Ich wusste, dass ich dich hier finden würde, versunken in die Betrachtung der Wechselfälle deines Lebens.«

»Du hast es erraten.« Als Anna ihm ein Kompliment über sein Kostüm machte, meinte er, sich selbst parodierend:

»Hinsichtlich der Farbe habe ich versucht, es der frühen Stunde anzupassen. Wie du siehst, ist es ganz in Rosa gehalten – ich personifiziere sozusagen die Morgenröte, was im Dämmerlicht unseres verlassenen Musentempels allerdings nicht genügend zur Geltung kommt.« Aber für dieses Mal ging Anna auf seinen Ton nicht ein, denn sie hatte erfahren, dass er Venedig verlassen würde, und daran trug sie schwer.

»Was werde ich nur ohne dich anfangen, Fabrizio. Am meisten wird mir unser Gelächter fehlen, denn mit den Koloraturen klappt es ja inzwischen.« Auch er war ernst geworden. Schweigend setzte er sich neben sie. Er nahm ihre Hand und drückte einen Kuss darauf.

»Wie geht es mit deinen Männern?« fragte er dann.

»Ich fahre den Sommer über an die Brenta – und zwar allein.«

»Du wirst dich langweilen, mein Kind.«

»Bestimmt nicht. Ich muss mich dringend wieder einmal auf mich selbst besinnen. Und Landi ist ja nicht weit, seine Familie besitzt im Veneto eine Villa, und die möchte er mir zeigen, sobald ich mich erholt habe.«

»In Anbetracht der Häufung glücklicher Zufälle in deinem Leben kann man es den Klatschmäulern wahrhaftig nicht übel nehmen, dass sie über dich herfallen. Sie halten dich für ein raffiniertes Luder, dabei fällt dir alles ganz von selbst in den Schoß. Du solltest vielleicht den Göttern am Plafond dort oben hin und wieder etwas opfern, damit sie nicht neidisch werden.«

»Du hast ganz Recht, manchmal bekomme ich selbst ein wenig Angst. Darum gebe ich mir auch so besonders viel Mühe. Nun, wo du von Venedig fortgehst, möchte ich dir einmal sagen, dass auch du zu diesen Glückszufällen gehörst, für die ich dem Schicksal dankbar bin. Und zwar nicht nur im Hinblick auf meine Stimme. Wie langweilig werden die Proben ohne dich sein. Versprich mir, dass du mich in Rom nicht vergisst.«

»Rede keinen Unsinn. Am liebsten würde ich dich nachkommen lassen, denn man gewöhnt sich an dich, Anna. In diesem Sumpf von Intrigen und menschlicher Niedertracht wirkst du erfrischend wie der ganz frühe Morgen, in den ich mich heute gekleidet habe, damit ich nicht merke, wie mich meine künstliche Existenz bisweilen anekelt. Da mich Gott mit Intelligenz und Einsicht gestraft hat, bin ich mir durchaus bewusst, dass ich letzten Endes nicht mehr bin als eine Singmaschine.«

»Jetzt bist aber du es, der Unsinn redet.«

»Wenn ich die Saison in Rom hinter mir habe, werde ich aufhören zu singen. Und weißt du, was ich dann tun werde? Ich widme mich endlich ganz der Astrologie, meinem Steckenpferd. Seit ich begriffen habe, wie die menschliche Stimme funktioniert, fängt die Sache an, mich zu langweilen, und ich wage mich noch etwas weiter vor.

Aber die Geheimnisse des Singens zu enträtseln war dennoch die Mühe wert, denn auf diese Weise war ich in der Lage, dir zu erklären, was dir Schwierigkeiten machte. Wenn ich dir zuhöre, habe ich den Eindruck, als hätte ich im Verein mit der Musik schließlich doch noch eine Tochter gezeugt. Du siehst, Abschiede sind gefährlich, denn nun sitzen wir hier nebeneinander und machen uns das Herz schwer.«

»Man kann ja nicht immer Späße machen.«

»Nein, das kann man nicht, da hast du Recht.« Er zupfte, sichtlich bewegt, an seinem Jabot, auch dies war selbstverständlich rosafarben.

»Lass dir nicht den Kopf verdrehen vom Erfolg, *Annina mia*, denn er ist eine Hure, und gib Acht auf unseren Maestro, er hat dich bitter nötig. Er braucht jemand, der ihn festhält, sonst entschwindet er in seinem *furor compositoricus* eines Tages unseren Blicken wie ein Ballon.«

»Du kannst ganz beruhigt sein, ich habe mir vorgenommen, in Zukunft mit ihm zu reisen, um sozusagen die Flecken aus seiner Soutane zu bürsten. Und natürlich nebenher auch seine Opern zu singen. Vielleicht kann ich ihm auf diese Weise etwas von dem vergelten, was er für mich getan hat.«

»Du hast ganz Recht, die Segnungen des Schicksals verdient nur der, der sie zu schätzen weiß.

Übrigens habe ich mir in der letzten Zeit Landi genauer angesehen. Es bleibt einem ja nichts anderes übrig, da er dich mit der Regelmäßigkeit einer Genfer Uhr nach jeder Vorstellung abholt. Offenbar hält er das Sant' Angelo für einen Sumpf, vor dem es dich zu bewahren gilt – jedenfalls hat er so etwas durchblicken lassen, als wir miteinander unseren Racheakt an der Giarini besprachen. Aber werde mir nur keine Intellektuelle, unter seinem Einfluss.«

»Da sei unbesorgt.«

»Ich habe mich immer wieder mit ihm unterhalten und muss sagen, er gefällt mir. Ja, er gefällt mir sogar sehr. Er scheint mir für die Rolle des Schutzengels geradezu geboren zu sein – ich bilde mir ein, seine großen Flügel rauschen gehört zu haben. Und die können wir Sterngucker ja dringend gebrauchen.«

»Auch du hast diese Rolle für mich gespielt, nur eben auf andere Weise. Ich werde nie vergessen, wie du mir bei unserer ersten gemeinsamen Premiere den Erfolg förmlich zugeschoben hast. Denn trotz meiner Naivität hatte ich bereits gemerkt, dass einem am Theater die andern mit Vorliebe das Wasser abgraben.«

»›Vor den großen Vorzügen deines Nächsten gibt es keinen besseren Schutz als die Liebe‹, hat einmal ein großer Dichter gesagt.«

»Ist das nicht zynisch?«

»Nein, das verstehst du ganz falsch. Es ist vielmehr klug und einsichtig. Außerdem entspricht es der Wahrheit.«

»Womit wir wieder bei Landi wären. Denn die Wahrheit ist nun einmal das Thema seines Lebens. Auch gegenwärtig wieder beschäftigt er sich damit, und zwar im Zusammenhang mit Giordano Bruno.«

»Der sich für seine Überzeugung sogar hat verbrennen lassen. Nicht besonders intelligent, wie ich finde.«

»Er hat auf heroische Weise die Wahrheit verteidigt, ist das etwa nichts? Manchmal denke ich – vielleicht ist Gott die Wahrheit.«

»Da magst du Recht haben, aber ist das als Definition nicht doch ein wenig zu einengend oder abstrakt?« Er sah sie an: »Wenn du diskutierst wie gerade eben, konstatiere ich eindeutig den Einfluss Landis.« Er hüstelte verlegen. »Na, so was – da haben wir zum Abschied doch einmal ganz ernsthaft miteinander geredet.«

»Haben wir das denn nicht immer getan, Fabrizio? Nur eben für die anderen verschlüsselt. Von dir habe ich gelernt, dass das Schwere auch leicht sein kann.« Anna legte ihren Kopf an seine Schulter. »Wenn ich einmal ein Problem habe – ich meine, mit meiner Stimme – komme ich zu dir nach Rom. Dann schauen wir auch zusammen deine Sterne an.«

»Du bist eigentlich ein verdammt geschicktes Frauenzimmer, für alle Eventualitäten hast du immer die beste Adresse.« Anna lachte leise.

»Wer weiß, vielleicht ist das das Glück.«

»Ich glaube, du solltest nicht ständig mit Landi zusammen sein, sonst wirst du mir am Ende zu gescheit. – Nach alldem bleibt also nur die Hoffnung, dass Vivaldi etwas besonders Schwieriges, Sperriges für dich komponiert, sodass du meine Hilfe brauchst.«

»Ich besuche dich auch ohne stimmliche Probleme, das verspreche ich dir. Es soll ja so schön sein, dein Rom.«

»Ja, das ist es – eine wirkliche Stadt. Kein Phantom wie dieses verdammte Venedig.«

Er erhob sich und malte – ganz entgegen seinen ketzerischen Ansichten – ein kleines Kreuz auf Annas Stirn. Darauf wandelte er wie ein rosenfarbener Turm zurück zur Türe. Ehe er verschwand, drehte er sich noch einmal zu Anna um:

»Und vergiss nicht, dass in Rom die Morgenröte auf dich wartet.«

33

Anna fühlte sich von den Proben mit Vivaldi so überfordert, dass sie zunächst überhaupt keine Noten auf ihre Reise an die Brenta mitnehmen wollte. Dann aber, als sie bereits fast fertig gepackt hatte, sah sie ihre Partituren noch einmal durch und traf eine Auswahl, vielleicht würde sie, nach einer gewissen Zeit der Abstinenz, doch wieder Lust zum Singen bekommen.

Sie war fest entschlossen, allein zu reisen, auch wenn dies, der herrschenden Sitte nach, gänzlich unmöglich war. Das taten nur Damen zweifelhaften Rufes, auch war sie schließlich nicht irgendjemand, sondern Anna Giro, *prima donna assoluta, virtuosa di musica*, wie ihr Titel inzwischen lautete. Aber sie hatte nicht vor, sich von Paolina ihre Ferien ruinieren zu lassen.

Es war Freitag, und Freitag war ihr Glückstag. Wenn sie es irgendwie einrichten konnte, unternahm sie wichtige Dinge immer freitags. Dass auch die Premiere von Vivaldis letzter Oper auf einen Freitag gefallen war, hatte sie dankbar zur Kenntnis genommen. An wen sich allerdings ihre Dankbarkeit wandte, hätte sie nicht genau zu definieren gewusst, aber Anna war glücklich geboren, und so empfand sie sich als Teil einer Ordnung, die sie nicht weiter hinterfragte.

Sie stand mit dem Gefühl an der Riva degli Schiavoni, endlich das zu tun, was sie bereits seit Ewigkeiten hatte tun wollen, und wartete auf die öffentliche Barke, den *burchiello*, der im Umkreis von Venedig bei Unternehmungen dieser Art die Postkutsche ersetzte. Aus Angst, ihn zu verpassen, hatte sie sich, mitsamt ihrem umfangreichen Gepäck, viel zu früh auf der Riva degli Schiavoni eingefunden.

Ihr genau gegenüber lag San Giorgio Maggiore, und so vollkommen war Palladios Meisterwerk in die Lagune hineinkomponiert, dass sie einmal mehr den Eindruck hatte, das Meer selbst habe diese schwebende Dreiheit aus Kirche, Kloster und Campanile hervorgebracht. Im Verein mit den sich tummelnden Booten und Barken, die im Morgenwind ihre Segel gesetzt hatten, war es ein Anblick von solchem Zauber, dass sie bereits Heimweh nach Venedig verspürte, obwohl sie noch gar nicht fortgereist war.

Da der allgemeine Aufbruch in die Sommerfrische bereits am Tag des heiligen Antonius stattgefunden hatte, stand zu erwarten, dass der *burchiello* nicht überfüllt sein würde, was Anna im Hinblick auf ihr Gepäck beruhigte, da sie außer verschiedenen Taschen auch noch zwei große Reisekörbe bei sich hatte. Sie wusste, dass sie auf dem Gütchen des Onkels außer dem Allernötigsten nicht eben viel erwartete, die Sommerhäuser des Veneto waren in der Regel nur sehr karg ausgestattet, weshalb ihr Beziehen und Verlassen stets einem halben Umzug glich.

Dies galt selbst für die feudalen Besitzungen, zu denen Landis Villa gehörte, der deshalb mit einem privaten Boot, samt Dienerschaft und allem erdenklichen Hausrat abgereist war – ein Schauspiel, das sich Anna nicht hatte entgehen lassen. Leicht verzweifelt, denn er hasste Unordnung, hatte Landi in dem allgemeinen Chaos an Deck gestanden, hatte aber trotzdem tapfer gelächelt und ihr zugewinkt.

Anna wartete nicht allein an der Anlegestelle, neben ihr stand eine würdige Matrone mit ihren drei Enkelkindern, die strengen Gesichtes den mitreisenden Mägden Anweisungen gab, wie ihre zahlreichen Koffer und Kisten auf dem *burchiello* zu verstauen wären. Als dieser endlich anlangte, stiegen außer ihr und ihrem Anhang zwei Studenten ein sowie eine auffällig gekleidete Person, die bereits während man auf das Boot wartete, versucht hatte, mit den beiden jungen Herren ins Gespräch zu kommen.

Anna hätte schwören mögen, dass sie dem ältesten Gewerbe der Welt nachging. Offenbar fuhr sie Geschäfte halber an die Brenta, worüber Anna sich zunächst nicht wenig empörte. Dann aber überwog Neugier ihren Abscheu, ja eigentlich hätte sie sich gar nicht so ungern mit ihr unterhalten.

Im letzten Augenblick kamen noch Guido und Michele, ihre Freunde vom Sant' Angelo, mit einem Körbchen Proviant für sie angehastet.

»Dürfen wir mitkommen?« fragten sie, während sie Anna auch noch eine Flasche und einen Becher zusteckten. Und tatsächlich wären sie am liebsten mitgefahren, da ihnen Anna immer wieder von ihrem Paradies an der Brenta vorgeschwärmt hatte. Sie blieb jedoch hart:

»Nein, selbst ihr nicht. Ich will eine Zeit lang überhaupt niemanden sehen.«

Daraufhin machten die beiden lange Gesichter, und Anna wäre fast schwach geworden – würde man am Ende in

Gesellschaft nicht doch mehr Spaß haben? Aber sogar die Aussicht auf ihre Gesellschaft reizte sie nicht – sie konnte sich nicht erinnern, jemals so erschöpft gewesen zu sein.

Also umarmte sie sie und versprach, ein anderes Mal mit ihnen zu verreisen. Als sie abzogen, winkte sie ihnen noch eine Weile nach, dann lag die Welt des Sant' Angelo endgültig hinter ihr.

Als der *burchiello* anlegte, fand sie ihn bequem ausgestattet. So zum Beispiel waren seine Sitze mit Leder gepolstert, auch gab es an Deck eine große Kabine mit vier hohen Fenstern, in der man, falls es unterwegs regnen sollte, Zuflucht nehmen konnte. In Anbetracht des schlechten Zustands der Straßen reiste man also zu Wasser bedeutend angenehmer als in einer Kutsche.

Zunächst glitten sie den Giudecca-Kanal hinauf. Auf diese Weise bekam Anna ein Quartier zu sehen, in das sie noch nie den Fuß gesetzt hatte. Auch nach drei Jahren barg die Stadt noch immer Überraschungen für sie. So zum Beispiel fand sie die Insel der Giudecca weit weniger dicht besiedelt als das übrige Venedig. Zwischen den einzelnen Häusern und Palazzi erstreckten sich ausgedehnte Gärten, ein Vorgeschmack auf das Ziel ihrer Reise.

Das *mare morto*, das sie anschließend überquerten, hatte sich Anna, seines schaurigen Namens wegen, allerdings erschreckender vorgestellt. Daher war sie enttäuscht, dass es nichts weiter war als ein von den Gezeiten fast unberührter Teil der Lagune.

Kurz ehe sie in die Brenta einbogen, drehte sich Anna noch einmal um – durch den Dunst des Morgens war die Serenissima ihrem Blick bereits fast gänzlich entzogen.

Das gab ihr einen Stich ins Herz, und sie merkte, dass Venedig für sie zu einer zweiten Heimat geworden war. Ja, plötzlich fragte sie sich, warum sie so versessen darauf gewesen war, die Stadt überhaupt zu verlassen.

Aber als dann an den Ufern der Brenta die ersten Landhäuser auftauchten, hatte sie Venedig vergessen. Endlich war wieder die Erde und nicht das Wasser das beherrschende Element! Halb verborgen hinter Schleiern von Trauerweiden erschien linker Hand die erste Villa repräsentativen Stils – Palladios majestätische *Malcontenta*. Gleich einem Tempel der Griechen spiegelte sich ihr Säulenportikus im Wasser, nur die merkwürdigen, minarettartigen Kamine dämpften ein wenig den Eindruck großer Strenge.

Während ihres Abschiedsdiners in Dorsoduro hatte Landi Anna die romantische Geschichte erzählt, die der Volksmund dem geheimnisvollen Bauwerk angedichtet hatte. Dass nämlich die schöne und lebenslustige Foscarina von ihrem Ehemann hierher verbannt worden sei, weil sie es mit der Lebenslust denn doch ein wenig übertrieben hatte. Begreiflicherweise war die junge Frau darüber höchst unzufrieden gewesen – ein Umstand, dem die Villa ihren Namen verdankte. Und weder deren edle Architektur noch der Zauber des sie umgebenden Parks hatten sie über den Verlust der Vergnügungen Venedigs hinwegtrösten können.

Anna dagegen konnte sich an der Landschaft zu beiden Seiten des Flusses, halb Kunst, halb Natur, nicht satt sehen, und so hatte sie das traurige Los der Foscarina bald wieder vergessen. Zwischen den Villen lagen Bauernhöfe, überall auf den Feldern war man bei der Arbeit, es wurde

Heu gemacht, und da Kirschenzeit war, hatte man zum Pflücken Leitern an die Bäume gestellt, auf denen Kinder und junge Burschen mit mehr oder weniger gefüllten Körben standen. Das Landleben, das Anna lange Zeit nur auf den Fresken der Palazzi gesehen hatte, hier war es zum Anfassen nah. Ja, es hatte sogar einen Geruch – den Geruch nach frischem Heu.

Viele der Anlegepfosten im Wasser vor den Villen waren wie in Venedig blau-weiß gestrichen, was Anna daran erinnerte, dass man die Brenta dort auch eine Verlängerung des Canal Grande zu nennen pflegte. Das mochte hinsichtlich der an ihren Ufern aufgereihten Villen zwar zutreffen, aber in Anbetracht der wunderbaren Stille dieser Wasserstraße, die mit ihrem üppigen Grün allen Lärm förmlich aufzusaugen schien, kam ihr der Vergleich nur wenig glücklich vor.

Gemächlich glitt der *burchiello* durch das Spiegelbild mächtiger Bäume, und die Hektik, in der Anna in Venedig gelebt hatte, fiel mit jedem Augenblick mehr von ihr ab. Während sie in das schwarzgrüne Wasser der Brenta blickte, wurde sie sich bewusst, dass diese Reise auch eine Flucht vor Vivaldi war. Nicht vor seiner Liebe, nein, aber vor der plötzlichen und merkwürdig gezwungenen Indifferenz, die er während der letzten Zeit ihr gegenüber an den Tag gelegt hatte. Und mit Unwillen und Trauer dachte sie an die ermüdenden Proben mit ihm.

Ein kleines Anwesen zu ihrer Rechten brachte sie auf erfreulichere Gedanken. Mit den zwei steinernen römischen Heroen, die seinen Eingang gegen den Fluss hin bewachten, atmete es noch ganz den Geist der Renaissance. Anna versuchte sich den Erbauer des Hauses vorzustellen – er musste ein besonders großzügiger Mensch gewesen sein, denn der Gästetrakt, die *forrestiera*, übertraf die Villa noch an Adel und Eleganz. Eine Reihe von Rundbögen bildete das Parterre, während sich die Zimmer im ersten Stock auf kleine, säulengeschmückte Balkone öffneten. Auf diese Weise hatte jeder der Gäste ein Reich für sich, während man doch den Sommer gemeinsam verbrachte. Inzwischen war es der aufreizenden Person mit dem hennarot gefärbten Haar gelungen, mit den beiden Studenten ins Gespräch zu kommen, und animiert von ihrer Gesellschaft, ließen sie eine Flasche Wein herumgehen. Berufliche Interessen schien sie damit nicht zu verbinden, offenbar machte auch sie einmal Ferien. Anna fand sie eigentlich recht sympathisch, immer wieder ertappte sie sich dabei, dass sie sie anstarrte, denn der Gedanke an ihren Beruf hatte gleichzeitig etwas Abstoßendes, aber auch Faszinierendes für sie.

Den Herren Studenten waren Annas neugierige Blicke nicht entgangen, und so kam nach einigem Getuschel der eine von ihnen, ein langer Kerl mit Brille, herüber, um sie zu fragen, ob sie nicht ein Glas Wein mit ihnen trinken wolle. Und beinahe hätte Anna ja gesagt, denn der andere klimperte, um die Einladung noch verlockender zu machen, auf seiner Gitarre. Einen Augenblick bekam sie sogar Lust, etwas zu singen, aber dann lehnte sie betont unfreundlich ab – nein danke, sie sei bestens versorgt.

Denn plötzlich hatte sie an Landi gedacht – gewisse Dinge konnte man sich nun einmal nicht erlauben, wenn man mit einem Ehrenmann und Philosophen zusammenlebte wie mit ihm. Aber warum eigentlich nicht, aus Achtung vor ihm oder vor sich selbst? Wie auch immer, in jedem

Fall hatte es mit dem Begriff der Würde zu tun. Nur verdarb einem deren Wahrung leider auch den Spaß, und das war schade.

Um ihre Ablehnung noch zu unterstreichen, wandte sie sich demonstrativ von dem lustigen Trio ab, um ans Ufer zu blicken, und dort gab es tatsächlich Interessanteres zu sehen.

Auch die Villa mit dem Säulenportikus, an der sie inzwischen schon fast vorüberglitten, musste Palladio gebaut haben. Vor Antritt ihrer Reise hatte sich Anna in Landis Bibliothek über den großen Architekten genaustens informiert. Dabei hatte sie vieles in seinen Schriften begeistert, so zum Beispiel, dass musikalisch-mathematische Entsprechungen für ihn bei der Planung seiner Bauwerke entscheidend gewesen waren. Seine *Quattro libri dell'architettura* steckten sogar in Annas Reisetasche, aber im Augenblick war sie viel zu träge, sie hervorzukramen.

Waren die Schleier der Trauerweiden, die aus verwunschenen Gärten tief in die Brenta hingen, die Realität, oder war es ihr Spiegelbild im Wasser? Im lautlosen Dahingleiten des *burchiello* wurde die Grenze zwischen Wirklichkeit und Traum immer durchlässiger. Ob Landi wohl die niedrige, vasengeschmückte Villa dort drüben gehörte, oder jene am Ufer gegenüber, nur ein paar Meter weiter? Denn da er Anna überraschen wollte, hatte er aus der genauen Lage seines Hauses ein Geheimnis gemacht.

Von Zeit zu Zeit nannte ihr der junge Mann am Steuer den Namen einer der Villen. »Der Palazzo Grimani«, rief er jetzt und wies auf ein modernes Bauwerk, was Anna allerdings weniger begeisterte, denn den einflussreichen Grimani, ihren Arbeitgeber, der sie alle, ob Sänger oder Instrumentalisten, gleichermaßen ausnutzte und schikanierte, hätte sie lieber eine Weile vergessen.

Halb verborgen hinter einer Reihe von Pappeln, erschien linker Hand ein lang gestrecktes, schon eher palastartiges Anwesen. Anna gefiel die ruhige Ausgewogenheit der Fassade, der Ernst, die Diskretion des Ganzen – »die Villa Ferretti Angeli«, erklärte der junge Mann am Steuer. Sie hätte durchaus auch Landi gehören können, entschied Anna, jedenfalls passte sie weit besser zu ihm als viele der zeitgenössischen Villen, denen man ansah, dass sie einzig und allein leichtfertigeren Vergnügungen dienten. Und sie dachte mit Sehnsucht und Liebe an ihn.

34

Sie näherten sich Dolo. Die Bebauung der Ufer wurde schlichter, keine aufwendigen Villen mehr, nur noch die einfachen Häuser der *contadini*. Zwei der Fahrgäste stiegen aus, nachdem man ihr Gepäck ausgeladen hatte. Sie wurden am Quai von zwei eleganten Damen mit Sonnenschirmen in Gesellschaft eines älteren Herrn erwartet. Unter Ausrufen des Entzückens umarmten sie die Ankömmlinge, während ein Hündchen bellend an ihnen emporsprang.

Der junge Mann am Steuer meinte, Anna könne sich ruhig den Ort ansehen, während der *burchiello* eine Schleuse passierte, denn das Manöver dauere in der Regel eine gute Stunde. Sie bat ihn, auf ihre Körbe Acht zu geben und stieg aus. Nachdem sie noch das gewaltige Rauschen des ein- und ausströmenden Wassers der Schleuse auf sich hatte wirken lassen, spazierte sie ein wenig auf der Uferpromenade auf und ab. Darauf setzte sie sich in ein Café, dessen Name ihr gefiel, denn es hieß *Vittoria*. Und ein Sieg und Erfolg sollten ja auch ihre Ferien werden!

Seitdem sich Anna dank ihrer Erfolge als Sängerin in der großen Gesellschaft Venedigs bewegte, genoss sie es doppelt, wieder unter Leuten vom Land zu sein. Da sie zu intelligent war, um sozialen Unterschieden besondere Bedeutung beizumessen, hatte sie auch durch ihre Liaison mit dem Conte keinerlei Standesdünkel entwickelt. Sie fühlte sich unter einfachen Menschen wohl – ja eigentlich fand sie diese origineller als die sogenannten feinen Leute, weil sie sich in der Regel weniger angepasst verhielten.

Während sie langsam und mit Genuss ihren Kaffee trank, erinnerte sie sich, dass Luigi, der sich für alles Mechanische interessierte, ihr von den Mühlen von Dolo erzählt hatte. Auf ihre Frage hin sagte man ihr, diese lägen etwas weiter oben auf der anderen Seite des Flusses und wären über die hochgewölbte Brücke mit den drei Bögen leicht zu erreichen.

Entschlossen steuerte sie auf die Mühlen zu, wobei sie bereits von weitem den Eindruck hatte, sie nähere sich einem Hexenkessel. Es hämmerte und klopfte, und als sie noch näher herantrat, sah sie, wie der Lärm entstand: Zahnräder aller Größen griffen schmatzend ineinander und schüttelten die von Mehl bestäubten Gefäße. Eine Weile sah sie dem Mahlen des Getreides zu, von dem kolossalen Geräusch förmlich betäubt, dann aber hatte sie genug davon, flüchtete sich wieder ins Freie und vertauschte die Mühlen mit den Auslagen eines Metzgers zwei Häuser weiter, dessen gewaltige, von der Decke hängende Salamiwürste ihr Appetit machten.

»Mit oder ohne Knoblauch?« fragte der Mann.

»Natürlich mit«, gab Anna zurück. Denn schließlich war sie ja in den Ferien und brauchte keine Angst zu haben, den Abscheu des Castrato zu erregen, der immer gleich in Ohnmacht fiel, wenn etwas nicht nach Veilchen duftete. Außerdem ließ sie sich noch zwei Kalbskoteletts einpacken, denn sie erinnerte sich nicht, ob es in der Nähe des Gütchens einen Metzger gab.

Gerade als sie den Laden verlassen wollte, betrat ihn die zweifelhafte Person, begleitet von den beiden Studenten – offenbar waren sie dabei, ihren Reiseproviant zu ergänzen, denn sie schwenkten bereits eine Korbflasche Wein. Und obwohl sich die Herren Studenten höflich verbeugten, sah Anna durch sie hindurch, als wären sie Luft.
Zwar hätte sie eigentlich ganz gern gewusst, was die drei einkauften, aber um ihrer Haltung treu zu bleiben, überquerte sie voller Verachtung, und ohne sich umzudrehen, die Straße. Doch auch hier gab es allerhand Interessantes zu sehen, so zum Beispiel war man in der kleinen Werft am Ufer der Brenta damit beschäftigt, Boote zu kalfatern. Die über und über mit Pech und Öl verschmierten Männer freuten sich, dass Anna ihnen bei der Arbeit zusah, und erklärten ihr die Handgriffe, aber auf die Dauer machte man ihr auch hier zu viel Lärm.
Mit ihren Einkäufen zufrieden, setzte sie sich auf ein Bänklein am Ufer und sah zwei Frauen zu, die sich mit Eimern Wasser aus dem Fluss holten, von denen sie anschließend je zwei an einem Holzbügel in ihre Häuser trugen. Wieder andere Frauen erschienen, auch sie holten sich auf die gleiche Weise Wasser aus dem Fluss. Sie kamen mit Anna ins Gespräch, wobei sie ihnen erzählte, dass es in Venedig für dieses lästige Geschäft die professionellen Wasserträger gebe. Ja, Venedig, meinten die Frauen, das sei eben etwas anderes.
Aber Anna gefiel das ländliche Leben von Dolo, ja, sie hatte darüber vollkommen die Zeit vergessen, denn vom anderen Ufer der Schleuse rief bereits der Steuermann des *burchiello* herüber – wenn sie noch weiter mitfahren wolle, müsse sie jetzt wieder einsteigen, es gehe los.

Schon während der ganzen Fahrt hierher war er besonders nett gewesen und hätte wohl gern mit ihr angebandelt. Aber was Anna brauchte, waren Ferien, Ferien auch von den Männern im Allgemeinen, und so nahm sie nicht weiter Notiz von ihm.

Der *burchiello* legte wieder ab und gewann langsam an Fahrt. Lass die dort drüben Landis Villa sein, wünschte sich Anna, die halb verfallene, hochpoetische, mit dem Teich voller Seerosen! Aber war nicht letzten Endes jede von ihnen gleichermaßen verlockend? Auch musste man eigentlich bald in Stra sein, hoffentlich konnte sie dort einen Wagen für ihren Krempel auftreiben!

Inzwischen hatten die Studenten und die zweideutige Person dem Wein so reichlich zugesprochen, dass diese nichts mehr dagegen zu haben schien, sich während der Ferien etwas dazuzuverdienen. Jedenfalls benahmen sich die drei immer unverschämter, und so war Anna froh, als der *burchiello* kurz darauf in Stra anlangte.

Als sie sich anschickte auszusteigen, erboten sich die beiden Studenten jedoch höchst galant, ihr die Körbe an Land zu tragen, sodass sie es als mit ihrer Würde durchaus vereinbar empfand, sie dafür mit einem Lächeln zu belohnen. Alles fügte sich wie von selbst, denn am Ufer wartete sogar ein Bauer mit einem Leiterwagen auf Kundschaft.

Nachdem sie sich mit dem Alten einig geworden war, zockelte sein Gefährt, von einem mageren Pferdchen gezogen, nur langsam dahin. Aber Anna hatte sich diese Rückkehr in ihre Kindheit so oft sehnsüchtig vorgestellt, dass es ihr gar nicht langsam genug gehen konnte. Als der Mann anfing, ihr etwas zu erzählen, verhielt sie sich so einsilbig, dass er entmutigt bald wieder schwieg.

Ja, die Glockenblumen am Weg waren wirklich so hellblau, wie sie sie in Erinnerung hatte. Und entlang einem träge fließenden Seitenarm der Brenta streckten Weidenbäume ihre Äste in die Hitze des frühen Nachmittags – auch dieses Bild glaubte sie von früher zu kennen. Maisfelder, so weit das Auge reichte, die ganze Gegend gehörte einer der großen Familien von Venedig. Mächtig hohe Pappeln warfen für Augenblicke tiefe Schatten auf den Weg, es wurde kühler. Sogar den Kuckuck hörte Anna rufen, als sie für einen Augenblick die Augen schloss.

Die Ankunft auf dem Gütchen gestaltete sich dagegen weit weniger romantisch. Nicht nur, dass das Tor klemmte, sodass der Bauer, der sie gefahren hatte, mit der Axt nachhelfen musste, um ihnen Einlass zu verschaffen, das ganze Anwesen wirkte verwahrlost. Offensichtlich war es mehrere Sommer lang nicht bewohnt worden.

Aber es brauchte mehr, um Anna zu entmutigen. Als sie den Mann entlohnt hatte, schaffte sie ihre sieben Sachen ins Haus, band sich den Rock hoch und kehrte erst einmal die Blätter vom vergangenen Herbst von der Terrasse. Darauf machte sie sich couragiert ans Putzen und Einrichten.

Gegen Abend sah das Haus bereits ganz anders aus. Das spärliche Mobiliar der kleinen Halle, die sich zum Garten hin öffnete, hatte sie durch die mitgebrachten Reisekörbe ergänzt, und um das Ganze auch farblich etwas zu beleben, pflückte sie im Garten die ersten Tomaten und füllte damit eine irdene Schüssel.

Als sie schließlich ihr Werk betrachtete, war sie zufrieden. Sie trat ein paar Schritte hinaus in den Hof, um sich das

Haus aus einiger Entfernung anzusehen. Es mochte einst eine kleine *locanda* gewesen sein, oder die *barchessa* einer größeren Villa. In jedem Fall aber hatte es bessere Tage gesehen, denn an den Wänden blätterte der Verputz, so dass vielerorts der gelbrote Backstein hervorschaute, auch hätte das Dach ganz gut eine Reparatur vertragen können.

Dafür aber besaß das Gütchen den Zauber leichten Verfalls, auch kam die Natur für alle etwaigen Mängel auf – nicht nur, dass seine Wände verschwenderisch mit Bougainvillea und Wein bewachsen waren, eine gewaltige Zeder beschattete seine Rundbögen und Veranden mit ihren blaugrünen Zweigen. Wie hatte sich Anna nach diesem Anblick gesehnt!

Und doch stellte sie fest, dass die Einsamkeit etwas ganz anderes war als die Sehnsucht nach ihr, wenn man mitten im Trubel Venedigs steckte. Bei sinkender Sonne ging sie hinunter an den kleinen Nebenkanal der Brenta, die Grillen hatten aufgehört zu lärmen, es war vollkommen still. Auch Nachbarn gab es keine weit und breit.

Seit damals, als sie als kleines Mädchen hier gewesen war, schien sich absolut nichts verändert zu haben, es war, als habe jemand die Zeit angehalten. Dagegen hatte ihr Leben eine vollkommen neue Wendung genommen, und zwar mit dem Tag, als sie Vivaldi begegnet war.

Sie glaubte wieder die schmale Kammer vor sich zu sehen, in der sie ihm vorgesungen hatte, hoch oben unter dem Dach, mit den gekreuzten Mandolinen an der Wand. Während sie sang, war das Sonnenlicht schräg ins Zimmer gefallen, und der Staub hatte darin gezittert, der Ungeduld gleich, mit der sie Vivaldis Urteil erwartete.

Zunächst hatte er gar nichts gesagt, sodass sie schon fürchtete, ihr Singen habe ihm nicht gefallen. Aber genau das Gegenteil war der Fall gewesen – die Hände auf den Tasten seines Cembalos, hatte er sie überrascht, ja beinahe ungläubig angesehen, so, als lausche er noch immer dem Klang ihrer Stimme nach. Und dieser Augenblick hatte über ihr Leben entschieden.

Während sie gedankenvoll zurück ins Haus ging, spürte sie, dass ihr etwas um die Beine strich. Es war eine schöne, rotgefleckte Katze. Anna bückte sich, um sie auf den Arm zu nehmen – endlich war da jemand, der sie willkommen hieß. Sie trug sie in die Küche, um sich von dort das Körbchen mit dem Reiseproviant von Guido und Michele zu holen. Wieder im Garten, gab sie der Katze daraus zu fressen. Sie selbst sprach lediglich dem Wein zu, und zwar reichlich, was sie sonst, aus Rücksicht auf ihre Stimme, nie tat.

Abwesend streichelte sie dabei der Katze das Fell, die aber hatte bald genug von ihr und sprang davon. Den Kopf schwer vom vielen Wein, stieg sie die schmale Treppe nach oben und legte sich in einer der beiden Kammern, die sie am Nachmittag gerichtet hatte, zu Bett. Die andere war für Vivaldi bestimmt. Aber da ihn die Komposition seiner neuen Oper nicht aus den Fängen ließ, war wohl kaum mit ihm zu rechnen, dachte sie noch im Einschlafen.

35

Unter dem hohen, altmodischen Federbett aufzuwachen war der Inbegriff von Ferien. Es gab kein Sant' Angelo, keine Proben, keinen Luigi und auch keinen Unterricht beim Castrato, woraufhin sich Anna gleich noch einmal umdrehte und versuchte weiterzuschlafen. Dass es auch Landi und Vivaldi nicht gab, fand sie bereits weniger erfreulich. Auch die Vorstellung, dass sie keine Proben haben würde, erwies sich, je länger sie darüber nachdachte, als doch nicht so genussreich wie erwartet. Sie hatte eher das Gefühl, die Schule zu schwänzen.
Einigermaßen ernüchtert stieg sie hinunter in die Küche, um sich Kaffee zu machen. Lautlos kam die Katze herbei und strich ihr um die Beine – offenbar war sie entschlossen dazubleiben. Anna hatte sonst nicht viel übrig für Katzen, aber nun auf einmal war sie froh um sie. Um sich zu beschäftigen, nahm sie einen Korb von der Anrichte und ging ins nächste Dorf, um einzukaufen.
Im einzigen Laden erfuhr sie, dass bereits ein Diener nachgefragt habe, ob die *cantatrice* aus Venedig angekommen sei. Wer ihn schickte, hatte er nicht gesagt, aber eigentlich konnte es nur Landi sein. Im Augenblick genügte Anna jedoch der Gedanke, dass er sie nicht vergessen hatte. Oder war es ihr Stolz, der sich – im Hinblick auf das von ihr so vehement gepriesene Alleinsein – dagegen sträubte, schon jetzt klein beizugeben?

Wie dem auch sei, sie fühlte sich dadurch angenehm bestätigt. Ließ sich verschiedene Gemüse und ein Huhn in ihren Korb packen und machte sich wieder auf den Weg zurück zum Gütchen, wo sie mit neuem Elan den Garten in Angriff nahm.

Doch bereits nach einer Stunde hatte sie davon genug, was sie selbst nicht verstehen konnte, da Gartenarbeit für sie, seit sie nicht mehr in Mantua lebte, geradezu zu einer Wunschvorstellung geworden war, der sie sich immer dann hingegeben hatte, wenn sie bei einer der endlosen Opernproben auf ihren Auftritt wartete.

Sie ließ den Garten Garten sein. Stattdessen packte sie eine Hängematte aus, die sie sich aus Venedig mitgebracht hatte, und installierte sie zwischen zwei besonders kräftigen Apfelbäumen. Dazu holte sie sich aus dem Haus ihren Ariost und fing in der Hängematte an zu lesen. Auch einen Bleistift hielt sie parat, mit dem sie sich von Zeit zu Zeit etwas anstrich. Falls Landi irgendwann einmal käme, könnte sie ihn um die Erklärung der fraglichen Stellen bitten.

Aber dieses unbestimmte *irgendwann* verwandelte sich in ihrer Vorstellung leise und unauffällig in ein *bald einmal*. Landi war jedoch so diplomatisch gewesen, sich nicht aufzudrängen, als Anna ihm gesagt hatte, dass sie nach dem Theaterrummel eine *gewisse* Zeit allein sein wolle.

Sollte diese gewisse Zeit bereits vorüber sein, fragte sie sich. Irritiert las sie weiter, wobei sie sich überlegte, dass sie, wenn Landi jetzt hier wäre, sich nicht ständig etwas anstreichen müsste, weil sie ihn nämlich dann direkt fragen könnte. Was bedeutend einfacher wäre, denn in einer

Hängematte liegend erwies sich das Anstreichen in einem Buch als relativ unbequem.
Die Katze miaute und wollte etwas zu fressen haben, und da Anna von ihrem Buch längst genug hatte, war ihr das gerade recht. Und um darüber hinaus etwas Abwechslung in den Tag zu bringen, griff sie zu ihrem bewährten Hausmittel und beschloss, etwas zu kochen, und bald belebten allerlei würzige Küchendüfte das Haus.
Da sie bei allem, was sie tat, gern aus dem Vollen schöpfte, kochte sie gleich für vier oder fünf Personen. Auf diese Weise wurde es Nachmittag. Ein wenig arbeitete sie zwischendurch auch im Garten, aber stets gab sie nach einem kurzen Versuch wieder auf. Wer sagte eigentlich, dass Gras unbedingt geschnitten werden müsse? So, wie es war, sah es doch eigentlich viel natürlicher aus.
Nach dieser Entscheidung begab sie sich zurück in ihre Hängematte und schaute, nachdem sie ein paar Seiten im Ariost gelesen hatte, durch die Zweige der Apfelbäume hinauf in den Himmel. Nein, auf die Dauer war dieses Buch nicht das Richtige, das Lesen von Versen erwies sich als überraschend ermüdend.
Daher stand sie auf und holte sich aus ihrer Kammer Montesquieus *Lettres persanes*, die ihr Landi als Ferienlektüre empfohlen hatte, und zwar mit der Bemerkung – an der Brenta sei sie ja vielleicht genügend ausgeruht dafür. Was aber sicher ironisch gemeint war, denn als er ihr einen Abend lang aus Montaignes reichlich anspruchsvollen *Essais* vorgelesen hatte, war sie dabei eingeschlafen – womit sie ihn natürlich enttäuscht hatte. Es galt sich also besonders anzustrengen.
Aber das war gar nicht nötig, denn gleich die ersten der

persischen Briefe mit der Beschreibung von Usbeks und Ricas Reise von Isphahan nach Paris gefielen ihr ganz ausnehmend. Trotzdem schweiften ihre Gedanken immer wieder ab, für konzentriertes Lesen war eine Hängematte ganz entschieden zu bequem.
Sie probierte es daher, die Arme aufgestützt, bäuchlings im Gras, und nun auf einmal riss ihre Lektüre sie fort. Wie listig dieser Autor war, er griff zur Maske, indem er vorgab, lediglich als Herausgeber der Briefe zu fungieren, um sich der Kritik der Kirche und des Staates zu entziehen. Er lud den Leser ein, die Institutionen und Gebräuche seines eigenen Landes aus dem Blickwinkel eines Ausländers, eines Persers, zu untersuchen.
Religions- und Staatskritik waren mit dem Romanstoff abwechslungsreich vermischt, noch dazu in Form von knappen Briefen, weshalb man nicht durch ausufernde Kapitel überfordert wurde, sondern den Stoff hübsch abgepackt portionsweise genießen konnte. Sie liebte dieses Buch!
Trotzdem blätterte sie gleich einmal nach hinten, um zu sehen, wie die Geschichte ausging, und verschlang Roxanes Abschiedsbrief geradezu, in dem sie dem tyrannischen Usbek ihre Liebe zu einem anderen Mann förmlich an den Kopf wirft und auf diese Weise ihre seelische Befreiung feiert – wenn auch unter Androhung ihres Selbstmordes.
Das war natürlich etwas anderes als dieser weitschweifige Ariost! Immer wieder griff sie zu ihrem Bleistift, um etwas anzustreichen, denn ganz einfach waren auch diese persischen Briefe nicht, weshalb sie immer wieder große Fragezeichen an den Rand des Buches malte.

Aber weshalb war er, unter dessen Einfluss sie zu einer passionierten Leserin geworden war, jetzt nicht hier? Sie legte sich den Band Montesquieu auf die Brust, und sanft wiegend hoben und senkten sich dessen persische Briefe im Verein mit ihren Atemzügen. Wie gern hätte sie mit Landi über die moralischen Absichten des klugen Buches diskutiert, außerdem wären sie ja nicht verpflichtet, ausschließlich über Literatur zu reden.
Anna war von der Einsamkeit enttäuscht, denn sie entsprach nur sehr bedingt ihren Erwartungen. Oder war sie ihrer nur so sehr entwöhnt, dass sich darum kein Dialog mit ihr ergeben wollte? Über solchen Überlegungen war es Abend geworden, und der Mond stand wie eine hauchfeine Sichel am Himmel, was sie an ihr Gespräch mit der alten Contessa erinnerte, das ihr geholfen hatte, Ordnung in ihre Gefühle zu bringen.
Und plötzlich war ihre Sehnsucht nach Venedig übergroß, und damit auch nach Landi und Vivaldi. Nein, nicht nur um Ruhe, sondern um Anregung und Austausch ging es im Leben, und erst durch diese beiden anspruchsvollen und zugleich so inspirierenden Männer hatte sie erfahren, was dies überhaupt hieß. Dass die Anforderungen, die dabei an sie gestellt wurden, ihr bisweilen den Atem nahmen, hatte sie bereits wieder vergessen.
Das kleine Mädchen, das einst seine Tage an der Brenta verträumte, interessierte sie nicht mehr. Ihre Sehnsucht nach jener Zeit erschien ihr nur noch als ein sinnloser Versuch, längst Vergangenes zu wiederholen. Die Zeit aber ließ sich nun einmal nicht zurückdrehen. Die durch Musik, Bücher oder Gespräche gemachten Erfahrungen konnte man nicht mehr vergessen, denn sie hatten sich

längst in Bedürfnisse verwandelt, denen es mit neuen geistigen Erlebnissen zu entsprechen galt.
Am liebsten wäre sie sofort zu Landi aufgebrochen, wenn sie nur gewusst hätte, wo er sich aufhielt. Oder zurück nach Venedig zu Vivaldi, obwohl der vermutlich, geritten vom Komponierteufel, nicht einmal merken würde, dass sie überhaupt existierte.
Aber da sie trotz ihres neu erwachten Enthusiasmus auch Realistin war, sah Anna ein, dass ihr Heimweh dadurch nicht besser werden würde, dass sie, in der Hängematte liegend, durch die Zweige der Apfelbäume in den Mond schaute. Und so beschloss sie, lieber schlafen zu gehen und in Zukunft Montesquieu nur noch in Maßen zu genießen.

36

Kurz nach Mitternacht wachte sie davon auf, dass jemand Laute spielte. Aber dieser Jemand gab nicht etwa ein Ständchen, sondern schlug nur von Zeit zu Zeit schollernd an die Saiten, um sich bemerkbar zu machen. Aufgeschreckt, denn sie hatte bereits tief geschlafen, saß Anna in ihrem Bett. Da hörte sie eine Stimme:

»Ich bin's – Luigi. Könntest du mich bitte hereinlassen?«

Aber wie um Gottes willen kam Luigi hierher, hatten ihn denn nicht Faustinas Eltern als Musiklehrer engagiert? Sie nahm ein Tuch um, stieg die Treppe hinunter und öffnete auf der Gartenseite die Türe. Und tatsächlich war es Luigi – er sah kreuzunglücklich aus.

»Ich konnte es einfach nicht mehr aushalten. Da fiel mir ein, dass du hier in der Nähe bist.«

»Was konntest du nicht mehr aushalten?« fragte Anna.

»Faustinas Liebe – das heißt, nicht nur ihre Liebe, die ganze Situation.«

«Mein Gott, Luigi.«

»Alle im Haus wussten, dass sie in mich verliebt war, und ich fühlte mich verpflichtet, so zu tun, als wäre ich es ebenfalls. Ich kann doch nicht mit ihr schlafen, nur weil man mich gut bezahlt – schließlich bin ich doch keine Hure!«

Er machte eine Pause und setzte sich neben sie auf die Treppe, die Hände knetend, dass die Gelenke nur so

knackten. Für einmal wusste Anna nicht, was sie tun sollte. Aber da er dermaßen unglücklich war, legte sie ihm den Arm um die Schulter und sagte:
»Ich finde es vollkommen richtig, dass du gegangen bist.«
»Du hättest ihre Augen sehen sollen, wenn wir zusammen musizierten! Ich dachte eben, wenn sie mich nicht mehr sieht, geht es vielleicht vorüber, und eines Tages wird sie froh sein, dass ich die Situation nicht ausgenutzt habe.«
»Nun bewundere dich nicht auch noch!« Darauf ging sie in die Küche und holte die Weinflasche.
»Dies hier würde ich an deiner Stelle austrinken, und etwas zu essen steht auch in der Küche. Dann verziehst du dich am besten nach oben in eine der kleinen Kammern und schläfst dich erst einmal aus. Also, auf dich war ich nun wirklich nicht gefasst, ich hatte mir diese Tage ruhig und einsam vorgestellt. Kennst du übrigens Montesquieus *Lettres persanes*? Die solltest du einmal lesen, mein Lieber, da tun sich einem Welten auf!«
Aber Montesquieu interessierte Luigi im Augenblick überhaupt nicht. Anna sah ihn kopfschüttelnd an. »Irgendwie kommen wir nicht voneinander los, ist das nicht merkwürdig? Wir hängen zusammen wie siamesische Zwillinge.«
»Du hast vollkommen Recht«, sagte Luigi sentimental, und plötzlich weinte er sogar ein bisschen. »Ursprünglich hatte Gott uns bestimmt als ein Liebespaar geplant, aber dann hat er einen Fehler gemacht und uns getrennt. Dadurch ist alles schief gegangen.«
»Ich glaube, jetzt gehst du wohl wirklich besser schlafen«, meinte Anna.

»Bist du mir böse?«
»Nein, Himmelherrgott, nur müde! Irgendwie macht es mir sogar Eindruck, dass du getürmt bist. Du bist eben ein feiner Kerl, aber das habe ich immer schon gewusst. Nur bring mir gefälligst meine Ferien nicht durcheinander.« Damit nahm sie die Kerze und verschwand nach oben.
Am nächsten Morgen kam Luigi erst herunter, als die Sonne bereits hoch am Himmel stand. Sie machten aus, dass er sich um den Garten kümmern würde, dafür versprach Anna zu kochen. Und für ein oder zwei Tage könne er das kleine Kämmerchen neben dem ihren schon haben, meinte sie, dann allerdings erwarte sie Besuch. Sie sei nicht herzlos, aber heikle Situationen müssten nun einmal von Anfang an klar geregelt werden, sonst komme man in Teufels Küche.
Wie gesagt, es war ein großer Garten, und noch dazu vollkommen verwildert. Wenigstens für dieses Problem schien Luigis plötzliches Auftauchen die Lösung zu sein. Allerdings hatte er bei der Erwähnung des Gartens keinen besonderen Enthusiasmus gezeigt, es galt also mit einer gewissen Strenge vorzugehen. Im Augenblick trank er mit Muße seinen Kaffee, zog sich das Hemd aus und machte es sich in der Sonne bequem, wobei er die Katze kraulte.
»Hattest du nicht versprochen, du wolltest etwas im Garten tun?« fragte Anna. Aber Luigi vertröstete sie auf später, er sei von gestern noch völlig erledigt, und verschwand mit seiner Laute unter den Apfelbäumen. Offenbar hatte er vor, es sich hier gemütlich zu machen, nur ganz gelegentlich hörte sie ihn ein paar Töne zupfen. Seltsam, er

war ganz anders als sonst. Nun ja, er musste sich eben erst einmal von Faustinas Liebe erholen.

Aber bald ging Anna sein Geklimper auf die Nerven, und sie fing an, selbst im Garten Ordnung zu schaffen, und zwar ostentativ, was Luigi aber keineswegs veranlasste, ihr etwa zu helfen. Später fand sie sogar ihre Hängematte besetzt, und als sie ihn aus ihr hinauswarf, war er auch noch beleidigt und ging, nur ein Handtuch um die Hüften, hinunter an den Fluss zum Baden.

Sie war entsetzt. Bevor man nicht eine Weile miteinander gelebt hatte, konnte man den anderen also überhaupt nicht kennen. Das sollte ihr eine Lehre sein. Warum hatte sie Luigi auch aufgenommen wie eine barmherzige Schwester, und wehmütig erinnerte sie sich dessen, was der Castrato einmal über die Gefahren des Mitleids gesagt hatte.

Sie beschloss, Luigi bis auf weiteres zu ignorieren. Gerade als sie darüber nachdachte, wie die Situation Landi oder auch Vivaldi zu erklären sei, falls einer von ihnen hier auftauchen sollte, fuhr eine Kutsche vor. Blätter raschelten, jemand bog die Zweige auseinander – und dieser Jemand war niemand anderer als Landi.

Trotz ihres Schreckens fiel ihr auf, wie gut er aussah, als er durch die Apfelbäume auf sie zutrat. Das kurz geschnittene Haar, der grau melierte Bart, und dass er so groß und beinahe hager war, gefiel ihr besonders.

»Zu wissen, dass du hier in der Nähe bist, und dich nicht zu sehen ist ganz einfach zu viel verlangt«, sagte er. »Ich verspreche dir aber, nur sehr dosiert in Erscheinung zu treten, damit du auch weiterhin deine Einsamkeit genießen kannst.«

Er schloss sie in die Arme und wirbelte sie durch die Luft. Sie liebte ihn dafür, dass er, der sonst mit solcher Überlegenheit auf alles reagierte, in seinen Gefühlen so jung und unverbraucht war. Sie wäre darüber allerdings noch glücklicher gewesen, wenn sie nicht jeden Augenblick hätte darauf gefasst sein müssen, dass Luigi vom Schwimmen heraufkam. Landi sah sich um.

»Ich kann durchaus verstehen, dass du dich hier wohl fühlst, obschon es bei mir auch nicht gerade übel ist. Vielleicht hättest du Lust, dir einmal meine Fresken anzusehen – überall auf ihnen wird musiziert, du hättest bestimmt Freude daran. Auch könnten wir im Park unter den Bäumen miteinander Schach spielen. Wie fändest du das?«

In diesem Augenblick fiel sein Blick auf Luigis Laute, neben der sich die Katze zusammengerollt hatte. Und seine Augen, die gerade eben noch gelacht hatten, verfinsterten sich.

»Ich nehme nicht an, dass sie deinem Gärtner gehört«, sagte er. Anna machte eine Geste der Hilflosigkeit:

»Ich weiß, Antonio, es klingt vollkommen unwahrscheinlich ...«, aber dann erzählte sie ihm das ganze Elend. Und da er sie liebte und ein verständiger, kluger Mann war, rief er seine Eifersucht zurück, die sich bereits wie ein wildes Tier auf Anna hatte stürzen wollen, und glaubte ihr die Geschichte. Durch einen glücklichen Zufall kannte er die bewusste gräfliche Familie, was Annas Erzählung vollends glaubwürdig machte. Versöhnt setzten sie sich miteinander auf das Mäuerchen, und Landi legte den Arm um sie.

»So, wie du die Sache anfasst, wirst du ihn nie los«, erklärte er, »die Sentimentalen sind von allen die schlimmsten. Weil sie so gutartig sind, geht man ihnen immer wieder auf den Leim, dabei sind sie allesamt schreckliche Langweiler. Nach dem, was du erzählst, ist der Kerl bequem, also musst du ihn beschäftigen, sonst lässt er sich hier für den ganzen Sommer nieder. Deine Einfahrt ist beinahe zugewachsen, vorhin bin ich mit dem Wagen darin fast hängen geblieben. Lass ihn zum Beispiel die Hecken schneiden, bis er stöhnt, dann sucht er garantiert das Weite.«

»Im Grunde genommen tut er mir Leid.«

»Siehst du – du gehst ihm bereits in die Falle.«

»Ich kann mir nicht helfen – das Ganze erinnert mich fatal an ein Stück von Goldoni«, womit sie anfing zu lachen, denn sie fühlte sich nicht wenig erleichtert.

In einer Viertelstunde sei sie fertig, rief sie Landi zu, ehe sie im Haus verschwand, dann könnten sie fahren. Er solle sich so lange in die Hängematte legen und im Montesquieu lesen. Sie sei ganz versessen auf das Buch und habe darin Verschiedenes angestrichen, was sie ihn fragen wolle.

37

Im offenen Wagen durch die Landschaft des Veneto zu fahren war ein Vergnügen, das Anna bisher noch nicht gekannt hatte. Mit geschlossenen Augen lehnte sie sich zurück und spürte den Wind in ihren Haaren. Landi betrachtete sie und freute sich an ihrer Freude. Vielleicht konnte man seine Empfindung für sie überhaupt auf diesen Nenner bringen – als ein Mann der Literatur, der Philosophie war er der Spontaneität nicht im gleichen Maße fähig wie sie, deshalb erschien sie ihm immer noch wie ein Wunder.

»Fehlt dir eigentlich die Musik?« fragte er.

»Bis jetzt nicht. Ich habe das Gefühl, als sei ich von ihr noch immer vollgesogen wie ein Schwamm.«

»Und deine Stimme?«

»Im Augenblick schläft sie, um sich von den Strapazen des Sant' Angelo zu erholen. Das Singen, Antonio, ist eine höchst anspruchsvolle Kunst, ein ständiger Seiltanz, wenn du so willst. Ich meine natürlich nicht den Gesang der Gondolieri oder der Leute auf der Straße, sondern das Singen mit einer ausgebildeten Stimme. Man hat sozusagen seine Unschuld verloren, ist, während man singt, auf Distanz zu sich selbst und daher gezwungen, das, was man hört, ständig zu kontrollieren oder gar zu verbessern. Und das verlangt ein ungeheures Maß an Konzentration.

Außerdem interessiert mich an der Oper nicht nur das Singen allein, das Darstellerische reizt mich nicht weniger, und um frei und ungehindert spielen zu können, muss man seine Stimme erst recht beherrschen, sonst hat man sie bald ruiniert. Das zerrt auf die Dauer ganz schön an den Nerven.«

»Wer dich auf der Bühne sieht, würde das niemals glauben.«

»Es ist aber so. Was Singen heißt, weiß eigentlich nur der, der selber singt, denn den anderen erscheint es als die natürlichste Sache der Welt, und zwar gerade dann, wenn es der Sänger vollkommen beherrscht. *Der Mensch kann fliegen*. Nur muss man Acht geben, dass das Wachs, das einem die Flügel zusammenhält, nicht schmilzt, denn sonst stürzt man wie Ikarus in die Tiefe. Das hat mir der Castrato mit auf den Weg gegeben, und ich habe es mir gemerkt.«

Landi legte seinen Arm um sie:

»Mir kann es nur recht sein, wenn du eine Pause machst, auf diese Weise habe ich dich endlich einmal für mich allein.«

Anna schmiegte sich noch fester in seinen Arm.

»Du kannst dir gar nicht vorstellen, wie ich diese Fahrt genieße, denn ich habe nicht nur vom Singen genug, sondern von der Musik überhaupt. Vorhin, als Luigi anfing, auf seiner Laute zu spielen, dachte ich, der Apfelgarten allein, ohne Musik, sei eigentlich viel schöner.«

»Merkwürdig, dass du als Sängerin so etwas sagst.«

»Wenn man die Musik als Beruf betreibt, wird das Wunderbare leicht zum Alltäglichen, und das darf nicht sein. Auch aus diesem Grund brauche ich eine Pause. Manchmal denke ich, dass man eigentlich nur zum Vergnügen singen sollte.«

»So skeptisch habe ich dich noch nie über dein Singen sprechen hören.«
»Weil ich auch noch nie so erschöpft gewesen bin, diese letzten Proben mit Vivaldi waren einfach zu viel für mich. Plötzlich habe ich gemerkt, dass da eine Grenze ist.« Sie fuhren eine ganze Weile schweigend. Von Zeit zu Zeit kamen sie an aufwendigen Villen vorüber, dann nannte Landi mitunter Namen, die Anna von ihren Auftritten mit Luigi geläufig waren.
»Aber wir reden immer von mir«, sagte sie, »wie sieht es denn bei dir aus – fehlen dir deine Bücher?« Er schüttelte den Kopf.
»Auch nur insofern, als ich manchmal, wenn ich schreibe, gern etwas nachsehen würde.«
»Und wie geht es deiner Arbeit? Was du mir neulich über Pietro Scarpi erzählt hast, hat mich sehr beschäftigt.«
»Nun ja, wenn man hier so in der Natur lebt, relativieren sich die Dinge. Vielleicht ist er mir dadurch ein bisschen weniger wichtig geworden. Auch gibt es da eine junge Nachbarin, die mich ehrlich gesagt mehr interessiert. Bist du gespannt auf mein Haus?«
»Natürlich bin ich das.« Anna setzte sich wieder auf, behielt seine Hand aber in der ihren.
Wieder fuhren sie eine ganze Weile, eigentlich konnte es gar nicht mehr weit sein bis Vicenza. An der Brenta lag Landis Villa jedenfalls nicht. Einen Augenblick dachte Anna an Luigi – ehe sie abfuhr, hatte sie ihm gehörig die Leviten gelesen. Wenn er bis zu ihrer Rückkehr mit der Liste fertig sein wollte, die sie ihm zu erledigen gegeben hatte, konnte er sich kaum in die Hängematte legen.

Dank der Eleganz und Lebensart Landis war die Begegnung zwischen ihnen zwar einigermaßen zivilisiert verlaufen, aber Luigi hatte in Landi sofort den Urheber seines Unglücks gewittert und war ihm daher mit finsterem Misstrauen begegnet.

»Wo führst du mich eigentlich hin«, fragte Anna, »wir dürften bereits über zwei Stunden unterwegs sein. Dabei hatte ich gedacht, wir wären mehr oder weniger Nachbarn.«

»Offengestanden bin ich froh, dass mein Haus nicht an der Brenta liegt, sondern weiter im Land, denn ich habe keine Lust, hier genau das weiterzumachen, was mir bereits in Venedig so wenig Vergnügen bereitet – das Gesellschaftliche nämlich. Es gibt nichts Langweiligeres, als sich fortwährend zu amüsieren. Hier draußen bin ich nicht ständig irgendwelchen konventionellen Besuchen ausgeliefert, sondern kann mir genau überlegen, wen ich zu mir einlade.«

»Du bist mir sofort vorgekommen wie ein Mönch, allerdings wie einer, der einen guten Schneider hat.« Landi lachte. Das Land war hügeliger geworden, am Horizont erschienen zwei Zeilen mächtiger Pappeln.

»Dort drüben ist es – im Augenblick versteckt es sich noch hinter den Bäumen.«

Landi gab den Pferden die Zügel, der Weg stieg langsam an, darauf bogen sie nach links in die Pappelallee ein, und in ihrem Schatten lag, ganz am Ende, Landis Villa.

Ein lang gestreckter Bau, in der Mitte ein Säulenportikus, der ihn als ein Werk Palladios auswies, doch davon abgesehen wirkte er eher abweisend. Ja, er hatte beinahe etwas von einer Festung, und nur die Pappeln, deren Blätter silbern im Winde schimmerten, mäßigten diesen Eindruck.

»Sie sieht ernst aus, deine Villa – sie passt zu dir«, sagte Anna.

»Und doch scheine ich, was das anbelangt, einige Fortschritte gemacht zu haben. Neulich meinte eine Großtante von mir, sie habe mich noch nie so heiter gesehen. Das ist ganz allein dein Verdienst. Als ich dir begegnet bin, war ich auf dem besten Weg, ein knochentrockener Philosoph zu werden, der sich selbstgefällig in seinem eigenen Gedankengebäude bespiegelt. Da kamst du mit deiner Natürlichkeit und hast alle Fenster darin weit aufgemacht.«

»Ich hatte gehofft, du würdest wenigstens auf dem Lande aufhören, unsere Beziehung zu analysieren«, Landi zuckte lächelnd die Achseln.

»Was willst du, ich staune eben noch immer über mein Glück, und da ich nun einmal Philosoph bin, versuche ich es mit Worten zu sagen. Da hast es du bedeutend leichter, denn durch Musik kann man seine Gefühle sehr viel besser ausdrücken.« Sie waren ausgestiegen, aus einem Nebengebäude stürzten ihnen zwei große Hunde entgegen.

»Das sind Castor und Pollux – ich habe sie so genannt, weil sie von klein auf unzertrennlich waren«, erklärte Landi, während sie an ihm emporsprangen. »Diener gibt es im Augenblick hier keine, um diese Zeit sind sie alle in den Gärten oder auf den Feldern, denn zu der Villa gehört, wie du siehst, auch ein kleines Gut. Und drinnen im Haus haben sie mit mir Einsiedler ja nicht gerade viel zu tun.

Meine Schwester und mein Sohn sind übrigens auch hier, ich hoffe, dass dich das nicht stört. Im Augenblick machen sie allerdings in Vicenza Besuche. Seit Maurizio mit dir musiziert hat, fragt er ständig nach dir, offenbar geht es ihm ähnlich wie seinem Vater.« Er sah sie glücklich an: »Komm, ich zeige dir unser Haus.«

38

Das Innere der Villa strafte den strengen äußeren Eindruck Lügen. Der zentrale Raum, ein Gartensaal, war über und über mit Fresken ausgemalt. Riesenhafte Atlanten in Trompe-l'Œil-Manier stützten die Decke und unterteilten gleichzeitig die Wände, ihre Disproportioniertheit gegenüber den anderen Gestalten auf den Fresken verlieh dem Raum eine Aura des Phantastischen.

Nachdem Anna ihn in seiner Gesamtheit auf sich hatte wirken lassen, trat sie näher an die Fresken heran. Dabei fiel ihr Blick auf eine Gruppe prächtig gekleideter Flötenspieler – diese schienen ihretwegen ihr Spiel unterbrochen zu haben, denn sie blickten sie erwartungsvoll an. Neben ihnen widmete sich ein elegant gekleideter, bärtiger Herr in Gesellschaft einer Dame dem Brettspiel.

»Schau nur, wie er dir ähnlich sieht«, sagte Anna. »Sicher hat der Maler mit ihm einen deiner Vorfahren porträtiert.«

»Alle Individualität ist eben letzten Endes eine Illusion.«

»Du könntest nicht für die Dauer dieses Nachmittags auf deine ernüchternden philosophischen Betrachtungen verzichten?«

»Wenn du es so willst.«

Auf der gegenüberliegenden Wand entdeckte Anna das Bild eines jungen Edelmanns, durch eine illusionistisch gemalte Türe schien er, ein Jagdhorn an der Hüfte und begleitet von seinen Hunden, geradewegs zu ihnen in den Saal zu treten. Während sie ihn näher betrachtete, hatte sie plötzlich das Gefühl, beobachtet zu werden.

Als sie sich umwandte, erblickte sie auf einer Balustrade aus Scheinarchitektur an der Wand gegenüber eine Dame in einem reichen Renaissancekostüm, neben ihr eine alte Dienerin, ein Hündchen haltend. Unverwandt schaute die Hausherrin von einst ihre Nachfolgerin prüfend an. Und während sich ihre Blicke trafen, war es Anna, als könne sie sie atmen hören. Vergangenheit und Gegenwart wurden eins.

»Hoffentlich mag sie mich, die da oben«, sagte Anna und hängte sich bei Landi ein. »Ehrlich gesagt finde ich es etwas unheimlich, dein schönes Haus, man hat den Eindruck, in verschiedenen Epochen gleichzeitig zu leben.«

»Gerade das gefällt mir«, meinte Landi, »denn es entspricht meiner Arbeit. Das, was wir sind, was wir wissen, beginnt ja nicht erst heute, sondern unendlich viel weiter zurück. Was sind wir anderes als die Fortsetzung dessen, was einmal gewesen ist? Auch die Renaissance könnte man auf diese Weise definieren – als eine Erneuerung der Antike. Mein Vorfahr, der dieses Haus gebaut hat, suchte für seine humanistischen Studien einen Ort des Friedens, und mich dünkt, er hat ihn gefunden.«

Anna vertiefte sich von neuem in den Anblick der Fresken. Illusionistisch gemalte Fenster gaben den Blick frei auf Alleen, die sich weit hinein ins Land verjüngten. Dazwischen verloren sich griechische Säulen in Wolken, aus denen Göttergestalten hervorlugten. Ihre Gliedmaßen

schienen, täuschend echt gemalt, in den Gartensaal hereinzuragen, ja sogar Schatten schienen sie zu werfen.
»Nun, was sagst du«, meinte Landi, »gefällt es dir?«
»Gefallen ist gar kein Ausdruck. Nur finde ich es eigentlich schade, dass in einem solchen Haus keine Feste gefeiert werden. Man müsste es etwas beleben, meinst du nicht auch?«
»Wir können es ja versuchen – jetzt, wo du hier bist, hätte ich nichts dagegen.«
»Ich bin sicher, dass meine Stimme dafür gern einen Abend lang ihren Gesundheitsschlaf unterbrechen würde.«
Landi führte Anna weiter. Alles in dem weitläufigen Haus verriet eine gewisse Sorglosigkeit, die Räume waren nur sparsam eingerichtet, ohne dass sie jedoch vernachlässigt gewirkt hätten. Anna gefiel dieses Nebeneinander von Kunst und Landleben, in seiner Ungezwungenheit entsprach es ihrer eigenen Natur.
Als sie in den angrenzenden Zimmern standen, meinte Landi:
»Dies wäre dein Reich, falls du dich entschließen könntest, hier den Sommer zu verbringen.« Mehr sagte er nicht, aber als Anna aus den hohen Fenstern hinaus in den Park blickte, war die Versuchung, ihr bescheidenes Paradies an der Brenta mit Landis Villa zu vertauschen, in der Tat übergroß. Denn auch ein Cembalo wartete nur darauf, von ihr benutzt zu werden.
Als Anna der Fresken wegen noch einmal mit Landi zusammen in den Gartensaal zurückkehrte, meinte er:
»Was mir an der *villeggiatura* vergangener Zeiten so sehr gefällt, ist, dass man über den Vergnügungen nie den geis-

tigen und moralischen Anspruch vergessen hat. Sieh nur – in den Medaillons über den Türen werden, abwechselnd mit Allegorien des Glaubens, der Liebe und der Gerechtigkeit, die Tugenden gefeiert. Das gepriesene arkadische Dasein war also keineswegs nur reiner Müßiggang.«

»Selbst die Gesichter der glücklich Bevorzugten auf den Fresken verraten einen gewissen Ernst«, sagte Anna, »als wären sie sich der Verpflichtung bewusst, an die die Inschriften der Medaillons erinnern.«

»Das hast du schön gesagt. Aber jetzt lass uns lieber nachschauen, ob wir etwas zum Essen finden, hast du nicht auch Hunger?«

In einer riesenhaften Küche, mit einer ebenso riesenhaften Feuerstelle, die offensichtlich für die Verköstigung einer ganzen Jagdgesellschaft konzipiert war, fanden sie kaltes Huhn, Brot und Tomaten. Landi öffnete eine Flasche Orvieto und trug alles zusammen über eine ausladende Treppe, auf deren Geländer Statuen ländlicher Gottheiten aufgereiht waren, in den Garten hinab. Anna folgte ihm, aber immer wieder blieb sie stehen, um anhand der verschiedenen Attribute herauszufinden, wer die einzelnen Göttergestalten waren. Eine Diana mit einer kleinen Mondsichel auf dem Kopf hatte es ihr besonders angetan.

Landi hatte sich inzwischen am Fuß der Treppe in den Schatten gesetzt, durch die vom Wind bewegten Pappeln fiel das Sonnenlicht unruhig auf den Rasen. Anna kniete sich neben Landi nieder und breitete auf den sich hin und her bewegenden Schatten ein Tuch aus, während Landi von dem Orvieto in ihre Gläser goss:

»Bereits die Schriftsteller der Antike haben die Vorzüge

des Landlebens der Hektik und Verworrenheit der Städte gegenübergestellt«, sagte er, während er ihr zuprostete. »Und sieh dich um – an einem Nachmittag wie diesem ist man versucht, ihnen Recht zu geben.«

»Ja, vielleicht sollte man immer hier leben«, sagte Anna und ließ den Blick über die Gärten schweifen, in denen, eingefasst von Buchsbaumhecken, Zinnien ihre Köpfe der Sonne entgegenreckten.

»Und die Oper, die Konzerte, bist du sicher, dass die dir nicht fehlen würden?«

»Es käme auf einen Versuch an, im Augenblick jedenfalls nicht.«

»Ich fürchte, da bist du nicht realistisch. Auch Paradiese werden, wenn man sie ständig bewohnt, leicht zu Gefängnissen. Genau das hatten die alten Venezianer begriffen, daher gibt es Venedig und den Veneto. Die Serenissima lässt sich als eine Art Amphibium begreifen, das am Antoniustag vom Wasser aufs Land hinüberwechselt, um sich nach mehreren Wochen wieder zurück in die Lagune zu begeben.«

»Ein Ungeheuer also«, lachte Anna. Sie trank ihr Glas aus, legte sich bequem zurück und blickte, die Arme unter dem Kopf verschränkt, zu Landi auf. Von seiner Zuhörerin inspiriert, redete Landi sich immer mehr in Feuer:

»Venedig, schreibt Andrea Palladio in seinen *Quattro libri dell'architettura*, gibt noch einen Begriff von der Größe und Herrlichkeit des Lebens der Römer. Denn im Gegensatz zu den anderen Städten Italiens ist es nie von fremden Invasoren besetzt worden.

In der Mitte des 16. Jahrhunderts wiederholte sich das Bauwunder Venedigs auf der trockengelegten *terra ferma*

Venetiens. Immer herrlichere, palastartige Villen entstanden, die Schriften der Alten lesend, wetteiferten die Aristokraten im Bau ihrer Landhäuser. An einem steht denn auch zu lesen – ›Willst du den Charakter des Hausherrn erkennen, so betrachte aufmerksam sein Haus‹.«

»Genau das habe ich vorhin getan. Aber vielleicht hörst du jetzt doch lieber auf mit dem Dozieren, und kümmerst dich etwas intensiver um deinen Besuch.«

Es war nicht schwer, Landi von der Richtigkeit dieser Bemerkung zu überzeugen. Er beugte sich über sie, die in so kurzer Zeit sein liebster Anblick geworden war. Aber gerade als die Dinge versprachen, eine denkbar erfreuliche Entwicklung zu nehmen, fuhr vor der Villa ein Wagen vor.

»Verdammt«, entfuhr es Landi. Beide sprangen sie auf.

Es waren Landis Schwester und Maurizio, die in Vicenza Besuche gemacht hatten. Maurizio war begeistert, Anna wieder zu sehen, und hätte am liebsten gleich mit ihr musiziert, aber sie vertröstete ihn auf ein anderes Mal, augenblicklich sei sie in den Ferien.

Die elegante Schwester dagegen blieb reserviert – bei ihrer abgöttischen Liebe zu ihrem Bruder würde sie wahrscheinlich ein Problem sein, überlegte sich Anna. Auch war sie offenbar daran gewöhnt, in Landis Dasein die Hausherrin zu vertreten, sicher würde sie sich nicht so leicht das Heft aus der Hand nehmen lassen. Neben ihr kam Anna sich vor wie eine Bäuerin.

Landi bat, ihn für einen Augenblick zu entschuldigen, er habe mit seinen Leuten Verschiedenes zu besprechen. Oder wollte er den beiden Frauen nur Gelegenheit geben, sich etwas näher kennen zu lernen? Aber Anna machte die

Schwester Angst, und so zog sie es vor, schon jetzt mit einem der Diener zurückzufahren. Dieser Nachmittag hatte zu glücklich begonnen, um ihn konventionell zu zerreden.

Warum nur hatte der Herrgott den Menschen die Eifersucht ins Herz gelegt, fragte sie sich, diese griesgrämige, lichtscheue Schwester der Liebe, der es allein ums Besitzen ging. Nach Austausch einiger Höflichkeiten zog sich Anna geschickt aus der Affäre, indem sie vorgab, bei sich zu Hause an der Brenta nach dem Rechten sehen zu müssen.

Ehe sie in den Wagen stieg, trat Landi wieder aus dem Haus. Überrascht von Annas plötzlichem Aufbruch, versuchte er sie zum Bleiben zu überreden, dabei sah er seine Schwester unwillig an. Offenbar hatte er verstanden, warum Anna ihren Besuch so abrupt abbrach.

39

Ohne die Gesellschaft Landis kam Anna der Weg bedeutend weiter vor als am Vormittag. Oder war der Grund der, dass ihr der Auftritt von Landis Schwester ganz entschieden die Laune verdorben hatte? Während sie lustlos dahinfuhr, wurde ihr plötzlich bewusst, dass sie den ganzen Tag über noch nicht ein einziges Mal an Vivaldi gedacht hatte. Wie war das möglich? Er war ein so wesentlicher Teil ihrer Existenz, dass ihre Gedanken sich sonst ständig mit ihm beschäftigten.

Nun ja, da war der Ärger mit Luigi gewesen, und dann dieser schöne, harmonische Nachmittag mit Landi und seinen Fresken. Aber wie konnte sie darüber Vivaldi so völlig vergessen? Sie haderte mit sich selbst. Doch der Wagen rüttelte gemächlich dahin, die Pferde schienen mit einem Mal müde zu sein, und das gleichmäßige Klopfen der Hufe auf dem Erdboden schläferte Anna allmählich ein.

Da träumte sie, sie läge in ihrer Kammer. Es war ganz eindeutig ihre Kammer unter dem Dach des kleinen Gütchens, denn außer dem altmodischen hohen Bett stand nur ein einziger Stuhl darin. Da öffnete sich die Türe, und herein kam Vivaldi. Er schien zu frieren, denn er hielt seine Hände in einem gewaltigen Muff verborgen, noch dazu trug er einen Dreispitz auf dem Kopf, genau wie damals, als sie sich miteinander durch den Trubel des Kar-

nevals gekämpft hatten. Auch schniefte er durch die Nase, was er im Winter tatsächlich oft tat, weil er sich leicht erkältete.
In aller Seelenruhe fing er an, sich zu entkleiden, worüber Anna in solche Verlegenheit geriet, dass sie ihr Gesicht in dem üppigen Federbett verbarg. Nach einigem Warten hörte sie, wie seine Soutane zu Boden glitt, worauf er ohne alle Umstände zu ihr ins Bett stieg.
Völlig entgeistert wachte sie auf, sodass sie im ersten Augenblick gar nicht begreifen konnte, warum sie in dieser Kutsche durch eine ihr unbekannte Landschaft rollte. Dann aber erinnerte sie sich, dass sie Landi in seiner Villa besucht hatte, und erschrak noch mehr. Wie um Himmels willen war es möglich, dass sie aufs Neue diesen Traum träumte, den sie während der ersten Zeit ihres Unterrichts beim *prete rosso* mit hartnäckiger Regelmäßigkeit geträumt hatte?
War es nicht gerade so, als versuchte ihr Gewissen auf diese Weise Vivaldi seinen angestammten *ersten* Platz zurückzuerobern, den er so lange unbestritten eingenommen hatte, bis ein anderer Antonio gekommen war, an den er ihn seitdem abtreten musste?
Gut, dass wenigstens Giuseppe, der sie nach Hause fuhr, nicht wusste, was sie geträumt hatte, wo es ihr selbst bereits dermaßen peinlich war. Er schien allerdings etwas von ihrer Verwirrung bemerkt zu haben, denn er wandte sich fragend zu ihr um:
»Ist alles in Ordnung, Signorina?«
»Wie man's nimmt«, antwortete sie und starrte hinaus in die Landschaft, von der sie aber überhaupt nichts wahrnahm, weil sie sich immer noch schämte. Im Weiterfahren

überlegte sie sich, dass ihre Einladung an Vivaldi sie leicht in eine schiefe Situation bringen konnte. Was war, wenn er tatsächlich angereist käme? Sie hatte so oft vergebens mit ihm über ihr Paradies an der Brenta gesprochen, dass sie ihn eigentlich mehr aus Gewohnheit eingeladen hatte, ohne tatsächlich mit seinem Besuch zu rechnen.
Zu allem Überfluss wartete dort auch noch Luigi auf sie, das heißt – hoffentlich saß er nicht nur da und wartete, sondern arbeitete wie ausgemacht im Garten. Das alles war in höchstem Grade beunruhigend und dazu angetan, ihr den Genuss an der Fahrt zu nehmen.
»Wie schade, dass Sie schon so bald zurückfahren wollten, da wird der gnädige Herr aber enttäuscht sein. Er ist immer wie verwandelt, wenn Sie bei ihm sind.« Es war nicht Indiskretion, die Giuseppe so reden ließ, sondern er fühlte sich als ihr Verbündeter, und das mit Recht, denn er hatte sie von Anfang an unter seine Fittiche genommen.
»Ja, du hast ganz Recht«, sagte Anna, »ich bedaure es auch bereits. Es war töricht von mir.«
Um sie auf andere Gedanken zu bringen, ließ Giuseppe die Peitsche kräftig knallen, sodass die Vögel aus den Gebüschen aufflogen. Damit verfielen auch die Pferde wieder in Trab, und während sie leicht und geschwind dahinrollten, machte Annas trübe Laune von neuem einem Optimismus Platz, mit dem ihre Natur nun einmal gesegnet war.
Himmelhergott – dachte sie, sollte es denn nicht möglich sein, diesen Sommer zu einem Erfolg zu machen? Und sie versprach dem heiligen Antonius einen großzügigen Obolus, falls er mithelfen würde, ihre Ferien harmonisch zu gestalten. Danach fühlte sie sich etwas besser, und

bequem im Wagen zurückgelehnt, versuchte sie den Rest der Fahrt zu genießen, was ihr aber nicht ganz gelingen wollte. Immer wieder stieg sie aus, um in den Wiesen Sträuße zu pflücken, aber eigentlich wusste sie genau, dass sie damit lediglich versuchte, die Heimkehr hinauszuzögern.

Als sie schließlich in den Hof des kleinen Gütchens einbogen, merkte sie, dass ihr die Beunruhigung, die der ungehörige Traum in ihr ausgelöst hatte, noch immer in den Gliedern steckte. Während Giuseppe die Kutsche wendete, warf sie einen Blick hinauf zum Fenster ihrer Schlafkammer und wäre am liebsten zu Landi zurückgekehrt.

»Sind Sie auch wirklich sicher, dass alles in Ordnung ist?« fragte Giuseppe vom Bock herunter, »ich habe den Eindruck, Sie machen sich Sorgen. Wenn Sie wollen, kann ich auch bei Ihnen bleiben, der gnädige Herr hätte bestimmt nichts dagegen.«

»Ist schon gut, Giuseppe, es hat mir gut getan, dass du mich gefahren hast. Manchmal haben wir Frauen eben so unsere Anwandlungen.«

»Das kenne ich von meiner Rosa.«

»Na, siehst du. Und nun fahre ruhig zurück und bestelle dem Conte einen Gruß von mir. Ja, und sage ihm – in Gedanken sei ich noch immer bei seinen Fresken.« Darauf nickte Giuseppe und gab den Pferden die Zügel.

Mit gemischten Gefühlen sah Anna dem sich entfernenden Wagen nach, dachte dabei an Castor und Pollux und daran, wie bei Landi alles so kultiviert und doch so ländlich gewesen war, während hier – nun ja. Aber dann rief sie sich selbst zur Ordnung, indem sie sich daranmachte, die

Stockrosen aufzubinden, die umgestürzt am Boden lagen. Dazu holte sie sich aus dem Schuppen erst einmal Bast und eine Schere. Wo Luigi wohl steckte – ob er hinunter zum Fluss gegangen war, um zu baden?
Als die Stockrosen aufgebunden waren und stramm, eine neben der anderen, an der Hauswand standen, fand sie auf dem Tisch im Gartensaal ein Blatt von Luigis Hand – nach reiflicher Überlegung habe er sich entschlossen, zu Faustina zurückzukehren. Er sei zwar nicht sicher, ob er sie liebe, doch nach den Erlebnissen der letzten Tage scheine es ihm nicht ausgeschlossen. Sie sei so sanft, so ausgeglichen, und danach sehne er sich, ehrlich gesagt, seit ihrem, Annas, doch recht herben Empfang. Er habe den ganzen Nachmittag über all das nachdenken müssen, deshalb sei er mit dem Garten nicht weitergekommen. Luigi.
Kein Wort des Dankes, nichts. Landi hatte also wieder einmal Recht gehabt. Dass er so oft Recht hatte, war zwar etwas ärgerlich, aber gleichzeitig auch beruhigend. In der Küche stellte sie fest, dass Luigi das von ihr Gekochte samt und sonders aufgegessen hatte. Nun ja, schließlich musste der gute Junge ja bei Kräften bleiben, während er versuchte, sich darüber klar zu werden, ob er in diese magere Gans verliebt war oder nicht.
Auf dem Küchentisch lag noch vom Morgen her der Band Montesquieu, und in ihrer Enttäuschung über Luigi erschien er Anna wie ein vertrauter Freund. Das Buch in der Hand, bestieg sie von neuem ihre Hängematte, aber zum Lesen kam sie nicht, denn leise schaukelnd sehnte sie sich nach Landi. Warum war er auch immer so fürchterlich rücksichtsvoll und diskret, wenn er nur ein klein wenig insistiert hätte, wäre sie bei ihm geblieben.

Sie sah sich in seinem Büchertempel stöbern, erinnerte sich an das Gefühl tiefen Einverständnisses zwischen ihnen, wenn sie sich da und dort einen Band aus den Regalen nahm, während Landi an seinem Schreibtisch saß und arbeitete. Denn bei ihren Entdeckungsreisen in seiner Bibliothek überließ er sie vollkommen ihrer eigenen Neugier. Oft vergingen auf diese Weise Stunden, Stunden der Ruhe und der Versenkung, ein von ihr dankbar genossenes Gegengewicht zur Hektik des Sant' Angelo.
Warum hatte sie sich von dieser eifersüchtigen Schwester in die Flucht schlagen lassen? Auf die Dauer musste sie ja doch mit ihrer Besitz ergreifenden Liebe zu Landi fertig werden. Stattdessen lag sie hier, allein, in ihrer Hängematte. Sie war nicht vor ihr davongelaufen, nein, aber die Atmosphäre dieses Hauses mit seinen Fresken und seiner großen Geschichte hatte sie so überwältigt, dass sie sich, als dann auch noch Landis mondäne Schwester erschien, wie eine Fremde vorgekommen war und erst einmal ein Pause brauchte, um das alles zu verdauen.
Es war doch so, oder nicht? Gleichsam bestätigend hoben und senkten sich Montesquieus *Lettres persanes* auf ihrer Brust mit ihren Atemzügen.
Aber an die Einsamkeit gewöhnte sie sich auch dadurch nicht. Was war da zu tun? Sie könnte zu Landi zurückkehren, irgendein Bauer würde sie sicher fahren, doch dafür war sie zu stolz. Schweren Herzens stieg sie hinauf in ihre Kammer. Dabei schloss sie sorgfältig die Tür hinter sich ab, wie um die Möglichkeit auszusperren, den unschicklichen Traum noch einmal zu träumen.

40

Anna wachte davon auf, dass die Vögel sangen – also konnte sie nicht in Venedig sein. Sie musste lange geschlafen haben, denn draußen schien bereits die Sonne, aber geträumt hatte sie gottlob nicht.

Unten in der Küche wartete die Katze auf sie. Sie goss ihr etwas Milch in eine Schale und hockte sich mit ihrer Tasse Kaffee neben sie. Nachdem sie, um richtig wach zu werden, noch eine zweite Tasse getrunken hatte, nahm sie ein Handtuch und ging hinunter zum Fluss. Das Wasser war kühl und erfrischend, aber seit sie die Umarmung des Meeres gewöhnt war, badete sie nicht mehr gern in Flüssen – sie hatte nicht das Gefühl, von ihnen im gleichen Maß getragen zu werden.

Anschließend setzte sie sich ans Ufer und trocknete sich das Haar, dabei summte sie ein paar Töne, um zu sehen, ob ihre Stimme noch funktionierte. Mit dem Ergebnis zufrieden, ging sie darauf in eine Arie der *Juditha triumphans* über. Sie hätte etwas darum gegeben, wenn der Castrato zwischen den Apfelbäumen aufgetaucht wäre, mit seiner lächerlich hohen Perücke und seinen Unverschämtheiten. Er hatte ihr ja vorausgesagt, dass ihr Paradies an der Brenta seine Tücken haben würde.

Das Wetter war ideal, wolkenlos, aber noch nicht zu heiß, auch sang hin und wieder ein Vogel – ländliche Einsamkeit also, genauso, wie sie es sich vorgestellt hatte. Trotzdem fragte sie sich, was sollte sie eigentlich hier? Da ihr nichts anderes einfiel, fing sie wieder an zu singen. Der Erholungsschlaf hatte ihrer Stimme eindeutig gut getan, denn selbst die endlos langen Phrasen der Arie von der Turteltaube waren kein solches Problem mehr wie vor den Ferien. Nur wollte ihr der Text an einer Stelle nicht einfallen. Aber hatte sie denn nicht die Partitur der *Juditha* mitgenommen?

Sie ging hinein ins Haus und kramte in den Reisekörben. Aber natürlich, da war es ja, das Manuskript Vivaldis, in seiner so überaus charakteristischen Handschrift! Sie blätterte darin – und da war auch die bewusste Arie, deren Text ihr entfallen war. Die punktierten Noten im Bass symbolisierten mit Sicherheit Judiths beschleunigten Puls, während sie sich auf ihre große, schreckliche Tat vorbereitete. Nur einem Vivaldi konnte so etwas einfallen!

Das war eindeutig ihre Partie, daran konnte es überhaupt keinen Zweifel geben! Und was den Text anging, war die *Juditha* um vieles interessanter als alle Opern Vivaldis. Plötzlich fühlte sie sich befreit von diesem Gefühl der Leere, dieser quälenden Langeweile, gegen die sie sich vergebens gewehrt hatte. Wie hatte sie sich nur einbilden können, von der Musik genug zu haben! Wenn sie nicht sang, fühlte sie sich gleichsam amputiert, das hatten diese letzten Tage bewiesen, die sie unzufrieden hier herumgesessen hatte. Die Ruhe des Apfelgartens, der Gesang der Vögel, die Brenta – das alles war ja gut und schön, aber das Wichtigste hatte gefehlt – das Singen!

Unter diesen Umständen war es vollkommen sinnlos hier zu bleiben. Was sie umgab, empfand sie nicht als wohltätige Stille, sondern als das Fehlen von Musik. Und diese gab es nur in Venedig, also musste sie dorthin zurück. Sie würde mit Vivaldi an der *Juditha* arbeiten, und falls er, seiner neuen Oper wegen, keine Zeit für sie hätte, würde es andere Möglichkeiten geben, um sich musikalisch auszuleben.

Von ihrer Erkenntnis begeistert, stieg sie hinauf in ihre Kammer. Sie hatte gerade angefangen, ihre Sachen zusammenzupacken, als sie hörte, dass unten ein Wagen vorfuhr. Waren ihre Hilferufe bereits erhört worden? War es Landi, der taktvolle, grundgütige, der immer alles verstand? Sie streckte den Kopf aus dem Fenster – aber es war gar nicht Landi. Oben auf einem Bauernwagen saß, auf einer Fuhre von frisch geerntetem Mais, Vivaldi, seinen Geigenkasten unter dem Arm.

Es war ein derartig merkwürdiger Anblick, dass Anna nicht wusste, ob sie lachen oder weinen sollte. Sie fühlte sich erlöst und auch wieder nicht, war glücklich, und doch witterte sie gleichzeitig neue Komplikationen. Der große Mann, die Zierde der Musik Venedigs, saß auf einer Fuhre von knirschendem Mais und winkte ihr zu. Dabei wirkte er leicht abwesend, als komponiere er gleichzeitig an irgendetwas. Er hatte es also wahr gemacht und war gekommen!

Beim Herabsteigen gab er, um seine Geige nicht zu beschädigen, höllisch Acht, die Situation war ihm ungewohnt und somit verdächtig. Dann hatte er es endlich geschafft, und erleichtert winkte er ihr von neuem. Anna war so bewegt, dass sie vollkommen vergaß, zu ihm hinabzulaufen, um ihn zu begrüßen. Dann aber stürzte sie mit einem »Antonio« die Treppe hinunter und umarmte ihn.

»Du kannst dir gar nicht vorstellen, wie sehr ich mich freue«, sagte sie, und es kam ihr aus vollem Herzen. Vivaldi war ein wenig verlegen über ihren Gefühlsausbruch, der die sonst zwischen ihnen gewahrte Distanz hinwegschwemmte.

Der Bauer stand daneben und starrte – nun wusste man wenigstens, woran man mit dem jungen Fräulein war, das hier seine Tage verbrachte. Also wegen eines Priesters hielt sie sich hier versteckt. Und die beiden anderen, der Junge gestern und der Conte, der zunächst seinen Diener geschickt hatte, um sie dann später selbst abzuholen? Man sah es ihr wahrhaftig nicht an, dass sie eine Hure war.

»Steh Er hier nicht herum, sondern pack Er sich«, fuhr Anna den Alten an, während sie ihn entlohnte. Dann nahm sie Vivaldis Reisetasche vom Boden auf und trug sie ins Haus.

»Schön hast du es hier«, meinte Vivaldi, »die Weinberge und die Brenta ganz in der Nähe.«

»Wie man's nimmt, auf die Dauer ist es doch wohl ein bisschen einsam. Aber komm, mach es dir gemütlich – Apfelbäume so weit man sieht. Sag selbst – habe ich dir zu viel versprochen? Vögel gibt es auch die Menge, vielleicht inspiriert dich ihr Gezwitscher zum Komponieren. Und oben im Dach hast du ein Kämmerchen, direkt neben dem meinen.« Im Hinblick auf ihren skandalösen Traum erschien ihr das allerdings plötzlich ein wenig riskant.

»Seitdem du aus Venedig fort bist, ist mir einfach nichts mehr eingefallen, ich meine das ganz im Ernst«, sagte er. »Und der zu komponierende Text enthält wieder genau dieselben Klischees wie üblich, was mich auch nicht gerade inspiriert. Aber da war noch etwas anderes, und mit dem werde ich allein nicht fertig, sodass ich mit dir reden musste. Ich hätte nicht übel Lust, den ganzen Bettel hinzuwerfen.«

»Aber was ist es denn?« fragte sie erschrocken.

»Lass es uns später bereden. Im Augenblick bin ich viel zu glücklich, dich wieder zu sehen. Du siehst übrigens prachtvoll aus, gesund wie eine junge Bäuerin.«

»Erzähl es mir lieber gleich, sonst verdirbt es dir noch den schönen Tag.« Mit zornig gerunzelten Augenbrauen setzte sich Vivaldi auf das Mäuerchen – er sah bleich und verhärmt aus.

»Diesmal ist es ernst«, sagte er, »sie wollen mich fertig machen. Es geht um eine Reihe von Theateraufführungen, die ich in Ferrara leite. Ich habe eigens dafür zwei meiner Opern umgearbeitet, und nun möchte man plötzlich lieber zwei Stücke von Hasse – damit ist meine ganze Arbeit umsonst. Alle in Ferrara stecken unter einer Decke – der Cembalist, ein gewisser Lorenzo Beretta, gibt vor, meine Notenschrift nicht lesen zu können, dabei ist er ganz einfach nicht in der Lage, einen bezifferten Bass korrekt aufzulösen.

Du weißt, welche Sorgfalt ich gerade auf die Komposition der Rezitative verwende, denn sie geben mir viel eher die Möglichkeit zur Zeichnung der Charaktere als die ewig und einmal gleichen Texte der Arien. Allmählich glaube ich, dass dieser Mensch mein Werk absichtlich ruiniert hat, in welchem Auftrag, das allerdings entzieht sich meiner Kenntnis.«

»Hast du wenigstens genügend Geld dafür bekommen?«

»Keine Rede davon, ich musste mich mit dem zufrieden geben, was ein Kopist bekommt, wovon ich mir wenig mehr als das Notenpapier kaufen kann. Das Ganze ist einfach entwürdigend.« Beschämt dachte Anna daran, dass der Fürst Alderno di Massa ihr nach einer besonders gelungenen Vorstellung in seiner Begeisterung ein Geschenk von sage und schreibe sechzig Zechinen gemacht hatte.

»Vielleicht steckt auch da der Kardinal Tommaso Ruffo dahinter«, fuhr Vivaldi fort, »ein intoleranter Kerl, der die Leute von der Oper in der übelsten Weise gegen mich aufhetzt, mit der Begründung – ich sei schließlich Priester und kein Theatermann. Diesmal wirft er mir nicht nur vor, dass ich seit Jahren nicht mehr die Messe gelesen habe, sondern auch – du wirst es nicht glauben – die Beziehung zu dir. Wie findest du das?«

»Du lieber Gott.«

»Ich habe mich verteidigt, so gut ich kann, habe beteuert, dass diese nie den Charakter der Schicklichkeit überschritten hat. Ist es denn meine Schuld, dass der Klerus von Venedig einen solch katastrophalen Ruf hat, dass Priester und Mönche anlässlich des Karnevals Masken tragen und sich Konkubinen halten? Im Grunde genommen gebe ich Ruffo sogar Recht, dass ihm die Galle überläuft, denn inzwischen regt sich ja selbst der Papst über das Lotterleben der Kirchenleute in Venedig auf. Aber warum er ausgerechnet an mir ein Exempel statuiert, ist mir absolut unbegreiflich.«

»Armer Antonio«, sagte sie nur.

»Glaub mir, Anna, gegen die Gehässigkeit der Welt hat die Wahrheit keine Chance.« Er war, zitternd vor Erregung, aufgesprungen. »Eines Tages wird Gott ein Einsehen haben und seinen eingeborenen Sohn ein zweites Mal zur Erde senden. Und er wird begabter sein als ich und alle die andern, die vor mir Musik geschrieben haben, denn er wird das Himmelsblau komponieren können. Musik aus Musik wird er erfinden, die uns genauso wenig beschwert wie der Wind, wenn er durch die Gebüsche streicht. Aber auch ihn werden sie durch ihre Ignoranz und Niedertracht quälen und schinden, und wenn er diese Welt wieder verlässt, werden sie nicht einmal ahnen, wer bei ihnen gewesen ist.«

Anna griff nach Vivaldis Hand, dieser Zauberhand mit den langen, knochigen Fingern, die in auffällig breiten Fingerkuppen endeten, als habe das ständige Greifen der Töne hoch oben auf dem Steg sie abgeplattet.

»Komm, setz dich wieder zu mir«, sagte sie beschwichtigend. »Was mich betrifft, so lass die Leute nur reden, ehrlich gesagt, macht es mich sogar stolz, dass sie uns ein Verhältnis andichten. Vielleicht ist es überhaupt zu viel verlangt, dass sie sich vorstellen, ein Mann und eine Frau könnten *nur* befreundet sein. Ich habe nie verstanden, warum es immer gleich mehr sein muss.«

Aber als sie über das, was sie gerade gesagt hatte, nachdachte, wurde ihr bewusst, dass es nur sehr bedingt der Wahrheit entsprach. Denn sie hatte lange Zeit gebraucht, um damit fertig zu werden, dass Vivaldi ihr Lehrer, nicht aber ihr Geliebter war. Und da sie es endlich geschafft hatten, zusammen an der Brenta zu sein, einem Ort, der für sie so lange identisch mit dem Unerreichbaren gewesen war, hatte sie plötzlich Mut genug, es ihm zu sagen.

»Weißt du, dass ich seinerzeit sogar von dir geträumt habe? Und zwar immer wieder den gleichen Traum«, und selbst diesen erzählte sie ihm. Und da es ein besonderer Tag war und eine besondere Stunde, eine Stunde gänzlich außerhalb aller Zeit, machte es sie nicht einmal verlegen.
»Ich konnte ganz einfach nicht einsehen, dass du mich deiner Soutane wegen nicht lieben solltest. Für mich warst du kein Kirchenmann. Und da ich mich, wenn wir miteinander musizierten, von dir verstanden fühlte wie von niemand sonst, wurde der Charakter unserer Beziehung immer quälender für mich. Einmal kam ich mit der festen Absicht zu dir in die Stunde, dich zu verführen. Aber sobald wir angefangen hatten zu arbeiten, war es irgendwie nicht mehr möglich. Es bedurfte gar keiner weiteren Annäherung mehr. Nie im Leben bin ich so durcheinander gewesen, eine Zeit lang wollte ich mir sogar einen anderen Lehrer suchen.
Es war gut, dass meine Arbeit mit dem Castrato dazwischenkam. Er hat sofort begriffen, wie es um mich stand. ›Man darf nicht das Unmögliche wollen‹, hat er gesagt, ›das führt zu nichts‹. Aber dann ist Gott sei Dank Landi erschienen, und das hat, wie du weißt, zu etwas geführt.«
Damit verstummte sie. Sie nahm die Katze auf den Schoß und streichelte ihr das Fell, Vivaldi sah ihr dabei zu, als müsse er zu dem, was er ihr sagen wollte, erst die Worte finden:
»Ich habe nie den Nachmittag vergessen, an dem du mir vorgesungen hast. Von Anfang an war es nicht nur deine Stimme, die es mir angetan hatte. Plötzlich hatte sich etwas in mir befreit, was ich bislang nicht zu empfinden

gewagt hatte. Aber das hieß auch, dass ich von nun an ständig der schönsten aller Versuchungen ausgesetzt war. Um mein Gewissen zu beruhigen, habe ich mir eingeredet, du seist so etwas wie eine Prüfung für mich. Aber Gott hat sicher anderes zu tun, als sich in dieser Weise um jeden Einzelnen von uns zu kümmern. Das überlässt er unserem Gewissen.

Auch die Contessa hat bei diesem Prozess eine Rolle gespielt, indem sie mir erzählt hat, dass du bei ihr warst. Sie hat sogar versucht, mich zu erpressen, um mich zur Vernunft zu bringen. Aber im Grunde genommen ging es ihr lediglich darum, den Prozess der Einsicht abzukürzen. Heute bin ich ihr dafür dankbar.

Trotz alledem ist es eine erfüllte Beziehung geworden – man muss ja nicht alles leben, was man sich vorstellt. Und vorgestellt habe ich mir eine ganze Menge, das darfst du mir glauben. Die Sehnsucht hat eben einen längeren Atem als die Erfüllung.«

»Ehrlich gesagt, hätte ich nichts gegen eine Erfüllung gehabt«, sagte Anna leise, darauf schwiegen sie beide. Der Kuckuck rief und wollte gar nicht mehr aufhören zu rufen.

»Hörst du?« sagte sie. »Er macht sich über unsere Bekenntnisse lustig. Wahrscheinlich meint er, wir sollten endlich damit aufhören.« Und wie zur Bestätigung rief der Kuckuck noch einmal, und sie hörten ihm zu, ohne weiter miteinander zu reden. Darüber war es Mittag geworden. Da stand Anna auf:

»Wenn du willst, trete ich dir meine Hängematte ab«, sagte sie. »Du schläfst ein bisschen, und ich gehe inzwischen ins Dorf und besorge uns etwas zu essen. Wenn du aufwachst, bin ich wieder da. Klappt es eigentlich mit dem Termin für unsere *Juditha triumphans*?«

»Ja, er geht in Ordnung. Stell dir vor, man lässt uns dafür sogar in die Frarikirche. Dorthin passt das Stück – keine barocken Schnörkel, sondern klare, entschlossene Linien, so wie die Heldin selbst. Durch dich werde ich die Partie endlich so hören, wie ich sie mir vorgestellt habe.«

»Zufälle gibt es«, sagte Anna. »Gerade in dem Augenblick, als du hier ankamst, wollte ich zurück nach Venedig, um an der *Juditha* zu arbeiten. Ich hatte endlich begriffen, dass es das Singen war, was mir hier fehlte.«

»Und da willst du mir einreden, ich solle mit dem Arbeiten aufhören!«

»Ja, du hast ganz Recht – wenn man sich einmal mit der Musik eingelassen hat, verschlingt sie einen mit Haut und Haar. Aber gleichzeitig lädt sie einen auch wieder auf – mit Erregung, mit Energie, mit Freude, was weiß ich. Sonst hielte man es auf die Dauer auch gar nicht mit ihr aus.«

»Manchmal ist Sklaverei eben doch ein Vergnügen«, lachte er.

In die wackelige Hängematte zu steigen schaffte er dann allerdings nicht allein, denn mit dem Praktischen haperte es eben bei ihm. Aber dann lag er endlich darin und kam sich auf die angenehmste Weise versorgt und umhegt vor – ein Gefühl, das er nicht kannte und das er deshalb ganz besonders genoss.

»Weißt du was«, sagte er, »ich bin überzeugt, dass meine Musik eines baldigen Tages aus der Mode kommen wird. Ich warte direkt darauf.«

»Das glaube ich dir nicht.«

»Doch, es ist mir vollkommen Ernst, denn ich habe das ganze Theater so unendlich satt. Dann werde ich versuchen, meine Partituren an irgendeinen Adeligen in Deutschland zu verhökern, damit ich genug Geld habe, um den Rest meines Lebens hier bei dir auf dem Land zu verbringen.«

»Du würdest dich ganz schön langweilen«, meinte Anna, und der Kuckuck bestätigte ihre Worte.

41

In dem kleinen Lädchen im Dorf traf Anna auf veränderte Gesichter. Der Alte war da, auf dessen Karren Vivaldi von Noventa Padovana hierher gefahren war, offenbar hatte er geschwatzt.

»Viel Besuch haben Sie, Fräuleinchen«, sagte seine Frau, die den Laden führte, »sogar einen Priester mit roten Haaren«, der Alte grinste frech.

»Ja, der große Vivaldi, der Komponist aus Venedig«, erklärte Anna voller Stolz, aber das sagte den beiden nicht viel mehr, als wenn sie vom Mann im Mond geredet hätte.

»Und sogar einen Grafen zählt das Fräulein zu seinen Bekannten.«

Also daher wehte der Wind. Aber da es weit und breit keinen anderen Laden gab, blieb Anna nichts anderes übrig, als trotzdem bei den beiden Schandmäulern einzukaufen.

Bei ihrer Rückkehr fand sie Vivaldi schlafend. Sie betrachtete ihn mit Zärtlichkeit – wieder erinnerte er sie mit seinen roten Locken an einen etwas unordentlichen Engel. Seine Nase war allerdings eher die eines Teufels. Ein Engel also mit einer diabolischen Komponente, warum nicht, vielleicht machte ihn gerade das so faszinierend.

Er schien glücklich, endlich irgendwo angekommen zu

sein, wo er seinen Frieden hatte. Da erwachte der Schläfer und hielt sich die Stirn, als versuche er sich an etwas zu erinnern.

»Es riecht tatsächlich nach frisch geschnittenem Gras«, sagte er, »genau wie du versprochen hast.«

»Ja, der Alte aus dem Laden im Dorf mäht nebenan seine Wiese. Aber wahrscheinlich ist er nur neugierig und möchte sehen, was hier so vorgeht. Doch was hast du – es scheint dich etwas zu beschäftigen.«

»Stell dir vor, ich hatte einen Traum, und zwar fast genau denselben wie du. Nur war die Situation gerade umgekehrt, denn diesmal warst du es, die zu mir in die Kammer trat. Ich nehme an, dass ich versucht habe, den Anschuldigungen Kardinal Ruffos wenigstens träumend eine reale Basis zu verschaffen.«

»Du bist mir ein schöner Priester«, sagte Anna kopfschüttelnd und legte sich neben seiner Hängematte ins Gras. Sie würde erst später kochen, entschied sie, denn sie hatten ja alle Zeit der Welt.

Sie redeten über die geplante Aufführung der *Juditha triumphans* und anschließend über verschiedene Opernpläne. Vivaldi hatte vor, Anna nach Vicenza, Padua, Bologna, ja sogar nach Rom mitzunehmen, wo sie Partien in seinen Opern singen würde. Und sie versprach ihm, sich auf diesen Reisen nicht nur um seine Musik, sondern auch um ihn selbst und seine Gesundheit zu kümmern. Das sei sie ihm schuldig, und Landi müsse dies eben verstehen.

Sie hatten sich bestätigt, was sie im Grunde genommen längst wussten – dass sie einander liebten, und zwar auf eine Weise, die wohl nur sie selbst begreifen konnten, weil

die Musik der Urgrund ihrer Liebe war. Für einen Augenblick war alles vollkommen, selbst die Zukunft schien vor ihnen zu liegen wie ein aufgeschlagenes Buch.
Vivaldi war gerade im Begriff, in seiner Hängematte einzunicken, und auch Anna träumte auf einem Kissen äußersten Wohlseins vor sich hin, als das Schicksal, das so viel Harmonie nicht dulden wollte, Landi vor dem kleinen Gütchen vom Pferd springen ließ. Die beiden Schlafenden merkten zunächst gar nichts davon, erst als sich der Conte einigermaßen brutal in Erinnerung brachte, indem er die Zweige des Apfelbaums auseinander bog, unter dem sie lagen, schraken sie auf.
»Ich muss schon sagen, dass ich vom Alleinsein eine andere Vorstellung habe«, sagte Landi und brach seine Peitsche über dem Knie entzwei, worauf er die beiden Enden wütend zu Boden warf. Anna verschlug es die Sprache, denn sie hatte Landi noch nie so außer sich gesehen. Auch Vivaldi starrte den Eindringling erschrocken an und versuchte sich aus der Hängematte zu befreien, was ihm aber nicht gelingen wollte. Inzwischen war Anna aufgestanden und hatte sich einigermaßen gefasst. Landi machte eine knappe Verbeugung.
»Ich möchte nicht in Gegenwart von Maestro Vivaldi mit dir reden«, präzisierte er. Wobei er das Wörtchen Maestro in höchst abfälliger Weise ausgesprochen hatte. Darauf entfernte er sich ein paar Schritte, Anna folgte ihm, um begütigend seinen Arm zu ergreifen. Aber er machte sich von ihr los und sagte streng:
»Den Gärtner mit der Laute habe ich ja noch verkraftet, aber du musst nicht denken, dass ich auch diesen falschen Priester akzeptieren werde.« Er lachte böse. »Und ich

Dummkopf hatte dir dein Bedürfnis nach Einsamkeit tatsächlich geglaubt!«

»Aber so hör mir doch zu – nichts, aber auch gar nichts ist vorgefallen, was dich auch nur im Allergeringsten beleidigen könnte. Ich habe Vivaldi eingeladen, weil ich mir vorgestellt hatte, dass ihr euch auf diese Weise endlich einmal besser kennen lernen würdet. Denn ich bin es leid, ständig aufpassen zu müssen, dass ich bei dem einen nicht zu enthusiastisch über den anderen rede.

Vivaldi hat übrigens ein Violinkonzert mit dem Titel *Il Sospetto*, der Argwohn, geschrieben. Merkwürdig passend, findest du nicht auch?« Sie wusste, dass sie ihn damit ganz besonders traf, aber sollte er doch ruhig leiden für seine sie quälende Eifersucht.

»Vivaldi ist meine Bedingung, Antonio«, fuhr sie fort, »denn er ist ein ganz entscheidender Teil meines Lebens. Andere Mädchen bringen eine Schwiegermutter mit in die Ehe, oder was weiß ich, bei mir ist es eben er. Du hast gar keine andere Wahl, als ihn auch zu lieben, er ist meine Bedingung.« Landi schüttelte nur ärgerlich den Kopf:

»Das ist doch absurd«, aber Anna gab nicht nach:

»Wenn du Vivaldi nicht kennst, kannst du auch mich nicht wirklich kennen, denn er hat schließlich aus mir gemacht, was ich bin.«

»Darüber haben wir schon einmal diskutiert – kein Mensch kann aus einem anderen Menschen machen, was nicht bereits in ihm angelegt ist.«

»Das sind doch Spitzfindigkeiten, die nichts anderes beweisen als deine Eifersucht. Und Eifersucht ist Angst vor dem Vergleich – ich weiß nicht mehr, wo ich das gelesen habe.«

»Ich hätte dir überhaupt nichts zu lesen geben dürfen!«
»Nun machst du dich lächerlich. – Wie kann ich dir nur erklären, was Vivaldi für mich getan hat?« Und einen Augenblick dachte sie daran, dass die Contessa gesagt hatte, dass es schwierig sein würde, Landi dies klarzumachen.
»Am besten, du stellst dir eine geheimnisvolle Türe vor«, fuhr sie fort, »und einen Zauberer, der allein den Schlüssel zu ihr besaß. Und hinter dieser Türe lagen die Musik und meine Möglichkeiten. Aber um sie aus mir herauszuholen, hat er keineswegs nur gezaubert, sondern mit mir gearbeitet, und zwar mit einer in Anbetracht seines Genies geradezu unbegreiflichen Ausdauer und Geduld.« Aber sie spürte, dass Landi ihr nur sehr widerwillig zuhörte. Und so sagte sie:
»Aber das Schicksal hat es ganz besonders gut mit mir gemeint, denn es hat mich gleich noch ein weiteres Tor voller Geheimnisse entdecken lassen, und zwar durch dich. Findest du nicht, dass ihr beide eigentlich Brüder seid, Brüder im Geiste?«
»Aber möchte man denn nicht der Einzige sein?« sagte Landi gequält.
»Ich weiß, es ist schwer zu verstehen, Antonio. Aber glaub mir, es ist nicht nur schwer für dich, sondern für uns beide. Und darum gib mir jetzt die Hand und versprich mir, dass du dir Mühe geben wirst.« Damit nahm sie seinen Arm und ging eine Zeit lang mit ihm im Garten auf und ab. Landi sagte zwar nichts, aber sie fühlte, dass das Gewitter im Begriff war, sich zu verziehen.
Dann umarmte er sie plötzlich mit einer nicht gekannten Heftigkeit, und Arm in Arm gingen sie zurück zu Vivaldi,

der es endlich geschafft hatte, sich aus der Hängematte zu befreien. Aber offenbar dachte er inzwischen über etwas ganz anderes nach, denn er wirkte abwesend – Anna war sicher, dass er im Stillen komponierte.
»Und nun benehmt euch bitte wie zivilisierte Menschen«, sagte sie. »Ich werde mich inzwischen um die Küche kümmern. Aber zuerst bekommt ihr eine Flasche Wein, und wenn ihr wollt, dass ich euch weiterhin liebe, so vertragt euch.«

Beide waren sie sonst nicht so leicht in Verlegenheit zu bringen, aber jetzt standen sie, jeder für sich, höchst unbehaglich unter den Apfelbäumen. Einerseits konnten sie nicht gut miteinander über Anna reden, aber andererseits gab es gar kein anderes Gesprächsthema, denn schließlich waren sie ja beide ihretwegen hier.
Anna war noch einmal aus dem Haus getreten, um ihnen den versprochenen Wein zu bringen, dabei konnte sie sehen, dass es erste Anzeichen dafür gab, dass die Spannungen langsam nachließen. Vivaldi setzte sich auf das Mäuerchen neben die Katze, während Landi die Flasche entkorkte. Gesittung und Lebensart fingen an, Missgunst und Eifersucht zu dominieren. Ja, dann saßen sie sogar beide nebeneinander auf dem Mäuerchen, allerdings noch ohne zu sprechen.
Landi schenkte ein und prostete Vivaldi etwas ironisch zu. Darauf zog er ein Buch aus seiner Jackentasche und fing mit einem – »*Scusate mi*« – an zu lesen. Schweigend blätterte er Seite auf Seite in seinem Buch sorgfältig um, wobei er hin und wieder einen Blick auf Vivaldi warf, der seine rechte Hand taktierend bewegte und dazu leise pfiff.

»Sie hätten nicht zufällig ein Blatt Papier?« fragte er. Landi bedauerte, doch da er nicht unhöflich erscheinen wollte, besann er sich:

»Ich könnte eventuell die letzte, leere Seite aus meinem Buch heraustrennen.«

»Wenn es Ihnen nichts ausmacht – ich hätte mir nämlich gern etwas aufnotiert.« Damit war der Bann gebrochen.

»Was wird es denn?« interessierte sich Landi.

»Wie das Stück heißen soll, weiß ich noch nicht, aber die Musik habe ich bereits im Kopf. Übrigens hat Anna mir die Idee dazu eingegeben – in dieser ländlichen Umgebung erinnert sie mich an ein Naturwesen. Auch singt sie mit einer Selbstverständlichkeit, wie diese Apfelbäume hier ihre Äpfel produzieren. Nur den Text dazu habe ich noch nicht. Sie hätten nicht vielleicht Lust, ihn mir zu schreiben?«

Aber Landi würdigte ihn keiner Antwort, Vivaldi sollte nicht meinen, dass er hier so ohne weiteres die Führung übernehmen könne.

»Literatur und Musik«, fuhr Vivaldi fort, »müssen sich ja nicht unbedingt ins Gehege kommen, wenn ich mir diese Bemerkung erlauben darf. Ich könnte mir vorstellen, dass sich aus ihrer Verbindung, statt der üblichen Klischees, etwas Neues, Wunderbares ergeben könnte. Warum schreiben wir nicht gemeinsam etwas für Anna, eine Kantate zum Beispiel – auf diese Weise ließe sich unser gegenseitiges Misstrauen in etwas Produktives verwandeln.«

»Ich fürchte, mit einem Text dieser Art kann ich nicht dienen – ich bin Philosoph und nicht Dichter.«

»Warum schreiben Sie nicht einmal etwas anderes, ich bin ganz sicher, dass Sie es können.«

»Meinen Sie wirklich?«

»Aber ja.«

Zufrieden mit dem Ergebnis ihrer ersten Auseinandersetzung, ging jeder von ihnen seiner Beschäftigung nach. Nicht nur Vivaldi schrieb etwas auf, auch Landi kritzelte Worte und kleine Phrasen an den Rand des Titelblatts seines Buches. Von Zeit zu Zeit war der Kuckuck zu hören, und nach frisch gemähtem Gras roch es auch, denn drüben auf dem Nachbargrundstück lag der Alte mit seiner Sense auf der Lauer.

»Wie lang soll das Ding denn werden?« fragte Landi.

»Ich dachte an Rezitativ, Arie, Rezitativ, Arie – und am Ende ein Alleluja, so wie es sich gehört, dafür brauchen wir ja keinen Text. Aber fangen Sie doch erst einmal an, denken Sie zum Beispiel an die Apfelbäume, die geben sicher etwas her, auch der Kuckuck könnte darin vorkommen. Das Ganze soll etwas Ländliches werden, ein Pastorale. Und bleiben Sie poetisch, beim Singen sollte man nicht philosophieren, einen komplizierten Text versteht das Publikum nicht.«

»Ich kann wirklich nicht einsehen, warum alles immer gleich leicht verständlich sein muss. Anna würde auch noch einen anspruchsvollen, schwierigen Text über die Rampe bringen!«

»Dann philosophieren Sie eben in Gottes Namen.«

Da ihm spontan nichts einfiel, blätterte Landi in seinem Buch, aber auch das brachte keine Erleuchtung, denn die Inspiration lässt sich nun einmal nicht befehlen. Achselzuckend lauschte er auf die Geräusche der Natur – die Wespen summten, bisweilen fiel ein Apfel vom Baum, um sich zu denen zu gesellen, die bereits im Gras lagen. Es

war nicht viel mehr als dann und wann ein leises Knistern oder Knacken. Die Schatten wurden länger, während sich die Farben des Gartens anschickten, in der Anonymität der Nacht zu verschwinden.
»Wie fänden Sie – ›Gott in der Natur‹ als Thema?«
»Sie sind verdammt anspruchsvoll, Conte.«
Statt einer Antwort griff Landi nach der Flasche und schenkte ihnen von neuem ein. Darauf trank er nachdenklich, den Wein genießerisch im Mund hin- und herbewegend. Unterdessen hatte sich die Katze auf den Rücken gelegt und gähnte bestialisch, wobei sie die Augen genüsslich schloss, während sie alle viere in die Luft streckte. Landi betrachtete sie belustigt:
»Sie haben wahrscheinlich Recht, wozu die Sache überfrachten. Lassen wir die Leute glücklich sein, wenn sie Anna zuhören. Ich sollte mir endlich einmal abgewöhnen, immer belehren zu wollen. Aber ob ich das Zeug zum Dichter habe, möchte ich bezweifeln.«
»Versuchen Sie es.«
»Eine Idee hätte ich vielleicht, nur der Anfang will mir nicht einfallen.«
»Sie finden ihn sicher.«
Da erhob sich mit einem Mal aus der Küche Annas Stimme, aller Farben, aller Schattierungen des Gefühls fähig. Verführend umfing und liebkoste sie ihre beiden Zuhörer, umarmte die Apfelbäume des Gartens und schwang sich hoch hinauf in die Luft, um sich mit dem Licht des frühen Abends und dem schweren Duft der Lilien zu vereinigen, die auch hier zum Fest des heiligen Antonius erblüht waren.
»Hören Sie nur, sie singt«, sagte Landi und legte den Fin-

ger zwischen die Seiten seines Buches. Und auch Vivaldi lauschte, indem er in der zart taktierenden Bewegung innehielt.

»Ich habe bereits die ersten Verse, schauen Sie einmal, ob Sie damit etwas anfangen können«, flüsterte Landi. Zusammen beugten sie sich über den Text, aber dann hörten sie wieder dieser wunderbaren Stimme zu, wie sie volltönend durch den abendlichen Apfelgarten ihre Kreise zog bis hinunter an die Brenta, die sich im Schein der untergehenden Sonne – oder war nicht eher Annas Stimme daran schuld? – golden gefärbt hatte.

Glossar

Barchessa	Nebengebäude einer vornehmen ländlichen Villa, vielfach auch deren Gästetrakt.
Bucentoro	Pracht- oder Staatsschiff, das anlässlich der alljährlichen symbolischen Vermählung des Dogen mit dem Meer von Arbeitern des Arsenals gerudert wurde.
Burchiello	Postschiff, das zwischen Venedig und den an der Brenta gelegenen Orten verkehrte. Wurde auch beim sommerlichen Umzug in die Villen des Veneto benutzt.
Carpaccio	Venezianischer Maler an der Wende des 15. zum 16. Jahrhundert. Zu seinen Hauptwerken gehören die Gemäldezyklen in der Scuola degli Schiavoni von Venedig.
Contadini	Bäuerliche Landbevölkerung.
Duenna	Begleiterin, Anstandsdame.
Locanda	Kleiner Gutshof.
Montesquieu	Französischer Schriststeller der Aufklärung. Verfasser der »Lettres persanes« und »De l'esprit des lois.«

Ospedale della Pietà	Klosterschule mit dem Charakter eines Konservatoriums. Die dort aufgenommenen Mädchen, nicht nur Waisen, sondern auch Töchter vornehmer Familien, bildete man zu professionellen Musikerinnen aus.
Palladio	Italienischer Architekt. Erbauer berühmter Villen des Veneto wie der Malcontenta und der Rotonda. Verfasser der »Quattro libri dell'architettura«.
Piano nobile	Erste Etage eines venezianischen Palazzo, in der die Empfangsräume untergebracht waren.
Président de Brosses	Seinerzeit berühmter französischer Gelehrter aus Dijon, Präsident des Parlaments und Mitglied der Akademie von Burgund.
Serenissima	Bezeichnung für den Stadtstaat Venedig.
Theorbe	Lautenähnliches Musikinstrument des Barock, mit übertrieben langem Steg, unterschiedlich bespannt.
Tintoretto	Venezianischer Maler des 16. Jahrhunderts. Bei einem Wettbewerb wurde ihm die Ausgestaltung der Scuola grande di San Rocco von Venedig übertragen.

Villeggiatura

Alljährlicher Umzug der venezianischen Familien von einigem Wohlstand in die Landhäuser und Villen an der Brenta oder des Veneto, um der Sommerhitze der Lagunenstadt zu entgehen. Fand in der Regel am 4. Juni, dem Vorabend des Festtags des heiligen Antonius statt.

Paperbacks bei
Kiepenheuer & Witsch

Hans-Ulrich Mielsch
Wiedersehen in Luxor

Ein Ägypten-Roman

KiWi 594
Originalausgabe

Ein Winter in Luxor wird von entscheidender Bedeutung für die Geschwister Marc und Daisy. Mit ihren Eltern verbringen sie acht Wochen im Old Winter Palace Hotel von Luxor, wo sie den jungen Ägypter Ahmed kennen lernen, dessen fremdartiger Zauber sie beide fasziniert. Als sich Daisy in Ahmed verliebt, nehmen die Dinge eine ungeahnte Wende.

Der Roman entführt den Leser in die Welt des linken Nilufers mit seinen antiken Gräbern und Tempeln und in eines der Dörfer in unmittelbarer Nähe des Tals der Könige, aus dem Ahmed, der junge Ägypter stammt.

www.kiwi-koeln.de

Paperbacks bei Kiepenheuer & Witsch
KiWi

Hans-Ulrich Mielsch
Das Lächeln der Athene
Ein Griechenland-Roman

KiWi 572
Originalausgabe

Ein Mann stürzt ab. Mitten in einer Aufführung versagt einem jungen Sänger auf der Bühne des Münchner Opernhauses die Stimme. Das Urteil der Spezialisten ist einhellig – nur durch ein längeres Aussetzen kann er seine Stimme wiederfinden. Auf Anraten einer Kollegin reist der Erzähler nach Rhodos und ist bereits beim ersten Anblick der Insel völlig verzaubert. Für drei Jahre zieht ihn die Insel in ihren Bann, er richtet sich im Dörfchen Lindos ein altes Haus ein, schließt Freundschaft mit den Dorfbewohnern und fängt an, noch einmal zu leben.